U0144241

有頂天家族。

森見登美彥
MORIMI TOMIHIKO
高詹燦 譯

CONTENTS

有頂天家族。

桓武天皇時代，成千上萬的百姓離開《萬葉集》的發祥地（註一），大舉遷往京都。他們興建都城、繁衍子孫、爭奪政權、敬畏神明、崇信神佛、吟歌作畫、干戈相向、征戰攻伐，最後終於放火燒了城市。但人們不厭其煩，再次重建都市，復又繁衍子孫、全力經商、鑽研學問、享受太平盛世，對四艘蒸氣船（註二）看得目瞪口呆，這時一個不小心，整個城市再度付諸一炬，但人類就是學不乖，他們以「文明開化」爲口號，再次重建，度過接踵而來的戰爭時代，時笑時哭，哭哭笑笑，經歷了許多事終於來到現代。

自桓武天皇定都至今，已有一千兩百年之久。

如今有一百五十萬人在京都生活。

此事，暫且按下不表。

在《平家物語》出現的跋扈武士、貴族以及僧人當中，聽說有三分之一是狐，三分之一是狸；剩下的三分之一，則是由狸一隻分飾兩角。如此一來可以斷言，平家物語不是人類的故事，而是吾等的故事。各位不妨驕傲地朗聲宣布：吾等狸貓並不附屬於人類的歷史，而是人類附屬於我族的歷

註一：暗指奈良一帶。

註二：一八五三年七月，美國東印度艦隊司令馬修・培里將軍（Matthew Calbraith Perry, 1794-1858）率領四艘軍艦來到江戶灣口，以武力威脅日本幕府開國。由於軍艦船身爲黑色，日人稱此事件爲「黑船來航」。

史中。

——有位長老總愛如此大肆吹噓，亂編僞史。

不用說也知道，他自是狸貓。

他全身狸毛濃密，與其尊稱長老，不如說是躺在知恩寺阿彌陀堂後面的一團蓬鬆毛球。前幾年在沒人察覺的情況下，他果眞成了一團不折不扣的毛球，駕鶴西歸。此事我記憶猶新。

儘管那些關於《平家物語》的論述不過是個風燭殘年的毛球所做的夢，但今日確實仍有眾多狸貓定居在京都市內，他們不時會混在人類當中四處走動。就像昔日在《平家物語》客串演出那般，狸貓總愛模仿人類。

於是也有狸貓這麼說——這個城市的歷史是由狸貓和人類共同寫下的。

此事，暫且按下不表。

覆蓋王城之地的天界，自古以來便是我們的地盤。

我族自由翱翔於天際，展現天狗的威嚴，唾沫吐遍下界每一寸土地，那些在地上生活的芸芸眾生任憑我們玩弄於股掌。說起人類這玩意兒，總是誇大吹捧自己的功勳，瞧他們的嘴臉，彷彿歷史全是由他們一手創造，委實滑稽之至，貽笑大方。就算借重狸貓的力量，這些一吹就跑的小小人類又能有何作爲？一切天災和動亂皆由我等魔道中人控制，國家的命運盡握吾等手中。

抬頭仰望這城市四周的山巔吧！好好對居住天界的我們心存敬畏吧！

有人狂傲地撂下這等豪語。

不用說也知道，是天狗。

人類在街上生活，狸貓在地上爬行，天狗在天空飛翔。

遷都平安城後，人類、狸貓、天狗，三足鼎立。

他們轉動這城市的巨大車輪。

天狗對狸貓說教，狸貓迷惑人類，人類敬畏天狗。天狗又擄走人類，人類把狸貓煮成火鍋，狸貓設圈套引誘天狗。

就這樣，車輪不斷轉動。

望著那轉動的車輪，樂趣無窮。

而我就是眾人口中的狸貓。然而我不屑於當隻平庸的狸貓，我仰慕天狗，也喜歡模仿人類。

因此，我的日常生活精采得教人眼花繚亂，一點都不無聊。

Chapter 01
納涼露臺女神

有位退休的天狗住在出町商店街北邊一棟名叫「桝形住宅」的公寓裡。

他鮮少外出。總是隨手將商店街買來的食材丟進鍋裡，煮成一鍋可怕的熱粥，以此果腹延命。他老得嚇人，排斥洗澡的程度古今無人能出其右，所幸他那乾癟得猶如魷魚乾的皮膚不管再怎麼使勁搓揉也搓不出污垢。儘管一個人什麼事也辦不了，他那高傲的自尊卻好比秋日晴空那般高不可攀。他昔日自詡足以任意操弄國家命運的神通力，早已喪失多年。他「性」致勃勃，但享受愛情生活的能力也已喪失良久。他總是一臉心有不甘獨酌紅玉波特酒（註）。只見他淺嚐醇酒，道起昔日愚蠢的人類你來我往的戰亂，本以爲他談的是幕末紛爭，孰料竟是應仁之亂；以爲說的是應仁之亂，沒想到竟是平家的衰敗；以爲他講的是平家的衰敗，結果卻談到幕末的種種。簡言之，根本就雜亂無章。他不像擁有血肉之軀的生物，反倒與化石有幾分相像。每個人都詛咒他早點變成石頭。

我們都喊他紅玉老師。這位天狗，正是我的恩師。

〇

住在京都的狸貓都是向天狗學習讀寫算術、變身術、辯論術、向貌美少女搭訕的技巧等等。京都住有許多天狗，門派林立，當中以鞍馬山的鞍馬天狗名氣最響，據說個個都是菁英。不過我們如意嶽的紅玉老師也不遑多讓，同樣遠近馳名；老師有個威風凜凜的名號，人稱「如意嶽藥師坊」。

如今一切已成過往，但想當年紅玉老師還曾借用大學教室開班授課呢。

位於校舍角落的昏暗階梯教室裡站滿徒子徒孫，老師在講臺前盡情施展天狗本領，威風不可一世。當時老師渾身散發著貨眞價實的威嚴，學生根本不敢有任何意見。至於他是因爲趾高氣昂以致威嚴十足，還是因爲威嚴十足才顯得趾高氣昂？這種沒意義的懷疑，老師以不容分說的氣勢壓下了。由此可證，他身上的是貨眞價實的威嚴。

從前，老師總是身穿沒有一絲皺褶的筆挺西裝，板著臉，說話時總是眼望窗外的樹叢。我回想起他令人懷念的身影。我瞧不起你們——這句話老師說了不下百遍。他還說，我瞧不起的不只你們，我瞧不起自己以外的任何人。

在空中飛翔，恣意颳起旋風，看上的姑娘擄了就走，唾沫吐盡世上萬物。那是紅玉老師不可一世的過去。有誰能料到老師如今竟落魄潦倒，只能屈身於商店街的小公寓。

多年以來，我們狸貓一族接受紅玉老師教導，我也不例外，入門拜他爲師。回想過去，我總是挨老師罵。思忖挨罵的原因，大概是我沒能認眞修行，爲狸貓一族貢獻一己之力。我太驕縱任性，只想走自己的路，一心憧憬崇高地位。

然而老師坐擁崇高寶座，卻不樂見其他人也登上高位。儘管如此，當時我很希望能和老師一

註：明治時代販售的甜味紅酒。爲鳥井商店的產品。後來改名爲「紅玉甜酒」。

樣。

事到如今，一切已成往事。

○

拜訪紅玉老師那天，我先繞去了山町的商店街，街上滿是購物人潮好不熱鬧，人類臭味熏天。我買好紅玉波特酒、衛生紙、棉花棒和便當，走進一路向北延伸的小巷。那是祇園祭已經結束、七月底的某個黃昏。

我變身成一名可愛的女高中生。

我從小就只有變身術拿手，由於老是變個不停，挨罵成了家常便飯。近年來，隨著狸貓的變身能力普遍低落，逐漸興起一股奇怪的風潮，主張就算是狸貓也不能隨意變身。簡直是無聊透頂。恣意施展得天獨厚的天賦愉快度日，有什麼不對？

我之所以變身成青春可愛的少女，還不是爲了老師。有這麼可愛的少女前來探望，想必老師看了也心曠神怡吧。

沒想到我一踏進公寓，老師竟大發雷霆。

「你這蠢貨，少在我面前玩這種無聊把戲！」

這間四張半榻榻米大的房間裡，塵埃滿布的畫軸、招財貓、茶具和壺、信樂燒的陶狸等物件堆滿角落，老師盤腿坐在從不收摺的墊被上，抄起東西就往我砸。我也從廚房回扔衛生紙應戰。

「臭老頭，你說我蠢貨是什麼意思！我看你每天意志消沉，好心替你的灰暗生活來一劑清涼妙方耶！」

老師吐了口唾沫在榻榻米上。

「你的養眼畫面，我才不想看。」

「我的變身完美已達藝術境界，您不懂得欣賞嗎？瞧這青春肉體，圓挺的雙峰，纖腰，其他部位也一應俱全呢。」

「夠了，看了就噁心！」

「我看老師是太感動一時無法承受吧？如果是這樣，您實在不該對我發火。」

「你以爲憑這點本事就有辦法迷惑我？少得意忘形了！」

老師板起臉孔沉默不語，發疼似地揉著腰。

夕陽射進這間只有四張半榻榻米大小的斗室，塵埃在餘暉中漫天飛舞。皺巴巴的老師被雜物環繞，盤腿坐在墊被上，宛如一位去失王國的國王。

由於老師啜飲宛如野狗吃的噁心熱粥，落魄過活的光景令人不忍卒睹，這半年來，我不時會上門探望。只不過老師驕縱不改當年，即便堅毅如我也吃足了苦頭。還有還有，老師看不上眼的東西一概不吃，就連我爲他買的松花堂便當，也只揀中意的菜吃；他愛吃橘子，但沒人替他剝好皮便不吃，要是沒剝皮就這麼放著他還會發火；咖啡若不是藍山咖啡豆現磨現沖，他會抱怨「這不是咖啡」，三天沒咖啡喝便勃然大怒。至於沒發飆的空檔，他便啜飲著紅玉波特酒。所謂的無法無天，指的正是他這種人。

「你最近見過弁天嗎？」老師低聲問道。

「沒有，好一陣子沒見到她了。」

「她好一段時間沒露臉了，不知道在忙些什麼？」

老師都自身難保了，竟還有空擔心弁天。每次見面，他總不忘提弁天。

「她不會想回這種地方的。」

我話聲剛落，老師便放了個響屁。

屁聲之響，連老師都爲之一驚，忍不住「咦」了一聲。

○

「弁天」不是天狗，也不是狸，只是個尋常人類。她美麗絕倫，實非筆墨所能盡述，由於難以形諸筆墨，我也就無法在此細述。

年輕時流連於琵琶湖畔的弁天，有個人類名字「鈴木聰美」。當時她生得沒話說的豐腴可愛，但充其量只是個可愛的鄉下姑娘。

那時紅玉老師正值全盛時期，能在天空自由飛翔。那一年，他爲了拜年前往竹生島，正好飛過琵琶湖，看到弁天，便順手將她帶回了京都。說得白一點，也就是綁架未成年少女。自那之後，紅玉老師細心栽培弁天，教授她天狗絕技，弁天便從區區人類一躍成爲天狗。誰知就在她魚躍龍門的那一刻，她竟揚起美腿，一腳踹落了身兼師父與綁架犯的紅玉老師。

如今的弁天，已看不出昔日清純倩影。

弁天雖是人類，行事卻比天狗更像天狗。她拋下貴爲天狗卻更似獨居老人的紅玉老師，恣意來往京都、大阪神戶一帶，壞事做絕，放蕩不羈。年輕時豐滿的雙頰如綿花糖般融化，展現出冰冷的美貌。昔日那個漫無目的徘徊於琵琶湖畔的少女，如今成了所向無敵的女人。弁天所向無敵，但對眼前的道路一無所知，這尤其可怕。她若是繼續恣意妄爲，日後一不留神，肯定會毀了自己。

○

老師命我拿紅玉波特酒給他，我不予理會只端了飯過去。他難以下嚥般地咀嚼著米飯，說道：

「今天是星期五，弁天一定是去星期五俱樂部了。」

一聽到「星期五俱樂部」這名號，我登時寒毛倒豎，全身打顫。我將老師四處亂扔的古董堆到屋內一角。

「弁天小姐一定玩得很開心。」

「和那些人類鬼混有什麼好玩的。」

「弁天小姐也是人類啊，難道您忘了？」

「她晚上總是在外頭鬼混，一沒盯緊便走偏了魔道。真拿她沒辦法。」

「走偏了魔道，這種說法未免太奇怪了。」

「要你囉嗦！」

老師怒斥，幾顆飯粒自口中噴飛。他直嚷著：「啊啊，真難吃！這種東西哪能吃啊！」說著竟一把拋出便當。今天的便當他吃了一半，可見還算合胃口。

我將紅玉波特酒遞過去，老師淺酌起來。

我在老師對面緩緩坐下，喘了口氣。朝窗外望去，正是紅輪西墜的時刻。從我撥開雜物打開的窗子，一陣晚風悄悄溜進來。「沒想到這屋子通風挺好的嘛。」我說。燈光閃爍。一隻飛蛾停在老師的杯口，在燈光下緩緩拍動著雙翅。

「會上我這裡來的只有你和蟲子，眞沒意思。」

「您至少該心存感謝吧？」

「又沒人叫你來。」

老師擺起架子說：「你這學生問題特多，還以爲總算不用幫你擦屁股了，哪知你居然厚著臉皮找上門來，你以爲我會高興嗎？我連念都懶得念你了。」

「不是有人說，愈是不長進的學生老師愈疼嗎？」

「誰說過這種話啊，蠢蛋！」

我抽起菸。老師也從泛著黑光的櫃子裡取出一根水菸管，弄出啵啵啵的聲響抽起菸草來。我們就這樣呑雲吐霧半晌。

「反正你閒著也閒著，去幫我找弁天吧。」

老師的要求根本是強人所難。

「我不要。就算我勸她，她也不可能回來的。」

「她一定又在星期五俱樂部裡向人頻送秋波，我得好好訓訓她。」

「我可不去。不管是弁天小姐還是星期五俱樂部，我都討厭。」

「你去跑一趟，順便幫我買棉花棒回來。我耳朵一癢就心煩，只想颳風作亂。」

「棉花棒我買了，已經擺在洗臉臺上了。我都說了不想去，眞是有理說不清的老頭。你乖乖把耳朵掏乾淨，早點上床睡覺吧。」

「等等，我來寫封信。」

根本就是雞同鴨講。老師坐在塵埃滿布的書桌前，小心翼翼地攤開一張皺巴巴的信紙，全神貫注地振筆疾書。

「弁天、弁天。」老師像在數豆子似地口中念念有詞。我故意讓他聽見，長嘆一聲。

老師對弁天一往情深，總是癡癡等著她回來。

可憐的是，這對老少配的戀情實在不教人看好。老師昔日或許曾有過光輝燦爛的時代，但往日榮光如今猶如夢幻，老師卸甲撤退的日子已不遠矣。不過都到了這種地步還不肯撤退，才是奇怪。

老師寫好了信，硬塞給我。

「今晚一定要送到弁天手中，這光榮的任務就交給你了。」

其實我只想拒絕這光榮的任務，奔回糺之森裡舒服的軟床。然而在神色倨傲的紅玉老師面前，我總感到一股比特大號泡菜壓石還要沉重的虧欠感。在這股重壓之下，我就地磕頭拜倒。

「下鴨矢三郎遵命。」

就算我出馬，也不可能使這齣情場敗仗起死回生，然而情非得已，我只好化身成不太拿手的愛神邱比特。這時腦中突然靈光一閃，我偷偷從屋裡的垃圾山拿走一把弓。這道具再適合邱比特不過了，一想到這心裡總算開心了些。

在東山丸太町熊野神社以西的地方，有棵被神籬包圍的老樹，名叫「魔王杉」。

之所以有此稱號，是因爲自古以來這棵樹的樹杈常被天狗充當座椅。儘管現在天狗多選屋頂做爲休息處，但樹齡悠久的魔王衫仍然深受天狗喜愛，許多定居京都的天狗都把此地視作雅緻的休息所，常來這裡歇歇腳、喝杯咖啡，或和擄來的少女卿卿我我。紅玉老師自然也不例外，常在魔王杉休息。在他被趕到出町柳之前，地盤在如意嶽，所以上街時一向走吉田山、大學鐘塔、魔王杉這條路線。

那個時候，西方發生了大地震。

老師認爲魔道中人有義務共襄盛舉，所以雖不是自己引發的災難，他認爲必須走一趟好嘲笑災民受苦的光景，興災樂禍一番。於是老師暫停授課，展開旅程。

聽聞老師要動身的事，我心裡忿忿不平。

天狗瞧不起人類，這我當然清楚。狸貓和人類自古便飽受天狗欺負。可是老師居然專程前去嘲笑那些遭遇不幸的災民，這種作法我實在無法苟同。年輕的我認爲，老師爲了忠於天狗身分而做出此等做作殘酷之舉，反而有損天狗名聲，此事可攸關他的名譽。

就在那時，弁天登場了。

當時弁天身懷天狗神力，行事不像人類，反倒更像天狗，脫胎換骨。也難怪當時我會迷戀上她。我向弁天透露對老師的憤懣，她聽了一臉感佩地說：「我贊成，我們一起懲罰老師吧。」我頓時幹勁十足，覺得「一起」這提議眞是好點子。

弁天提議，要我變身成魔王杉等老師回來。沒想到這主意一擊奏效。當時老師因長途奔波筋疲神困，在城市的夜空畫出弧線直朝這裡飛來，一時之間無法分辨兩棵魔王杉的眞僞。可悲啊，如意嶽藥師坊就在猶豫著該降落在哪棵魔王杉才好之際，身子硬生生摔在兩棵樹中間，將一戶民宅的屋頂撞破一個大洞。

自那之後，老師的際運就像櫻花散落般迅速走下坡。

那一跌令老師元氣大傷，臥病在床，幾乎失去飛行能力，所剩不多的神通力也就此喪失。結果在天狗的地盤爭奪戰役中，兵敗如山倒，被鞍馬天狗趕出如意嶽。不久他辭去教職，隱居出町柳，閉門不出。

老師運勢一落千丈；相反地，弁天卻像身處天平的另一頭，力量益發強大。總算擺脫老師的禁錮，她宛如脫韁野馬四處飛奔，再也不肯回到老師身邊。顯而易見的，當時我根本就是被她利用了，但事到如今才知道已於事無補。

「因爲我是狸貓，我們才不能交往嗎？」當時我毫不修飾地這麼問。

「畢竟我是人類嘛。」弁天回答。

再會了，我的初戀。

結果不論對象是狸貓還是天狗，人類都不當回事。後來羞愧難當的我沒臉面對紅玉老師，便自行退出了師門。

幾番寒暑過去，直到這場風波平息，我才又和老師往來。因爲有這段難堪的緣由，我才會對落魄窩身小公寓的紅玉老師如此無私奉獻。

○

我在河原町今出川通搭上公車。車體滑行在夜晚的街道上，久違的公車之旅舒暢無比。一路由北往南，通過御池通後，街道的熱鬧燈火自兩旁流竄而過。

我在座椅坐下，偷看老師寫的信。儘管早猜到是他傾注滿腔愛意寫成的情書，但我以爲老師自會拿捏分寸，誰知那封信活像是出自愛做夢的高中生之筆，字裡行間洋溢著蜂蜜般的濃情蜜意，大膽露骨，毫不遮掩。我羞紅了臉，好不容易才把信讀完。

讀完信，我怒火中燒。

這是怎麼回事？昔日我敬若神明的紅玉老師，竟年紀一大把了還爲愛昏了頭，把天狗的矜持全扔進馬桶沖走了。而且老師還指定四条南座爲兩人「幽會」的場所？看來他總算要離開那從不摺起、腐朽發霉的被窩了，可是他究竟打算如何前往南座？

我板著張臉在四条河原町下車，走過鬧街，前往鴨川。正當我覺得詫異，怎麼今晚老有些怪男人上前搭訕，這才猛然想起那是因爲我變身成年輕小姐的模樣。

「星期五俱樂部」這名號，光是開口說就讓人毛骨悚然。聽說成員今晚會在鴨川沿岸的納涼露臺聚會。我走過四条大橋，眺望著藍色夜空下明亮如晝的南座大屋頂。正覺悶熱之際，涼爽的夜風徐徐吹來，眞教人暢快。大樓的屋頂上，開設了露天啤酒屋，成排的燈籠像熟透的水果般紅光閃爍，酒客看上去可愛又愉快。

儘管心中忐忑，但弓箭都準備了。再說，即便是隔著河岸也好，我想一睹弁天尊容。

我走下四条大橋來到鴨川河堤，望著對岸點著一盞盞橘燈的納涼露臺。沿著河堤往北走，市街的喧鬧隨之遠去，水面幽暗，只見對岸街上燈火。對岸連綿的宴席宛如夢中景致，手持酒杯的賓客沐浴在燈光下，宛如舞臺劇演員。

不過其中一座露臺顯得格外沉靜，上頭坐著六名男子，個個福神般掛著和善的微笑。在這片綠葉中，有一抹冷峻的紅，那就是弁天。

那就是星期五俱樂部。儘管惡名昭彰，他們看起來倒很愜意。

星期五俱樂部的祕密聚會，從大正時代一直延續至今。每月一次，在星期五舉行，因而得名。每次聚會，七名會員在祇園或先斗町一帶的餐廳設宴，享用美食。成員有大學教授、作家、富豪等名流。會員輪替，但席次固定是七人。這七個席次，則分別以七福神(註一)之名來命名。

弁天在該俱樂部占有一席，身爲萬綠叢中一點紅，她似乎頗樂在其中。老師和我們之所以喊她「弁天」，也是這個緣故。聽說將這歷史悠久的席次讓給她的前一任「弁天」，是個一臉虯髯的大漢。這樣看來，弁天似乎更適合「弁天」這個席次(註二)。

這群人雖祕密聚會，但也不能因此斷定他們一定是在席間策畫擾亂太平的陰謀，或許，那只是志同道合的朋友的輕鬆聚會也不一定。如果眞是這樣就好，只可惜問題不只如此。

事實上，星期五俱樂部每年的尾牙宴固定會上演一件慘無人道之事，因此遭狸貓一族視爲毒蛇猛獸，加以唾棄。

每年，他們都會大啖狸貓火鍋。

註一：帶來好運的七尊神明，分別是惠比須、大黑天、昆沙門天、壽老人、福祿壽、弁天、布袋。類似中國的八仙。

註二：弁天又名「辯才天女」、「妙音天女」，是七福神中唯一的女神。

呀呀——光是想像，我就差點娘娘腔地迸出布匹撕裂般的尖叫。

實在難以置信！在文明開化的這時代，根本沒有吃狸貓爲樂的必要嘛。當眞野蠻至極！如果是想標新立異，希望向世人展現自己的與眾不同，大可吃蟾蜍、夜鷺、八瀨的野猴、做刷子用的椰子纖維，古怪的珍奇食材要多少有多少。我眞想問，爲什麼偏偏要選狸貓呢？

○

眼前是水聲淙淙的鴨川，波光瀲灩，映照街上燈火。

我將老師的情書綁在箭上，瞄準星期五俱樂部一行人的方向。由於豐滿的雙峰妨礙射箭，我只好變小一點。話說，此刻若是披上甲冑，我不就像生在現代的那須與一（註）嗎！想著想著，一個人忍不住演起了獨角戲。對岸連綿的納涼露臺下，是鴨川的河堤，許多行人喧鬧嘻笑，但我自信滿滿，深信這一箭絕不可能射偏。

露臺上，弁天霍然起身。她今天身上穿的似乎是白西裝，不過又不像，我也搞不清楚。只見她在露臺上踱來踱去，揮舞著一把底端綁有結繩的扇子，像在跳舞。扇子的黑色骨身油亮，原來是紅玉老師送她的「愛的紀念品」，弁天曾多次在我面前炫耀，扇面繪有風神和雷神的圖案。竟連如此重要的寶貝都送給了弁天，這使我對紅玉老師的評價又減了幾分。

正當我張滿弓瞄準弁天時，一個念頭閃過。不妨就學學《平家物語》裡的那位神射手，一箭射穿那把扇子吧。明知就是老幹這種事，才會遭大哥訓斥、挨紅玉老師罵，然而只要念頭一起，我就管不住自己。

趕在膽怯前，放手去做就對了。我索性一箭射出。

只見羽箭輕盈地畫出一道圓弧，箭頭不偏不倚地貫穿弁天手中的扇子。弁天身邊的男人一陣譁然，紛紛起身。站在河岸另一側，對岸的騷動一點也不像自己幹出來的，心中湧上看戲般的痛快。就在我為自己惹出的軒然大波暗自叫好之際，弁天伸手搭在納涼露臺的欄杆上，視線筆直地射向我。她嫣然一笑。我腳底發毛。

星期五俱樂部的男士在弁天身旁排成一列，四處張望，搜尋肇事者。我還來不及讓胸部恢復原本的豐滿，便沿著河堤飛快逃離現場。

○

雖然我只是隔岸觀火，但誰教放那把火的人正是我。我一路奔過四条通，一顆心撲通直跳，也

註：鎌倉初期的武將，為神射手。跟隨源義經征戰，曾一箭射落平家的扇子。

不知道是出自害怕還是興奮的悸動，不過倘若認定是害怕，實在有損我的名譽，姑且就當是興奮的悸動吧。

為了平復興奮的悸動，我決定上紅玻璃去。「紅玻璃」位於寺町通三条的地下街，狸貓一族常在那裡出入。這家店白天是咖啡廳，晚上則是酒館。

這個時間，寺町通的店家大都已拉下鐵門，來往行人也稀稀落落。醉漢的喧譁聲，令悄靜的空氣為之震動。

走下牆上貼滿可疑海報的窄梯，地底傳來古怪的音樂，讓人覺得彷彿來到了地府。這可不是我胡思亂想。紅玻璃占地遼闊，店內盡頭是什麼模樣，至今還沒有人一探究竟；這裡曾舉辦多場大型聚會，儘管無數賓客光臨，店裡從沒坐滿過。愈往店內深處走空間愈狹窄，最後是一條置有成排紅天鵝絨椅子和木桌的昏暗長廊，火爐座落其間，爐火曚曨。那裡一年四季都冷冽如冬，據傳是通往冥界之路。

暮色輕掩，紅玻璃收起白日的樣貌，搖身一變成了酒館。我走近吧臺，老闆驚詫地望著我。

「是我啦。」我讓他嗅聞身上的氣味。

「搞什麼，原來是你。」老闆嫌棄地說。「又變成這副模樣出來鬼混。」

「變什麼模樣又有什麼關係。」

「你真不該胡亂變身。」老闆拈著泥鰍般的鬍鬚，一本正經地教訓。「至少變身成適合來這裡的模樣嘛，都被你給搞混了。」

這些話左耳聽進右耳出，我端起僞電氣白蘭（註），輕啜一口。

我一手托著腮，聆聽店內的音樂，猜想弁天應該讀完老師的情書了吧。弁天讀完那個年邁體衰的老人卯足心血寫下的情書，火速趕往幽會地點與他相會——這怎麼想都是不可能的事。那封情書噁心的程度，簡直就像卯足了勁要將愛人趕離幽會地點一般。這些年來歷經了無數相同的失敗，老師早該受到教訓了，竟還是搞到這番田地。眞是既丟臉，又可悲。

正當我坐著發愣，一個聲音說道：「給我一杯紅摻酒。」陡然，一隻冷若寒冰的手抓住我的後頸，我的身子爲之一縮。

坐在我身旁的，是弁天。

○

所謂的「紅摻酒」，是燒酒摻紅玉波特酒調配而成。只見弁天舉起桃紅色酒杯，雪白的喉頭咕

註：「電氣白蘭」是大正時代淺草一家老酒吧推出的一款雞尾酒，「僞電氣白蘭」則是作者小說中常出現的傳奇美酒，據傳只有芳醇的香氣，但沒有味道。

嘟作響，將酒一飲而盡。紅玻璃內鴉雀無聲，我偷瞄了一眼，發現剛才還在悠哉作樂的同類全消失無蹤，只有無法離開崗位的老闆縮在吧臺一角佯裝忙碌，手腳像被軟糖給黏住般動作僵硬。眞是一群膽小鬼，簡直就像一群撞見大魚不知該往哪兒逃的小魚。弁天對這樣的反應絲毫不以爲意，這對她早已是家常便飯。

她以手指畫出箭矢從空中飛過的模樣。

「剛才那是什麼？嚇了我一跳呢。」

「老師吩咐我送情書給妳。因爲妳人在對岸，距離太遠，我才以飛箭傳書。」

「你該不會是在向我挑釁吧？」

「應該說是一種既愛又恨的表現。」

「有人挑釁，我向來照單全收。」

「萬萬不可。」

「我寶貝的扇子就這麼毀了，星期五俱樂部也亂成一團。我謊稱人不舒服，來這裡找你。」

「我如果眞想射妳的話，一定會射中的，哈哈哈。」

「說得也是，呵呵呵。乾脆直接命中我的眼珠吧。」

弁天說著把扇子擱在吧臺上，細長的手指撫摸著扇面的裂縫。弁天的指甲繪著我看不懂的圖案，每當她蔥指輕揚便有暗紅色光芒閃動，宛如生物般逐漸變形，教人看了渾身不舒服。

「扇子的事我很抱歉。如果可以的話，我替妳……」

「不必了。我自己留著。」弁天緊緊按住扇子。

「妳看過情書了嗎？」我問。

「看過了，老師又在撒嬌了。」

「老是用這招，太老套了。」

「就是說啊。」弁天輕聲淺笑。「誰教我太久沒回去了。」

「好歹一星期回去一趟嘛，妳覺得呢？」

「我可不希望你插手哦。」

「我也不想蹚這渾水。小倆口吵架，連狗都不會去湊熱鬧。」

「你是狸貓，又不是狗。」

「是狸貓就不行嗎？」

「因爲我是人類啊。」

弁天一臉無趣地如此應道。我想起之前也曾有過這麼一段對話。

「如果你是向我挑釁，我樂意奉陪。」

「我才沒有呢。」

「這麼一來，我就有藉口抓你去煮尾牙宴的狸貓火鍋。」

「妳又在胡說了。」

我一顆心七上八下，極力保持冷靜，爲了離開這風雲驟變的可怕現場，我舉手叫喚老闆。但不見老闆蹤影，只看到一尊巨大的信樂燒陶狸以直立不動的姿勢立在吧臺中央，簡直就像在耍人似的。看來，老闆已經嚇壞了，索性選擇變身成一尊陶狸。不得已之下，我走進吧臺，替自己倒了一杯僞電氣白蘭，順便替弁天調了一杯紅摻酒。

她隔著吧臺伸手戳了戳我的胸部。

「對了，你今天怎麼扮成這副可愛模樣？都這麼晚了，女孩子可不能在這種地方逗留哦。」

「很可愛吧？」

「是啊。」

「爲了給老師的日常生活來點滋潤，我才變身成年輕少女。」

「眞是高貴的師徒情誼啊。」

「可是我卻被臭罵了一頓。」

「我說你啊，像那種任性的老頭，你幹嘛還去理他呢。」

「怎麼可以不理他。」

弁天淺酌著紅摻酒，靜靜注視著我。

「你一直很介意魔王杉的事吧？」

「妳一點都不在乎嗎？」

「在乎什麼？」

「人類就是這樣，所以我才不是對手。你們本性簡直比天狗還壞。」

「那可眞是不好意思啊。不過，你可眞是一點都不懂老師的心情。」

弁天嫣然一笑，將紅摻酒一飲而盡，站起身。

「他在南座。」我見她準備離去，語氣愈說愈激動。「那老頭在那裡等妳！」

她突然露出惡鬼般的可怕表情，隔著吧臺一把揪住我的衣襟。「我見不見他和你無關吧？」她白皙的臉蛋毫無血色，眼圈泛黑，冷若寒冰的吐息從口中滿溢而出。

「是我太多嘴。」

我話才剛說完，弁天的嘴唇便貼向我的，發出一聲吸吮的清響。她的唇冷冽至極，我還以爲嘴唇將就此凍結，驚呼一聲，急忙退下。弁天拋下我，逕自走出紅玻璃。

「你沒事吧？」那隻陶狸向我喚道。「沒想到你還有辦法活命。」

「就是這樣活著才有意思。」

「小心哪天眞的被煮成狸貓火鍋哦。」

我站起身，伸手觸摸嘴唇，桃紅色的冰屑紛紛落下。冰屑在掌中登時融化，我伸舌舔舐，嚐出紅玉波特酒的味道。

「先來喝杯酒吧。哎呀，眞是嚇死人了。」老闆道。

「你請客嗎？」

「當然。」

○

我想起初次和弁天邂逅的情景。

當時的她還不是弁天。

我順著長長的階梯爬上屋頂。面向烏丸通的洛天會大樓屋頂相當寬廣，和煦的春光撒滿一地，藍天彷彿會將人吸入，飄盪著鬆軟的薄雲。從小小的稻荷神社和蓄滿髒水的貯水槽旁穿出，屋頂中央突然出現一棵巨大的老櫻樹，美麗的花瓣狀似糕餅散布其上。每當風吹過四条烏丸的商業街，便有一陣櫻花雨自屋頂飛向烏丸通上空。地上人們抬頭仰望櫻花翻飛時，心裡一定覺得很不可思議吧。

我奉家父之命送酒給紅玉老師。族裡只有父親與紅玉老師有直來直往的交情，那天，他故意派我送酒到老師祕密安排的屋頂賞花宴席，尋老師開心。

離櫻樹不遠處的地上長滿了青苔，立了把大傘，只見老師和弁天感情融洽地坐在青苔上賞櫻。

老師一身氣派的和服，手持一根棍子粗的雪茄在吞雲吐霧，一副偉大天狗的派頭。我捧著紅玉波特酒，步履沉重地走近，老師原就生得嚴峻的臉隔著雪茄的煙霧看來，顯得更加嚴峻。我猜會挨罵，心中忐忑，不過老師宛如鬼瓦般的撲克臉似乎只是用來掩飾他的害羞。

「你來做什麼？」老師威嚴十足地問。「那是什麼？」

我將酒瓶擱在地板上，恭敬跪地行禮。

「在下是下鴨總一郎家的三男，名叫矢三郎。這是獻給如意嶽藥師坊大人的禮物。」

「辛苦你了。」

老師說完，視線又飄到櫻樹，趾高氣昂的態度絲毫不改。弁天笑著站了起來，動作可愛地拉好洋裝的裙襬。當時的她模樣普通，與路上行人沒有兩樣。儘管莫名其妙遭這個滿臉皺紋的怪老頭擄來，她臉上也不見驚慌，似乎坦然接受了命運。

「辛苦你了。」弁天低頭向我行了一禮，接過紅玉波特酒，捧在胸前。

「你這是什麼裝扮？」她望著我笑。

我已經不記得自己當時化身成什麼模樣。誰教不管周遭的人如何訓誡，我一概不予理會，不斷變身。當時我到底是什麼模樣呢？

「你要不要也喝一杯？」

「不用了。」

「你不是人類吧？」

「這要我怎麼說好呢。妳呢？」

「我叫鈴木聰美。」

「好啦，別再取笑他了。他是個怪小子。」老師朝弁天喚道。「一個秉性不良的傢伙。」

「他似乎是個有趣的人。」

「哪裡有趣啊。雖然身手不錯，做事能幹，但人要是不懂得矯正自己的缺點，最後終究一事無成。」

「您似乎很看中他呢。」

「別說傻話了。」

弁天嫣然一笑，帶著我來到櫻樹下。

「你也一起賞花吧。」

櫻花花瓣輕盈地飄盪在身旁，我們宛如置身夢中。

「你看，很美吧。從沒　見過櫻花開得這麼茂盛。喏，整個埋在花中，連樹梢都看不見了。」

我沒有回答，望著眼前的櫻花，看傻了眼。

「喂，照我教妳的試試看。」

老師的語氣從未聽過的溫柔，眞讓我大吃一驚。

「哎呀，我還不行啦。」

「試試看嘛。」

只見弁天覺得刺眼似地仰望櫻花，略帶緊張地屏息著，她輕輕蹬地後，竟輕飄飄地浮在空中。她穿過滿天飄降的櫻花雨，伸手搭向一根向外延伸的枝椏，藉此力量又飛往更高處。我在一旁看得目瞪口呆。不知何時，紅玉老師來到我身旁，仰望的臉上盡是滿意之色。

「成功了。」弁天自花瓣飄降的花叢間露臉，笑得燦爛。

老師重重地頷首。

「自在翱翔於天際，這才是天狗。」

○

儘管已夜半三更，四条大橋的人潮還是駱驛不絕。

我因弁天的寒冰之吻興奮不已，在老闆的免費招待下喝了好幾杯僞電氣白蘭，就此酩酊大醉。

我優雅地倚在四条大橋的欄杆上，吹著夜風醒酒。

四条大橋東側有家名爲「菊水」的餐廳，屋頂熱鬧地亮著啤酒屋般的燈泡。屋頂中央高高隆起，頂端渾圓光滑，模樣怎麼看怎麼怪。牆上直直一列的雙連窗洩照出窄細的光芒，閃耀明亮，看在醉醺醺的我眼中宛如一座模形。

要是爬上那光滑的高塔，不知會怎樣？正當我心裡如此暗忖，弁天正好出現在高塔頂端。只見她以菊水的塔頂作踏板，騰空一躍，跨過祇園的燈火飛向南座的大屋頂。白天曬得灼熱的屋瓦應該還很燙，但弁天神色自若地一路踩著屋瓦而去。

紅玉老師終於出現在大屋頂南側，沒想到他還爬得上去。只見他氣息奄奄，彷如全身發條鬆脫似地不住顫抖。偉大的紅玉老師如今得要竭盡全力才爬得上屋頂，不幸的是，他那把上等的黑漆枴杖在坡度陡峭的屋頂派不上用場，只能趴著。老師想展現威嚴迎接弁天，全身湧現了過人的氣勢，這我不得不佩服，可是伏倒在對手腳下要如何讓這場單相思的戀情反敗爲勝呢？眞教人替他捏把冷汗。

弁天站在老師面前。老師趴在地上，抬頭仰望弁天。兩人簡短交談了幾句。只見弁天冷冷地搖頭。在夜間照明燈的照耀下，弁天光輝耀眼，而仰著頭的老師卻是一張伸長脖子的瘦削馬臉，委實窩囊，教人不忍卒睹。看來這註定是一場無法改變的敗仗了。

我知道老師一定很想驕傲地對她說：「我要昂然而立，向妳展現威嚴，擁著妳一同優雅在夜空漫步，盡情痛罵在塵世蠢動的萬物。」可是他現在只能趴在地上，頭和臀部不住地顫動，根本不知道弁天能否明白他的心。

我心想，該是我上場的時候了，便朝南座走去。
我還沒來得及走到四条大橋東側，老師與弁天的久別重逢就已收場，沒半點浪漫氣氛。
弁天留下無法動彈的老師，翩然飛向夜空，根本來不及挽留。只見她一口氣飛越鴨川，以東華菜館屋頂那座西班牙式的高塔當踏板，飛往燈火輝煌的夜街。
老師無法展開飛行術追去，只能待在原地顫抖。
弁天將匍匐在屋頂的老師拋在身後，迎著夜空朗聲發出天狗的笑聲。
笑聲之巧妙，就連真正的天狗也自嘆弗如。

○

老師終於走下屋頂，來到南座下，坐倒在人行道旁喘息。他穿著皺巴巴的褐色西裝，襯衫拉出鬆垮垮的長褲。
「老師，您在這裡做什麼？」我出聲叫喚。
「原來是你啊。」老師嚇了一跳，望著我。「你喝醉嘍。」
「嘿嘿，小喝了點。」
「終日只知玩樂。」

「我今天已經玩夠了。」

「等等，我也要回去，去叫輛計程車來。」

「老師，與其坐計程車，不如用飛的比較快吧。」

老師狠狠瞪了我一眼，低下頭說：「嘴巴別那麼壞。」就像小孩子在鬧脾氣，他頻頻以枴杖敲著地面。「眞是丟臉，老朽閃到腰了。」

我在川端通攔了輛計程車，背著老師坐進車內。老師的身子軟綿綿的，很輕。我背上的老師發出一聲滿是苦悶的長嘆。

「這個蠢蛋，不是叫你別再變成女孩的模樣嗎？」

「這樣看起來不就像孫女接爺爺回家。」

「讓女孩背著走，未免也太怪異了。」

老師說著，手繞到前方偷偷搓揉我的胸部。

「哼，果然是假的。」他以一副了然於胸的口吻咕噥道。

計程車沿著鴨川而行，車窗外街燈飛快流逝，鬧街逐漸離我們遠去。

「你將信送到弁天手上了吧。」

「是的。我不敢靠近星期五俱樂部，就以飛箭傳書。」

「你做事總是這麼胡來，這樣不行。」

「弁天小姐會回來吧？」

「不知道，她也是終日玩樂。」

「對了，老師您在那裡做什麼？」

「我只是想到祇園喝點小酒。」

接下來我便沒再多問。

老師早知我會偷看那封情書，我也知道老師定會料到這點。這些日子以來，透過長期的你來我往，我們早已摸清對方的心思。然而，老師明知如此，還是不肯向我透露詳情，我也不會「挑明著講」。師徒之間，不能隨意肝膽相照。

我想像著弁天朝夜空飛去的身影，以及和她形成強烈對比，在南座的大屋頂上嚇得屁股打顫的老師。

「自在翱翔於天際，這才是天狗。」老師望著河岸景致如此低語。「不是嗎？」

「可是，偶爾坐坐計程車也不錯啊？」

「嗯，確實不錯。」

「就像狸貓有時也會對變身感到厭倦。」

此話一出，老師旋即嗤之以鼻。

「別拿我和狸貓相提並論。」

接著老師深深陷進座椅，打了個大呵欠。

○

魔王杉事件後我深深反省，自行退出師門，多年沒和老師見面。那段期間，老師依舊擔任教職，爲了保住宛如不斷從手中流失的高級砂糖的威嚴，孤軍奮戰，只可惜最後仍以落敗收場。由於不願在眾人面前出乖露醜，他選擇捨棄教職。自此老師終日窩在破公寓喝紅玉波特酒，引領期盼弁天的來訪。他緊守著完全暴露自己弱點的尊嚴，抗拒周遭的一切，就連偶爾前來探望的學生也對他退避三舍。不久，便沒人敢登門拜訪。

今年初春，我耳聞老師半夜會在賀茂川畔練習飛行，便跑去觀看。從葵橋一路往北延伸，遼闊無邊、杳無人蹤的賀茂川畔，吹著陣陣刺骨寒風。在這連光禿禿的樹林也爲之顫抖的荒涼景致中，有個身影在河堤上移動。只見紅玉老師時而緩步而行，時而猛然一躍，身子不時能成功飄然浮起片刻。但僅只如此，他終究未能自在飛翔於天際。

「晚安啊，老師。今天眞冷呢。」

黑暗中我朝他叫喚。兀自蹦跳的老師揚著下巴，瞪視著我。

「確實很冷。所以我才這樣跳躍，暖暖身子。」

「我也可以學您這樣跳嗎？」

「好啊，你也來暖暖身子吧。」

於是我們倆就這麼蹦蹦跳跳地走著。

而我們你我無間的關係，就是從那時開始的。老師知道我曾經迷戀弁天，以及變身成魔王杉騙他，但什麼也沒說。如果要老師承認自己被區區一隻狸貓給矇騙，他鐵定會羞憤而死。

我心想，既然是我自行退出師門，理當也能主動重回師門，但一定得讓老師見識我深諳禮數的一面。於是我從紅玻璃偷來一瓶國外的貴昂紅酒，畢恭畢敬地向老師磕頭獻禮。

但老師堅持不喝，因爲他說狸貓沒有辨識眞貨和假貨的能力。簡直鬼扯。

「這東西分明是假貨，你不知道什麼是紅酒嗎？眞正的紅酒，瓶上會寫上『紅玉波特酒』幾個大字。」

紅玉老師在車內沉沉睡去，嘴邊掛著像銅長尾雉尾巴一般長的口水。我一把扛起老師，走出計程車，悄聲踩上公寓的樓梯，將他抛在那張從不摺起的被墊後，我累得筋疲力盡。老師則口水直流，鼾聲如雷，有隻飛蛾停在額頭上也渾然未覺。

我喝了一口老師剩下的紅玉波特酒，稍微歇口氣。老師愛喝的紅玉波特酒實在甜得可怕。

我站在懸吊於洗臉臺的骯髒鏡子前，變身成弁天的模樣。

變身成意中人的感覺還眞奇怪，儘管長相無異，但望著鏡中人我卻完全提不起興趣。或許是因爲鏡中人完全按照自己的意思行動，而對方會不會照自己的意思行動，這中間的差異存在著是否令人迷戀的趣味。不過我身爲狸貓竟會愛上人類，這才當眞古怪吧。

「妳回來啦，到我身邊來。」老師以迷糊的睡語說道。

我在老師身旁坐下，看來他是睡昏頭了。

「雖然我現在不能飛，但這只是暫時的。」老師曉以大義地說。「等我身體好了，功力恢復正常，我再教妳許多東西。只要我想，就算要引發地震也不成問題，喚來旋風吹倒大樓也難不倒我。」

「是，您說得一點都沒錯。」

「再這樣下去，實在太丟臉了。日後我非要將這世界搞得天翻地覆不可。不過，我現在好睏，沒辦法鑽研魔道……」

「請您好好安歇吧。」

「嗯，是該好好睡一覺。妳偶爾也留在這裡過夜吧。」

語畢，老師撫摸著我的臀部入睡。

老師並沒發現他摸的不是弁天的臀部，而是我的。就算他是因爲睡昏頭才分辨不出眞假，那也同樣可嘆。不過也可能老師心知肚明，卻故意佯裝不知。

○

身為狸貓該過什麼樣的生活？過去我曾思索這個難題。

我自認懂得如何讓生活過得有趣，但除此之外，我實在不知道該做什麼才好。「不知道該怎麼做的時候，什麼都不做方是上策。」這是拿破崙的至理名言，而我就在「什麼都不做」四處遊蕩時，曉悟了一個道理——除了讓生活過得更有趣，無事可做啊。

出町商店街的店家都已拉下鐵門，悄靜無聲。每到夜闌更深，路上總是冷冷清清。我快步飛奔過商店街，經過亮著昏黃燈籠的出町弁財天神社，朝下鴨神社前進。顏色宛如紅銹的月亮，升上黑森森的東山山頭。跑著跑著，我對自己變身的模樣感到厭膩，索性改以四隻腳奔跑。

可怕的人類弁天，想必仍在夜晚的市街來回穿梭吧；另一方面，落魄的天狗紅玉老師躺在床上發出可悲的如雷鼾聲；至於身為狸貓的我，則沿著河岸四腳狂奔。天狗、狸貓、人類構成的三角關係，轉動著這城市的巨大車輪。望著那轉動的車輪十分有趣，但有趣的事也往往累人，此刻我深感睏倦。

我回到了糺之森。

才鑽進黑漆漆的柔軟被窩，弟弟馬上醒來。

「哥，你回來啦？」他悄聲問。

「嗯。」

「你今天做了什麼？」

「我當愛神邱比特去了。」

「好玩嗎？」

「嗯，好玩。」

我伸手敲了一下弟弟的頭，沉沉入睡。

○

Chapter 02

母親與雷神

我族的血脈遠從平安時代一路延續至今，這事毋庸置疑。雖說是狸貓，我們可不是自己從樟樹洞裡蹦出來的軟毛球，既然我有父親，我父親自然也有父親。

就舉我所屬的下鴨一族和其分支夷川一族爲例，我們的狸貓祖宗，早在桓武天皇遷都平安城時就跟著一起從奈良平群遷往四神齊備（註一）的新天地。其實說穿了，他們不過是一群被人類飯菜羹湯的香味引誘、捨棄萬葉之地的烏合之狸，沒人拜託便擅自增產報國，根本稱不上什麼「祖宗」。從平安時代一路分枝散葉的血脈，緊緊束縛著我族。就連我這種「痞子狸」都無法輕易捨棄血緣這玩意兒，正因有這層血緣關係，族人間一點小小爭執也得斤斤計較，有時甚至還落得以血洗血。

「血濃於水」這句話，實在令我不勝負荷。

○

我父親名震京都，深受狸貓一族景仰，長久以來一直以他的威嚴掌管狸貓社會。然而遺憾的是，他已在數年前駕鶴西歸。

我偉大的父親留下了連同我在內的四個兒子。但很遺憾，父親死時我們尚還年幼，個個不成材，沒人能繼承先父衣缽，因此步上了成千上萬擁有偉大父親的孩子的悲劇後塵。

父親亡故後，我們日漸長成。大哥生性古板，一遇上緊要關頭便優柔寡斷；二哥內向自閉，不理世事；我則像高杉晉作（註二），凡事只講求有趣；么弟的變身術糟糕透頂，程度之差被評爲「前所未見」。這些事傳開後，世人一致認定：「這些孩子沒人能繼承下鴨總一郎的血脈，令人遺憾。」

聽聞此事，大哥忿恨不已，跑到岡崎公園四處拆除纏在松樹上的草蓆洩憤。他緊握右拳，喊道：「我一定要超越老爸！」二哥則說：「別人怎麼說，我都無所謂。」逕自在井底吐著氣泡；我頂著圓滾滾的肚腩，專心品嚐珍藏的美味蛋糕，么弟雖縮成一團嘴裡念著：「媽，對不起。」但同樣將蛋糕往嘴裡塞。

不過，母親絲毫不以爲意。

理由很簡單。

因爲我母親絲毫不相信自己的兒子是狸貓一族出了名的窩囊廢。她深信總有一天，她的孩子都會成爲足以繼承亡父衣缽的偉大狸貓。正是這種勇敢踏入不合理領域、無憑無據的信念，讓她成功扮演母親角色，也讓我們得以做自己。

註一：四神指的是東青龍、西白虎、南朱雀、北玄武。

註二：日本武士，在幕末時主張尊王倒幕，表現活躍。曾說過一句名言：「我要讓這個無趣的世界變有趣。」

我父親很偉大，但我母親更偉大。

○

進入八月後連日豔陽高照，街上悶熱不已。

不過我們一家居住的下鴨神社糺之森，還是同樣涼爽宜人。我和么弟每天坐在流經糺之森的小河邊泡腳，喝著以清水燒陶碗盛裝的彈珠汽水，不然就是送便當和紅玉波特酒到恩師紅玉老師家。有時我也會做做白日夢，想像自己坐在岡崎圖書館的大書桌前，埋首於書籍，學習先賢的至理名言。

不過這樣的日子沒過多久，母親便發火訓人：「成天幹這些事，人都變傻了！」於是我決定陪母親去撞球。因為母親發火的時候，大都是她覺得寂寞的時候。

加茂大橋西側的咖啡廳樓上有家撞球場，一對男女在此現身。由於兩人氣質與眾不同，在這一帶無人不曉。男子身穿黑西裝，打著深紅領帶，頭髮梳理得服貼整齊，是個膚色白皙的美男子；女子一身白淨勝雪，模樣惹人憐愛，讓人聯想到身處深閨的富家千金。兩人彷彿在演出寶塚歌舞劇一般，舉止誇張造作。

描述得好像在談論別人，其實那位大家閨秀就是我，而另一位舉世罕見的摩登帥哥，則是我母親。

絢爛華麗的寶塚歌舞劇！

我母親從小熱愛寶塚歌舞劇，即便到了今日，她只要有空便會搭阪急電車到聖地巡禮。不管是人類還是狸貓，一旦染上「寶塚病毒」，幾乎可說無藥可救，就算以最先進的現代醫療救治，也不可能完全根治。

因此打從開始我便死心斷念，從沒想過要剝奪母親這項嗜好。自從父親亡故，她的寶塚病日益嚴重，每到日暮時分，她便變身成衣著光鮮的寶塚風美男子，離開幽暗的糺之森，上街遊蕩。由於母親總是變身成美男子，我們兄弟與她同行時大都會變身成可愛的少女。由於模樣過於招搖，我們還曾在寺町通被京都電視臺的人叫住，母親得意洋洋地接受採訪，我則是嚇出一身冷汗。

就我所知，母親應該沒玩過撞球，但沒多久她便開始熱中此道，還因此結識了不少大學生和中年大叔。經過同好指導球技，如今她已打得一手好球。「優雅的撞球最適合美男子。」一切都是母親的刻板印象使然。

「黑衣王子」，就是母親走跳人界和狸貓一族的稱號。這名號似乎是她自己取的。

我變身成可愛少女，從撞球場的窗邊俯看黃昏時分的鴨川。橫跨河上的加茂大橋，巴士和車輛閃著車燈穿梭其上。天上覆滿雲層，東山的天空如同滲進墨汁般昏暗漆黑。

母親從剛才起便全神貫注於球賽中，不論她身子彎得再低，髮形也不見一絲凌亂。我對撞球沒半點興趣，在一旁心不在焉地望著專注於滾動小球的母親。

「你又和弁天小姐見面了嗎？」母親揮動著球桿說。「又幹這種危險的事！」

「不會有事的，媽。」

「那人做事不按牌理出牌，你要是太大意小心被煮成火鍋。狸貓從以前就常被人類丟下鍋，他們可是比天狗和狐狸都要陰險歹毒呢。」

「可是，紅玉老師拜託我這麼做，我也沒辦法啊。」

「他也眞是的，都一大把年紀了，還這麼執迷不悟。這種人最教人頭疼。」母親長嘆口氣。

紅玉老師迷戀上自己從琵琶湖畔擄來的年輕弟子弁天，然而弁天對他根本不屑一顧。老師的醜態早已在京都傳開。

母親一桿擊出，五顏六色的小球四處滾動。在一旁看覺得簡單，但實際下場打球卻怎麼打都不順手。母親曾經認眞地教我打球，但我就是學不來，最近她似乎打算改教么弟。

「盂蘭盆節就快到了，得再派出納涼船才行。矢一郎不知著手準備了嗎？你聽說了什麼嗎？」

「不，大哥什麼也沒交代。」

「不知道準備得順不順利，我們已經沒有萬福丸了。」美男子眉頭微蹙。「他要是能找你商量就好了，眞不該凡事都自己硬撐。」

我們一家每年都會在五山送火（註）那夜派出納涼船。納涼船的設計很特別，是以酒爲燃料，能翱翔於天際。搭船在夏日夜空吹著涼風，欣賞五山的火字，是從父親還在世時便一直沿續至今的盂蘭盆慣習，只可惜去年我們被捲進無謂的紛爭，納涼船泰半慘遭燒毀。以酒當燃料的飛船，可不是想找就找得到，大哥想必正忙著籌措新船，但進展如何我一無所悉。

「大哥八成是討厭倚賴弟弟吧。」

「你該好好和他相處才是。」

「我很愛大哥啊，他是個好人。」

「又說這種挖苦人的話，你這孩子眞是的！」母親瞪了我一眼。「矢一郎個性剛直，不夠圓融，不懂得如何應付你這種個性古怪的人。你得讓讓他才行。」

註：每年八月十六日在京都周圍的群山半山腰，以篝火排出大型文字的活動。爲盂蘭盆節的送火活動（爲了送走祖先的靈魂在門前焚燒篝火）的延伸。

「才不要呢。」

「你個性輕浮，倒是意外頑固，一定是像我。不過，頑固也要有個限度。」

不久，常和母親一同玩球的那群大學生走進店裡。

我裝出楚楚動人的可愛模樣站在一旁，似乎令他們很不自在，於是我決定先行離開，去六道珍皇寺看二哥。

母親和那群年輕人聊得正起勁，我將她喚到角落，附在她耳邊低語，表明想去找二哥，母親開心地笑著說：

「這樣啊。那你就代替我去看看他是否還活得好好的。」

「媽，妳也去看看他嘛。妳一次都沒去過吧？」

「因爲他不希望我去啊。」

「才沒這回事。」

「待在那種地方是他的信念，但我引以爲恥。」母親說完走回球友身旁，但途中又折了回來。

「還有，回程你去一趟夷川的發電廠，去接矢四郎。他似乎受夠見習了，你請他吃點好吃的吧。」

么弟矢四郎前天起到夷川發電廠後面的僞電氣白蘭工廠見習。

「媽，今天天氣不好，我看妳差不多該回去了。要是待會兒打雷，可就麻煩了。」

「我知道。」

黑衣王子哼了一聲，我目送她走向撞球臺的背影。

黑衣王子的頭髮梳理整齊，在室內燈光的照耀下閃閃生輝，不論怎麼看，都像是個穿錯服裝、來錯場所的怪人，一點也看不出是四隻小狸的母親，但她的體內確實蘊藏了熾熱的母愛。母親真是不可思議，令人不禁肅然起敬。

我模樣可愛地向那群學生行了一禮，逗得他們眉開眼笑，然後走下樓梯。

來到加茂大橋旁，我從嬌小可愛的少女搖身一變成蓬頭亂髮、不起眼的男大生。那是我平日在人類世界走跳的模樣，因此其他人常叫我「委靡大學生」。

○

我騎著自行車，在夜幕低垂的東大路往南而行。

我的目的地是位於建仁寺南側的六道珍皇寺。二哥窩在珍皇寺內的古井裡，年紀輕輕便過起隱居生活，時間已達數年之久。

二哥以「史上最沒鬥志的狸貓」聞名全京都。

從小他便極少在人前展現他深藏不露的「鬥志」，也少與人往來，難得展現活力，族人幾乎都把他當呆子看待。

長大後他德行不改，只有在喝了酒後才稍替自己爭回面子。每當黃湯下肚，二哥毫無鬥志的模樣頓時煙消雲散，他會變身成最拿手的「僞叡山電車」疾馳在大路上，讓那些沉迷夜生活的遊人嚇得魂飛天外。

聽說父親常邀二哥喝酒，慫恿他：「試試那招吧。」然後搭上二哥變身成的電車，在京都街頭縱橫馳騁，朗聲大笑。父親似乎很中意二哥的僞叡山電車絕技。

由於父親四處找酒喝的日子多，二哥和父親相處的時間自然也最長，父親不讓我們知道的另一面，二哥一定很清楚。從不喝酒的大哥對此非常嫉妒，二哥也知道。正因如此，父親的死對二哥打擊很大。父親死後，他不再喝僞電氣白蘭，愈來愈無霸氣可言。

有一次他嚴重消沉，喃喃說著：「呼吸眞麻煩。」母親聽了勃然大怒，一把將他推下鴨川。母親因爲父親剛過世，情緒不穩定，竟親手將孩子給推下河裡。另一方面，落水的二哥不慌也不亂，口中念著：「游泳也麻煩。」竟一路隨著水流漂到五条大橋底下，毫無鬥志的模樣實在令人啞口無言。那天，我和么弟把一隻卡在五条大橋橋墩下的落水狸貓撈起來，帶了回家。

這樣的日子沒過多久，二哥決定不再當狸貓了。

我們以爲二哥終於瘋了，慌得手足無措。然而二哥一旦決定的事，任誰也無法改變，他不理會我們的懇求，離開了糺之森。

自此他變身成一隻小青蛙，躲在六道珍皇寺的井底，再也沒變回狸貓。我甚至忘了二哥當狸貓時的毛色。

這些年來，母親從未探望過藏身井底的二哥，他們倆已經數年不曾交談了。

○

祇園八坂神社一帶瀰漫著夜晚風情。

從八坂神社的石階下，熱鬧的燈火沿著四条通一路綿延，往南延伸的花見小路上行人如織，我改走另一條行人較少的西斜小巷弄。從大路轉進祇園，這一帶的巷弄十分幽靜，我踩著自行車，料理鋪的燈光散發夢幻的迷濛光芒飛快地在身後流逝。

沿著建仁寺的圍牆走進暮色中的寺院，寺內寬廣遼闊悄無人跡，鈉氣燈的黃光自黝黑的松林間穿射而出。我穿過寺內，從南門來到八坂通。

順坡而上，往東山安井的方向走，六道珍皇寺就位於南方的市街。眼下已過參拜的時間，不必擔心會被人瞧見，我越過磚牆繞往正殿後方的古井，越過木門，往井裡窺探。

「哥。」我喚了一聲。幽暗的井底傳來彷如冒泡般的細聲應道：「是矢三郎嗎？」我坐在古井外緣，朝井底凝望了半晌，始終瞧不見二哥的身影。不過我心念一轉，反正就算看到也不過是隻青蛙，無所謂啦。

「我今天要在這裡吃晚餐。」

我坐在井邊，吃起在八坂神社前的牛丼店買來的便當。

「牛丼很好吃吧？」二哥在井底感觸良深地低語。

「哥，你都只吃蟲子對吧？」

「既然當了青蛙，就該像青蛙一樣生活。」

「蟲子不會卡在喉嚨裡嗎？」

「這裡水多得是，不怕噎著。」二哥輕描淡寫地回應。「不過，把大小適中的蟲子一口吞下的那種順暢感可痛快了。」

「看來你當青蛙已經當得爐火純青了。」我大口嚼著丼飯。

入夜後的寺內靜悄悄的，沒人會到井邊來。寺院位於巷弄深處，聽不到大路的車聲。

兩年前我得知二哥當青蛙當得太像樣，以致變不回原本的模樣。這可悲的事實令我慌張不已，但二哥不當一回事地望著我，口吻依舊不改平日的沉穩。我問他不難過嗎，他只是應我一句：「得知無法恢復原形的那晚，我有些落寞，不過現在已經釋懷了。」他也未免太容易釋懷了！

我提議找外婆幫忙，她或許能治好，但二哥堅持：「如果要拜託那個壞心的臭老太婆，我寧願一輩子當青蛙。反正我原本就不打算變回狸貓，這樣正合我意。」

如此這般，二哥從容不迫地接受了命運的安排。

「最近好久沒來探望你，你一個人會寂寞嗎？」我邊吃牛丼邊問他。

在井底的二哥似乎噗哧笑了一聲。「大家一個個跑來問我同樣的問題，我哪有空寂寞啊。」

「有很多人來嗎？」

「比去年少了些，但不時有人來。比起從前當狸貓，我現在的生活還比較熱鬧，感覺好像顚倒了。」

「那是你以前當狸貓時沒有朋友的緣故。」

「……對了，前不久，難得連紅玉老師也來了。」

「一定是找你傾吐愛情煩惱對吧？」

「他老念著『我美麗的弁天啊』……我太震驚了，他昔日大天狗的威嚴究竟跑哪兒去了？得趕緊替他想想辦法才行啊。」

「已經太遲了，老師這毛病一輩子都沒藥醫了。」

「老師的愛情牢騷沒完沒了，我只好悶不吭聲潛入水底，不久他便自己回去了。緊接在紅玉老師之後，矢一郎大哥也來了。」

「咦，大哥也來了？爲什麼？」

「他好像有煩惱，但什麼也沒說就走了。」

「可能原本想訓你幾句，但最後放棄了吧。」

「感覺不是這樣。其實，他也有很多煩惱。」

「我知道。」

「最近我深深同情大哥。爲了繼承偉大父親的衣缽，他是那麼認眞努力，偏偏弟弟不是青蛙，就是傻子、長不大的小鬼，一點都幫不上忙。」

「我無法反駁，也不想反駁。」

「好在我不是長子。」二哥長嘆一聲。「如果我是大哥，一定會變成青蛙躲在井底。」

○

去年狸貓一族不論男女老幼，只要是有煩惱的人，都紛紛造訪二哥居住的古井，一時蔚爲風潮。

二哥以前還是狸貓時根本沒人理他，在兒童廣場遊玩的小狸貓甚至還直呼他「傻瓜」。如今他變成井底之蛙告別狸貓一族，卻突然備受關照，只能說這一切都是命運女神的惡作劇。

究竟是誰先起頭的，如今已不可考。當時一隻隻狸貓造訪此地，在井邊誠懇地低著頭向二哥訴說心中煩惱。據說只要這麼做，隔天一早便神清氣爽，對改善便秘、養顏美容同樣有效。如此不負責任的評價日益高漲，每晚都有迷惘的小狸貓來到井邊一吐心中煩憂，一時之間門庭若市，最後甚至連天狗都來了。
訪客個個舒顏展眉地離去，獨留我二哥一人在井底悶悶不樂。
「他們打算用煩惱活埋我嗎？」二哥微感惱火地說。
不過生性慵懶的二哥不久連生氣都嫌麻煩，他索性左耳進右耳出，平心靜氣地聽訪客吐露心事。這也正是二哥可愛的地方。
在世間蔓延滋生的「煩惱」大致可分爲兩種：一是無關緊要的事，二是無能爲力的事。兩者同樣都只是折磨自己。如果是努力就能解決的事，與其煩惱不如好好努力；若是努力也無法解決的事，那麼付出再多努力也只是白費力氣。不過，當人們還無法想通這一點時，便需要暫時消愁破悶，這時候二哥的古井便派上用場。
在井底傾聽的不過是隻青蛙，大家都清楚他無法解決問題，沒人對他抱有期待，逕自傾吐心事。正因打從開始便沒有期待，也就毋需擔心會因爲不靈驗而感到沮喪。只要有機會暢所欲言，任憑淚水滑落，心裡就會舒暢不少。因此，儘管二哥沒提出任何有用的建言，訪客還是收穫良多。
二哥以前曾這麼說：
「不管是誰，都覺得對個空洞說話是蠢事一樁，如果沒人肯傾聽自己訴說煩惱便提不起勁，可是說給其他狸貓聽又不好意思，人類和天狗就更不用提了。就這點來說，我已經半退出狸貓一族，是隻遭人淡忘的冒牌狸貓，再也不可能從青蛙變回原形。他們也知道不管什麼時候來，我都在井底。我就像便利超商那般方便，我判斷，這就是我受歡迎的原因。」

「哥，你都沒給他們建議嗎？」我問。

「反正是不相干的人，我才不在乎。」二哥說。「況且，有時找不相干的人傾吐心事反而比較好，或許是這樣，大家才往我這兒跑。」

「或許吧。」

「我總是對他們說：這事和我無關，眞對不起。」二哥咕噥著說。「誰教我只是隻井底之蛙，連大海長怎樣都不知道。」

「哥，你也不在乎老媽和我們嗎？」

二哥略微不悅地應道：「我可沒那麼墮落。」沉默了一會兒，他又爲難地補上一句：「不過，畢竟我只是隻青蛙。」

○

「覺得牛丼美味的這分純眞之心，我希望永遠不變。」我如此祈願，吃完手上的牛丼，然後對著井底和二哥聊天。二哥和我感情原本就不錯，不過他當青蛙後變得更多話了。也許二哥很安於當隻青蛙。

「你沒有煩惱嗎？」二哥問。「你從小就很少找人訴苦。」

「我完全沒煩惱。我決定了，要讓自己的人生過得既有趣又快樂。」

「你和海星還順利嗎？」

「我不認識這個人。」

「用不著瞞我，有心事大可跟可靠的哥哥傾吐……雖然我只是隻青蛙，不過我可告訴你，嘲笑青蛙的人往往會因為青蛙而嘗到苦頭哦。」

「這樁婚事是老爸擅自決定的，況且夷川家的人已經取消婚約了。」

「聽說你們還會見面。」

「哼，我實在搞不懂她在想什麼，我連她的臉都沒看過呢。」

「你們倆這麼嬌羞啊，聽了連我這隻綠蛙都臉紅了呢。」

「儘管用那些色情幻想填滿你的腦袋吧。事情可不像哥想得那麼美好，要是夷川叔叔成了我岳父，金閣、銀閣那兩個傻氣雙胞胎成了我大舅子，那可眞是人間煉獄啊。」

「嗯，換作是我，一定會躲到井裡去。」

「不管發生什麼事，哥都會躲在井底啊。」

「眞是辛苦你了，不過這畢竟是老爸的決定。」

「你這樣說，也太為難我了。」

「我想老爸自有他的考量。」

「不，也許他只是想讓他們走私僞電氣白蘭給他。」

「怎麼可能，就算老爸再怎麼嗜酒如命也不至於這麼做吧。」二哥面帶慍容地說。

在京都無人不曉的僞電氣白蘭，在狸貓一族頗受歡迎，據說也有不少人類愛喝。這款祕酒是仿造東京淺草從大正時代一直流傳至今的電氣白蘭，在夷川發電廠後面的工廠暗中製造，由夷川一族握有製造祕方，製造販售全由他們一手包辦。夷川家的首領、如今號稱「京都大頭目」的夷川早雲，是由下鴨家入贅到夷川家的，他是我父親的弟弟。

夷川家原本是從下鴨家分出去的一支，但兩家的關係向來不睦。爲了緩和長久以來的對立，一直有人苦思良方；而建議早雲入贅到夷川家，便是其中一個方法。無奈早雲向來仇視下鴨家，此舉無疑是火上加油，在那之後下鴨家更是吃足了苦頭。

父親過世後，兩家對立日益嚴重。早雲的兩個雙胞胎兒子和父親一樣視下鴨家爲敵，分別名叫夷川吳二郎和吳三郎，綽號「金閣」、「銀閣」。我和兩兄弟是同窗，同在紅玉老師門下學藝，然而我們的關係形同水火。我實在不懂父親爲何會挑他們的么妹當我的未婚妻，這決定未免太荒唐了。附帶一提，堂妹「海星」這個一點也不適合狸貓的怪名字，是我父親取的。

父親死後，夷川早雲單方面取消我與海星的婚約，惹得母親勃然大怒。

母親很中意海星，當時她的怒火非同小可，可說是氣得怒髮衝冠。她對登門拜訪的夷川早雲怒喝一聲：「去死吧你！」如同字面上形容的，將他踹出糺之森。然而早雲依舊一言不發，臉上掛著低俗的冷笑逕自離去。對我來說，這正是求之不得。而在那之後，下鴨家和夷川家正式斷絕來往，直至今日。

「說起來，眞是蠢事一樁。」二哥說。「這種爭鬥要持續到什麼時候啊。」

「要是老爸還在，才不會讓早雲這麼囂張。」

「的確，如果老爸在的話，應該會處理得更妥當。」

「哥，我一直在想，老爸的死該不會是夷川幹的吧？」

我說完後，二哥保持沉默，久久未出聲。

「哥，怎麼了？」

「別胡說。」二哥以不像平日的嚴肅口吻說道。「要是因爲口無遮攔又惹來麻煩，那才眞是蠢呢。」

我沉默無語。巷弄間傳來摩托車呼嘯而過的聲響。

「每年盂蘭盆節，我總會想起老爸。」二哥感觸良深地低語。「今年的五山送火，你們也會派出納涼船吧？雖然我是隻青蛙，沒辦法一同乘坐……」

「船的事大哥似乎正在安排，不知進行得順不順利。」

「對了，去年船被燒毀了。」

「想到就一肚子火，都是金閣、銀閣那兩個傢伙幹的好事！」我在井邊氣得直跺腳。

「算了，看開一點吧。如果是老爸，一定會一笑泯恩仇。」二哥在井底遙想過去。「老爸過世時矢四郎才剛出生，你才剛進紅玉老師的學校。」

「不知不覺，我已經長這麼大了。」

「老爸喝酒時總是在聊你的事，要是矢一郎大哥知道了一定很不甘心，所以我一直沒說，其實老爸最看重你，他還曾請紅玉老師特別關照你，說自己的孩子裡就屬你最像他。」

我鼻頭微酸，在黑暗中輕輕發出幾聲嗚咽。

「我說矢三郎，你還記得老爸對你說的最後一句話嗎？」

「我不記得了。」

「我一直在回想老爸對我說的最後一句話，卻始終想不起來。我一直很懊惱。」二哥說。「我眞是個沒用的兒子。」

○

父親在世的時候，在五山送火那晚派出納涼船是下鴨家的重要活動。每年盂蘭盆節，祖先的靈魂會聚集在京都，我們得將他們趕回陰間去。我從沒想過自己的父親有一天也會住進陰間，成爲被趕回去的那群亡靈之一。

么弟矢四郎出生的那年夏天，是父親的最後一個夏天。

我們家的飛天納涼船「萬福丸」披掛了許多裝飾品，熱鬧地照亮古都的夜空。父親變身成布袋和尚，說要讓祖先看看才出生不久白嫩可愛的弟弟，炫耀一下。我想起父親站在船首的巨大煤油燈下，一臉嬉笑的模樣。

和二哥一樣，我也曾試著回想父親生前對我說過的最後一句話，然而他的死實在太過突然，我一直想不起來。不能說這樣就是不孝，我認為二哥大可不必自責，畢竟我們誰都沒料到會發生那樣的意外。

寧靜的寺院內，一隻青蛙和一隻狸貓落寞地垂首不語，沉浸在對父親的思念中。

驀地，二哥以沉著的口吻說道：「喂，看來有大人物要來了。」

「是誰？」

我吃驚地反問，二哥回答：

「我的屁股癢了起來，看來是雷神大人要駕到了。」

「糟糕！」

我在井邊站起身，仰望天空。昏暗的天空覆滿烏雲，雖然還沒聽見雷聲，但習慣在水中生活的二哥都這麼說了，包準沒錯。

「謝謝你來看我。」二哥在井底吐著泡說。「老媽就拜託你了，誰教我只是隻青蛙。」

還沒來得及聽二哥把話說完，我已邁步狂奔。

來到八坂通時，一陣冷澈肌骨的強風吹過。

○

「去死吧你！」

母親怒火攻心時，常會撂下這句重量級的狠話。

我們四兄弟也都仿效母親，每當心頭湧上怒火都會大喊一聲：「去死吧你！」這句爽快否定對手一切的話語，我們用得可順口了。

母親不喜歡自己的兒子這麼說話，於是自我警惕，向我們闡述「愛你的敵人」的美德。只不過一遇上看不慣的傢伙，她總是管不住自己，仍會以滿腔怒火朝對方大吼：「去死吧你！」有時甚至不理會我們的制止，犯下差點讓對方眞的死去的暴行，這是母親可怕的地方。她也是如此向我們闡述何謂「言行一致」的美德。

然而膽識過人的母親，對打雷卻是畏如蛇蠍。

一旦打雷母親便坐立難安，豎起全身狸毛，顫抖著四處尋找藏身之處。若不鑽進糺之森深處一具古色古香的蚊帳中，由我們兄弟緊摟著她，便無法平靜。

每當聽到雷聲，我們四兄弟都會奔回母親身邊，像玩擠饅頭遊戲（註）似地全家擠在蚊帳裡，每當閃電照亮四周，便感覺得到母親身體發僵。當雷神大人威風凜凜地在天空奔騰，我們只能屏氣斂息，靜候祂離去。

更令人擔心的是，母親只要聽見雷聲就會變回原形。

在出町一帶名氣響亮的黑衣王子，倘若在撞球時突然變成毛茸茸的狸貓，不管在人界還是狸貓一族，想必都會引發不小的騷動。

○

我踩著自行車，迅如疾風地穿過東大路。街燈照耀著雲層底端。

我猜么弟八成也正趕往出町柳，來到一路從岡崎流向此地的排水渠時，便改向左走。

夷川發電廠位處這條排水渠沿岸，水門前沉靜的琵琶湖沐浴在斑斕的街燈下光滑如鏡。白光

註：兒童遊戲的一種，適合四人以上遊玩，大家背對背圍成一圈，互相勾住手臂，以肩膀、背部推擠對方。遊戲過程中能提升體溫，盛行於秋冬。

下，對岸有個無比淒清的身影，那是致力於琵琶湖排水建設的北垣知事的銅像。我們昔日有位祖先，名叫下鴨鐵太郎，聽說他與北垣知事交誼深厚，彼此互稱「鐵棒」和「小國」。不過鐵太郎是個大騙子，就連死後還假裝活著長達半年，我看這件事十之八九是唬人的吧。

我斜睨著水門，騎上排水渠上的小橋，目擊了事件的現場。

橋中央一隻小狸貓蜷縮著身子瑟瑟發抖，看那屁股不住顫抖的窩囊樣，我確信是么弟。橋的北側，有隻印度象大小的巨型招財貓囂張跋扈地擋住去路，眼露凶光，瞪視著不住顫抖的么弟。

我可愛的么弟竟遭一隻目中無人的招財貓欺負！

拔刀相助是做哥哥的責任，於是我大喊一聲：「下鴨矢三郎前來領教！」那隻招財貓大眼滾動，望向了我。我丟下自行車衝上前去，么弟馬上死命往我臂彎裡鑽。我摟著蓬鬆柔軟的么弟，昂然而立地瞪視那隻招財貓。

「哎呀，原來是矢三郎來了。」

擋住去路的招財貓說完，咧嘴而笑。每當他笑著鼓起胸膛，脖子上的木牌便隨之晃動，只見上頭以寄席體字型（註一）寫著「捲土重來」。

「咚。」一聲巨響傳來。另一隻巨大招財貓從天而降，降落在我背後。這隻黑色招財貓在斷我退路的同時，壓垮了我的自行車。他的脖子上也掛著一張木牌，寫著「樋口一葉」。

前門是「捲土重來」，後門是「樋口一葉」。連四個字是什麼含意也不懂就這樣掛在脖子上，把自己搞成蠢樣十足的廣告塔還洋洋得意，除了狸貓一族的傻瓜兄弟「金閣與銀閣」，也沒有別人了。他們喜歡奧妙的四字成語，並深信身上裝飾成語很帥氣，只可惜他們只知濫用，不懂含意。再說，「樋口一葉（註二）」根本就不是成語。

「矢三郎，你弟弟丟下工作擅自逃出工廠。」金閣洋洋得意地訓起話來。「是你們開口拜託，我們才讓他到工廠見習。光是這樣，就給我們添了不少麻煩，沒想到他居然擅自丟下工作，這教誰受得了啊！」

「哥，你說得一點都沒錯。」銀閣在背後接話。「這教誰受得了啊！」

「能夠無怨無尤完成自己的工作，才稱得上獨當一面。」從未完成過任何工作的金閣又說。「我本來不想插手，但下鴨一族的未來實在令人憂心啊。」

「哥，下鴨家全是一些不成材的半吊子。」正是如假包換的半吊子的銀閣在一旁附和。

「就是說啊，次男是青蛙，三男是傻子，老么也只有這點程度。我們夷川家要是不加把勁，狸貓一族的未來可就一片黑暗了。」

「哥，有你在一定沒問題，你可是明日之星。」

註一：江戶時代，商家爲了吸引顧客，所使用的一種粗體字。常用於海報、傳單與名牌。

註二：日本知名小說家。

么弟嚇得直發抖，連變身都忘了。我知道他一定是為了趕往母親身邊才離開工廠。么弟個性敏感，不善變身，只要稍受驚嚇便會露出尾巴，因此被人取了一個不雅的綽號——「穿幫小子」。

「喂，銀閣。樋口一葉可不是成語喔。」我說。

「騙誰啊，你以為你是成語博士嗎？」銀閣反駁。

「兩位，樋口一葉可是人名。」我憐憫地說。「人名和成語可不一樣。」

「哥，是這樣嗎？」銀閣突然不安起來，向金閣確認。金閣昂然應道：

「別信他的鬼話。樋口一葉，是指一片沾濕的枯葉卡在雨樋（註一）的出口，這成語是用來形容秋天落寞的景致。我在書上讀過。」

「不愧是哥哥，我猜也是這樣。」

「像這種傢伙根本不必理他。」

金閣踏步向前，重重地發出巨響。

「來吧，把那個小不點交出來，我們會好好地加以懲戒。我爹已經把他全權交由我們處理，讓他明白工作得多麼一絲不苟是我們的任務，我們絕不會半途而廢的。」

「你休想。」我緊摟著么弟。

「你還是一樣胡來，狸貓一族有你這種不把規矩當回事的傢伙實在太可悲了！」

「你們不也一樣嗎？」

火冒三丈的大哥，先是一口咬住身旁銀閣的屁股。

銀閣尖聲怪叫，直嚷著：「哎呀，我的屁股啊！」被打回窮酸的狸貓原形。大哥輕咬住他化成一團毛球的屁股，使勁一甩，銀閣就在路燈投射的白光下飛向高空。「我飛起來了！誰來接住我啊！」那顆凌空飛去的毛球不斷大呼小叫，數秒後，排水渠傳來撲通水聲，然後一切又歸於平靜。

我心想，你就這樣順著水流沖走吧。

看到兄弟順著排水渠流向遙遠的大海，金閣似乎有所覺悟。只見眼前那隻招財貓肥胖笨重的後腳逐漸變細，渾圓沉重的肚子往內縮，手上的金幣消失，犀利發光的雙眼變得冷峻，臉部四周長出蓬鬆的金毛。

金閣變身成一頭獅子。他繃緊全身神經，緊盯大哥，以便隨時撲向前。大哥謹慎地低著頭，步步近逼。

我和么弟退到電線桿後方，觀看這場難得一見的虎獅之鬥。

突然，金閣飛身朝大哥撲去，一時間金黃鬃毛與黑色斑紋糾纏，分不清敵我，但馬上便聽見金閣尖叫求饒：「那裡萬萬不能咬啊！」

「咬那裡的話，我就完蛋了！」

大哥一口咬下那個「被咬就完蛋」的部位，金閣立刻被打回狸貓原形。

大哥使勁甩頭，金閣和銀閣一樣畫出一道圓弧飛向高空，排水渠方向又傳來撲通水聲，這下四周眞的回歸平靜了。

天空白光一閃，雨滴落下。

大哥從老虎變回平時習慣的「身穿和服的少爺」，朝佇立在路燈下的我們投以冷漠一瞥。他在橋邊吹了一聲口哨，等在路旁的「自動人力車」旋即趕到。這是父親留給大哥的寶物。拉車的車夫是昔日京都一位名匠發明的「僞車夫」，儘管僞車夫動作已不太流暢，大哥將它視爲父親的遺物，經常維修使用。

大哥坐上人力車，朝我和么弟喚道：「你們還在發什麼愣！快上來啊！」

我抱著么弟，衝向人力車。

○

人力車穿梭在錯綜複雜的狹窄街道，雨勢愈來愈強，但僞車夫沒有任何怨言，默默地拉著車快跑。

今天狸貓一族在祇園有一場聚會，議題與我族未來權力發展息息相關，大哥似乎也受邀了。我猜他今天之所以乘坐鍾愛的自動人力車，是爲了仿效父親昔日坐著它四處奔走的氣概。只可惜那場聚會最後不歡而散。

奔馳的人力車內，大哥回想起聚會中的不愉快，又擔心此刻受雷神大人威脅的母親安危，他看著這兩個被夷川家欺負的窩囊弟弟，似乎在思索該如何訓話。眼看大哥眉頭愈皺愈深，整張臉就快糾結成一團。

「你們受夷川家如此羞辱，爲何不反擊？」大哥問。「難道你們沒有挺身守護下鴨家榮耀的氣概嗎！」

「對不起。」么弟細聲囁嚅。他原已恢復少年模樣，但聽到大哥的斥責又心生恐慌，隨時都可能露出狸貓尾巴。「不過我有跟他們說：去死吧你！」么弟戰戰兢兢補上這麼一句，但大哥沒理他。

「我不懂什麼是下鴨家的榮耀。」我說。

「像你這種只求自己開心的傢伙，當然不懂了！」大哥罵道。「你眞是不孝子！老爸地下有知一定很難過。」

「老爸才不會在意這種小事呢！」

我說完，大哥板起臉，沉默不語。

抵達位於加茂大橋西側的咖啡廳時，雨勢滂沱，今出川通的柏油路上白茫一片。天空響起令四周爲之震撼的雷鳴，我們三兄弟嚇出一身冷汗。

趕到樓上的撞球場一看，已不見母親蹤影。

我向一名甩著球桿的學生打聽。他說黑衣王子聽見雷聲後，一張白臉變得更白，踉踉蹌蹌地衝下樓去。後來樓下的咖啡廳一陣騷動，說有狸貓闖進店裡，撞球同好也跑去咖啡廳湊熱鬧，不過沒看到黑衣王子。「他想必是回去了吧。」

我們立刻追問那隻狸貓的下落，對方一臉詫異地回說：「慌亂中也不知牠跑哪兒去了。」

我們失去有關母親下落的線索。

在這種大雷雨中，母親不可能獨自一人返回糺之森。也許她正全身濕透地躲在暗處，害怕不已；也可能被雷鳴嚇得不敢動，因而遭人類擄獲，或是慘遭車輛輾斃。每當閃電照亮昏暗的鴨川，盤據在我們心頭的不祥畫面便又增添幾分可怕。

「啊啊！媽！」大哥放聲大叫，方寸大亂地揪扯著頭髮。「都是撞球害了妳！」

每當大哥面臨緊要關頭，便會顯露內在脆弱的一面，只見他平日塗滿表面的威嚴鍍漆此刻不斷剝落。他提議立即傳令告知全京都的狸貓，號召族人一起搜尋母親。

「這未免太誇張了，大哥。」我勸阻。「你以爲老媽會刻意逃到五条或西陣去嗎？我看，我們先分頭在加茂大橋四周找找看吧。」

「沒錯，這事要先辦，就由我來指揮吧！」滂沱大雨中，大哥威武地發號司令。「矢一郎搜尋同志社大學一帶，喂，明白了嗎？啊！矢一郎是我自己啊！沒關係，就由我找同志社那一帶。矢三郎找鴨川北邊，矢四郎到橋的另一頭找，接下來，矢三郎負責搜尋鴨川南邊，給我找仔細一點！」

「大哥，我沒辦法同時南北兩頭跑啦。」

「眞是沒用的傢伙，那南邊就矢二郎去吧。」

「矢二郎在珍皇寺的古井，而且他是隻青蛙。」

「他到底要怎樣才高興！怎麼一點忙都幫不上啊！」大哥又猛扯頭髮。「到底是怎樣的因果報應！爲什麼我的弟弟都這麼沒用！」

「大哥，你冷靜一點，現在最教人擔心的反而是你。」

儘管舉止錯亂的大哥教人不放心，我們還是在雷雨中分頭找尋母親的下落。

加茂大橋上因大雨而一片迷濛，車燈在矇矓中交錯而過。護欄上的一盞盞橘色燈火，宛如是替即將回歸古都的祖靈指引方向的路標。

○

冒著雷擊的危險，被雨淋成落湯雞，我們繼續在加茂大橋附近搜尋。

總算，我找到了母親。她就躲在加茂大橋下的陰暗角落。

我沿著鴨川找尋時，渾身濕透的母親全力衝過河堤，撲進我的臂彎。那時正巧一陣雷鳴，嚇得母親瑟瑟發抖。我鬆了一口氣，替母親撥開額前濕淋淋的毛，她打了個噴嚏，在劃破天空的閃電下蜷縮著身子，低聲道：「夷川的女兒和我在一起。」

「我差點掉進河裡，是她救了我。」

母親藏身的橋下黑漆漆一片，但我知道海星正在裡頭窺望著我。

我拭去臉上的雨水，注視著橋下暗處，結果海星氣憤地說：「還看什麼！你要在那裡待到什麼時候？還不快回森林去啊！」

「不，我得向妳道謝才行。」

「不必了，你想害你母親感冒嗎？傻瓜！」

海星不肯從橋下現身。

我之所以和二哥說：連她的臉都沒看過，並不是因為害羞，我說的是事實。雖然她曾是我的未婚妻，但我從未看過她的眞面目，就連她變身後的模樣也沒見過。她一直不肯在我面前露面，總是躲在看不清的暗處嘮嘮叨叨挑我毛病。明明不敢以眞面目示人，嘴巴卻惡毒得緊，想必是家教不好。對我而言，海星等同是冷不防從黑暗中襲擊我的言語暴力，光是聽她說話我就一肚子火。

過去她還是我未婚妻的時候，我常以心中的天平衡量，「父親與人的約定」與「持續忍受這位未曾謀面的未婚妻出言辱罵」的重擔孰者重要，結果由於兩者重量在伯仲之間，差點將我心中的天平給壓垮。就在我幾乎不勝負荷時，父親過世了，婚約也解除了。

再見了，海星。我再也不必和妳見面了。本以爲可以就此清心不少，沒想到在那之後她還是在我身旁神出鬼沒，動不動就找我說話，拿我打發無聊。對我來說，這無疑是災難，結果夷川家竟說我死纏著海星不放，實在很不講理。肯定有一大票人也同意我的說法。

但今晚是她救了母親，我得向她道謝才行。

我朝那未曾一睹廬山眞面目的前任未婚妻低頭行禮，說了聲：「謝謝。」並補上一句：「請代爲向（掉進排水渠被沖走的）金閣、銀閣問候一聲。」

她在黑暗中暗哼一聲，應道：「回去的路上小心。」

我們和海星告別。

「夷川那家人最好全去死。」抱著母親走回家時，她如此說道。但她接著又說：「唯獨那孩子例外。」

○

我叫回人在鴨川對岸四處亂跑的么弟，並一把抓住方寸大亂地在今出川通狂奔的大哥。雷雨中，我們驅趕著自動人力車，逃回糺之森。

一踏進糺之森，傾盆而下的豪雨被鬱鬱蒼蒼的枝葉帳幕阻擋，轉為柔柔的細雨。雨滴拍打在葉片上的聲響，如同飛沫瀰漫在南北延伸的狹長森林中。儘管不時仍有銀光打向參道，不過回到森林就不必再害怕了。我抱著母親，和大哥及么弟走在下鴨神社漫長的參道上。

鑽進樹下的小蚊帳，覆著濃密毛皮的身軀互相依偎，我們屏氣斂息。母親以白手巾纏住濕透的皮毛，抬頭仰望樹梢，抽動著鼻翼，偵察雷神大人的動向。么弟緊依著母親，我和大哥則在兩旁抱住他們。

黑暗中，感覺得到彼此吐出的濕熱氣息。

依偎著彼此，細聽遠處的雨聲和雷鳴，我覺得無比懷念。

我想起了從前，那時么弟剛出生，老爸尚在人世，二哥也還沒變成井底之蛙；大哥不需一肩扛起無法負荷的重責大任，還保有悠哉的一面。當時只要一打雷，大家就會聚在母親身旁。

母親總是懷抱著我們兄弟四人，父親則是抱著雙眼緊閉的母親。

想起那段往事，心中湧上一股既甜美又悲傷的情緒，一點也不像我。

雷神大人往琵琶湖的方向逐漸遠去。我想，東山一帶現在想必很熱鬧吧。

「還好有你們在。」母親在歸於平靜的黑暗中說。「雖然你們的父親不在了，但我還有你們。」

○

我已故的父親——下鴨「僞右衛門」總一郎，是隻偉大的狸貓。

他讓下鴨一族團結一心，威儀遍照京都的族人，就連在烏丸的鬧街上空盤旋的天狗也對他大爲感佩。

他豪邁灑脫、恬淡無欲、慈悲爲懷，愛好美酒和將棋，討厭劣酒和沒水準的地盤之爭。然而一旦與人爭鬥，便會如勇猛如鬼神，集謀略、臂力、變身力於一身，將對手打得落花流水，毫不留情。父親還是我的老師——老天狗如意嶽藥師坊紅玉老師的盟友，他們聯手讓鞍馬天狗也瞠目結舌，甘拜下風。狸貓中有這等能耐的，就只有我偉大的父親了。

能讓狸貓一族凝聚團結的狸貓，人稱「僞右衛門」。

「只要有下鴨僞右衛門在，京都就能泰平無事。」

大家心裡都這麼想，孰料他竟突然撒手塵寰。

京都有個名叫星期五俱樂部的祕密團體，他們每年都在尾牙宴上大啖狸貓火鍋。京都的狸貓向來對他們深惡痛絕。

么弟矢四郎出生的那年歲末，他們照例舉辦尾牙宴，圍爐吃狸貓鍋。

而那年的火鍋料就是我父親。

得知父親的死訊，我們兄弟愕然，半日之久才回過神來，放聲大哭。大哥哭了，二哥哭了，我也哭了。么弟是個嬰兒，當然也哭，而且一哭起來便沒完沒了。

「只要身為狸貓，就有可能被煮成火鍋，這沒什麼大不了的！」

母親對我們這群嚶嚶啜泣的小狸貓說道。

「你們的老爸是隻了不起的狸貓，他一定是掛著微笑，從容地化為一鍋鮮美至極的火鍋。你們將來一定要成為像他那樣的狸貓，要有過人的器量，對星期五俱樂部的火鍋冷笑置之。要像你們的老爸一樣，不過，可千萬不要親身嘗試哦。」

語畢，母親這才抱著我們一起痛哭。

「答應媽，你們絕不能變成狸貓鍋。」

那一天，我父親安詳地成了狸貓鍋，進了那群古怪成員的五臟廟。同一時間，京都狸貓一族的未來再次浮現風雨欲來之兆。

○

雷雨停歇，睡著前我們一直聊著這件事。

「媽，就像妳說的，妳的孩子長成了器量過人的狸貓，但當中有三隻很沒用。」我說。「其中一隻還是青蛙。」

我察覺大哥露出了苦笑。

么弟已經睡得很沉，母親把臉湊向他的臉頰。

「是青蛙也好，是什麼都不重要，只要你們好好活在世上，我就心滿意足了。」

思索片刻後，母親又補上一句。

「還有，你們都是了不起的狸貓，這點老媽很清楚。」

Chapter O3
大文字納涼船之戰

仿效風花雪月，稱得上附庸風雅，但最有意思的，還是模仿人類。一同參與人類的日常生活或是節慶活動，實在樂趣無窮。這種戒不掉的習性肯定是遠從桓武天皇時代便脈脈相傳至今，我已故的父親稱之爲「傻瓜的血脈」。

「這都是傻瓜的血脈使然。」

每當我們兄弟闖禍，鬧得雞飛狗跳，父親總會笑著這麼說。

最能象徵夏日風情的五山送火之夜，人類陶醉，我們狸貓也跟著陶醉，說穿了，這都是傻瓜的血脈使然。

我之所以特別喜歡五山送火，是因爲這讓我想起父親。父親總是將飛天納涼船「萬福丸」裝飾得金光閃閃，欣賞山上點燃的篝火，彈琴擊鼓，嘻鬧玩樂。他變身成布袋和尚，抬頭挺胸地站在船首，一臉眉開眼笑的模樣，至今仍歷歷在目。父親總是像這樣，威風十足地向祖靈們炫耀下鴨一族的健康與幸福。

父親遠赴黃泉後，母親和我們每年還是會在五山送火之夜派出納涼船，不過什麼下鴨一族的祖先，我們根本沒放在心上，儘管有時會想起父親，但大部分時間我們都是在夏日的夜空盡情玩樂嘻鬧。

這也是沒辦法的事，誰教我們是狸貓呢。

這也是傻瓜的血脈使然。

時序來到八月，五山送火的日子已近。

某個午後，在揮之不去的惱人酷暑悶燻下，我帶著么弟矢四郎走出糺之森。我們徒步走過葵橋，前往出町的商店街。

我們在商店街，替恩師紅玉老師買了松花堂便當和出町的雙葉豆餅。我們的天狗老師擁有「如意嶽藥師坊」這個響亮名號，教導過許多狸貓，如今他卻隱居在商店街後的寒酸公寓，獨自唾棄世上萬物。

前些日子我爲了幫老師提振精力，刻意變身成青春少女，結果竟被罵得狗血淋頭，受盡屈辱。沒想到我足以做爲弟子表率的用心，得到的回禮居然是一頓臭罵，我實在嚥不下這口氣。趁著這天酷熱難當，我故意變身成一個灰頭土臉的大學生。

么弟矢四郎變身成少年，將一大瓶紅玉波特酒捧在胸前。

么弟只會粗淺的變身術，而且只要稍有怯意便會如字面上形容的，露出狸貓尾巴。因爲太軟弱了，大家給他取了個「穿幫小子」的綽號，說來實在可憐。

那年夏天，么弟悄悄向我透露了一個祕密。

「哥，我可以幫手機充電哦。」

接著，他一臉自豪地以小小的手指幫手機充電。不過，如果能用電鍋煮飯倒還另當別論，在這到處布滿電線的城市能替手機充電有什麼用處？除非出外時手機剛好沒電，這招倒是相當方便，但除此之外根本派不上用場。我這天眞的么弟在僞電氣白蘭工廠暑休時，每天都窩在糺之森的樹下替手機充電，以此自娛。

「你到底要打電話給誰啊？」我邊走邊問。

「打給媽啊。」

「可你不是整天和媽在一起嗎？」

「才沒有呢，去工廠的時候就不在一起啊。」

我們信步而行，邊走邊聊。

從商店街中心延伸而出的巷弄往北轉，有一棟舊公寓，外觀與自由翱翔天際的天狗一點也不相襯。紅玉老師就住在這裡。

今天前來，爲的不是替喝著噁心濃粥、日益衰老的老師獻上食物和紅酒，其實我另有要事。

我是爲萬福丸而來的。

五山送火的日子漸漸逼近，但下鴨家卻沒有飛天納涼船可坐。

因爲去年的五山送火之夜，我們與夷山家展開沒意義的紛爭，萬福丸就此付諸一炬，實在令人惋惜。

夷川家的人堅稱：「是炒熱氣氛用的煙火引發火災，純屬意外事故。」但我認爲事有蹊蹺，因爲我親眼目睹了夷川家那對人稱「金閣、銀閣」的傻瓜兄弟朝我們的船發射煙火，嘴裡還語意不明地喊著：「吳越同舟！吳越同舟！」我看那些壞心狸貓降生在這世上本身，才是「意外事故」吧。

該上哪兒找新船替代，我心裡早已有譜。只不過大哥矢一郎凡事只仰仗自己的政治謀略，懷疑自己親弟弟的才幹，根本不想和我有瓜葛。打從開始他便不打算找我幫忙，對我的提議置若罔聞。我也因而大動肝火，前往六道珍皇寺的古井，將對大哥的咒罵穢言一古腦兒往井底宣洩。

母親一直很期待能坐納涼船欣賞五山送火，儘管本意是爲了喧鬧玩樂，但這也是思念亡父的重要儀式。大哥費盡心思，苦思取得「萬福丸二代」的方法，最後決定向奈良的朋友借船。

只可惜就在前不久，他們摸黑將船從奈良運來，誰知萬福丸二代竟在途中失事墜落，還沒來得及發揮本領，就落寞地成爲木津川沙洲上的一艘破船。眼看五山送火在即，大哥的計畫卻泡湯了。

在母親的開導下，大哥低頭請我幫忙。

「算我拜託你，想想辦法吧。」

要是一開始就請我這位才幹卓越的弟弟幫忙，辦起事來不就容易多了。我冷眼望著低頭的大哥，雙腳泡在糺之森的小河，咕嘟咕嘟地喝著碗裡的彈珠汽水。

「這次是矢一郎不對，不過現在只能靠你了。」母親說。

「他要是跪下來向我磕頭，我可以想想辦法。」

大哥聽了氣得狸毛顫動，但似乎有意下跪磕頭。

這時母親大發雷霆，大吼一聲：「你太不像話了！」一把將我推進小河。

「你大哥這麼傷腦筋，你竟然還叫他磕頭，世上哪有你這種弟弟！」

我爬上岸，甩掉身上的水滴。

如此這般，我不得不替毛茸茸的大哥擦屁股，決定執行原本的計畫，向紅玉老師商借「藥師坊的飛天房」一用。

「藥師坊的飛天房」是天狗的交通工具，狀似小茶室，四周設有外廊，用來展開空中旅行最舒服不過了。紅玉老師不喜歡仰賴交通工具，鮮少使用飛天房，但總不至於已經轉賣給熟識的古董商吧。我猜飛天房現在八成布滿塵埃，靜靜待在公寓的某個角落。

老態龍鍾、喪失飛行能力的紅玉老師，爲什麼不乘坐方便的飛天房呢？「就算再怎麼墮落，天狗還是天狗，我可不想四處宣揚自己已喪失天狗的法力。」想必他心裡仍存在著這種無謂的掙扎吧。不過，原因不只如此。

紅玉老師的飛天房是以紅玉波特酒當燃料，與其餵交通工具喝酒，他寧可全把酒喝進自己肚中，在想像的天空中自在翱翔。

我還眞想問他一句——身爲天狗，你這樣滿足嗎？

○

一踏進紅玉老師的公寓，熱得像在洗三溫暖。雜物堆積如山，從窗外射進的陽光中滿是飛舞的塵埃，光看就教人鼻頭發癢。么弟打了個噴嚏，露出狸貓尾巴。

「原來是你們。」

紅玉老師懶洋洋地打完招呼，又繼續和他的訪客交談。狹窄的房間中央，紅玉老師穿著泛黃內衣盤腿而坐，他對面坐著另一名老人。

那是岩屋山金光坊，也是天狗。

他轉過頭來，以不似天狗的和善口吻對我說：「原來是下鴨家的矢三郎。你長大了，看起來很威風呢。」他的黑框眼鏡閃著白光，襯衫被汗水濡濕，脖子上垂著一條領帶。

「傻瓜！狸貓長得威風有什麼用。」紅玉老師搧著扇子說道。「你對狸貓太好了，就是這樣那些毛球才會拿翹。」

金光坊將岩屋山天狗的地位讓給第二代接班，如今基於興趣在大阪經營一家中古相機店。身爲大天狗卻著迷於相機，我記得紅玉老師曾拿這事取笑他。金光坊說才剛到，打開放在榻榻米上的禮物包裹，招呼我們：「藥師坊說不要，你們拿去吃吧。」

「不過話說回來，你竟然從大阪搭電車到京都，眞是有辱天狗的名聲啊。」

紅玉老師不滿地說，金光坊露出苦笑。

「這種大熱天，你自己從大阪飛到京都看看，包準連腦漿都會煮沸。坐京阪電車涼快多了。」

「天狗的臉都被你丟光了。」

「不過，我還眞嚇一跳呢。我到出町後，想見你一面，就飛到如意嶽，沒想到山裡全是鞍馬天狗，你竟然搬到了出町的商店街，這事太教我驚訝了。」

「我嫌麻煩，就把如意嶽交給他們管理。」

「堂堂的如意嶽藥師坊，怎麼能做這種事呢！」金光坊的表情就像在看一個鬧彆扭的小孩。

「我實在不喜歡鞍馬那班人，個個白得像豆芽菜，看了就不舒服。」

約莫一年前，紅玉老師在天狗的戰爭中一敗塗地，結果被趕出如意嶽。但老師不願承認這個事實，始終堅稱：「我只是請鞍馬那班人代爲管理」，逞強的模樣實在教人同情。

「如果想趕走他們，可以請我家的第二代幫忙。」金光坊親切地說。「只要你開口，愛宕山也會幫忙的。雖然太郎坊和你不合，但他向來很討厭鞍馬那班人。」

「不用你們多管閒事。」

「搞定這件事之後，你也將如意嶽讓給第二代接手吧。」

「我和那個蠢材早就斷絕關係了。」

聽說紅玉老師有個兒子，而且一點也看不出和老師有血緣關係，生得俊美無倫，人稱「美男天狗」。然而經過漫長的歲月，和他有關的傳聞經過添油加醋，全都又臭又長，眞假難辨。

很久很久以前，這個俊美的接班人與父親反目成仇，父子倆大打一場，撼動了東山三十六峰。當時紅玉老師還是威風凜凜的大天狗，他毫不留情地對兒子展開痛擊。據說獅子會將自己的孩子推入深谷，不過老師是否是爲了鍛鍊兒子才含淚揮動愛鞭，此事令人質疑。我看老師八成只是氣昏了頭，一時殺紅了眼。

兩人大戰了三天三夜，最後年輕的接班人敗得一蹋塗地，逃出京都。此後他輾轉流浪於日本各地，甚至遠渡英國，自那之後行蹤成謎。也許他在抬頭挺胸假扮紳士的過程中，完全融入了大英帝國的生活，就此錯失歸國的機會。

附帶一提，聽說兩人大打出手的原因是爲了女人爭風吃醋。

「如果第二代不回來，一切就不用提了。」

「他不可能回來的。」

紅玉老師將手中扇子搧得呼呼作響，望著從窗戶射進的炎熱陽光，低語道：

「倒是有個人可以接我的位子。」

「你還有其他兒子嗎？」

「不是兒子，是個還有待修行的女孩，我很看好她。」

我大吃一驚，全身狸毛直豎，跪著移身向前。

「老師，冒昧請問，您說的那位接班人難不成是弁天小姐？」

紅玉老師頷首，我、么弟和金光坊三人不約而同長嘆一聲。

「這怎麼行！」金光坊嘆息地說。「她的本性太壞了。」

「有哪個天狗的本性是好的？你不懂就別亂說。」

「她是個禍根，絕不能挑她。」

紅玉老師板起臉，瞪視著金光坊，但不久就像豬隻般發出呼嚕聲，把扇子丟向一旁，橫身躺下。都已經好幾百歲的人了，但每次情況不妙，就躺在地上來個相應不理，充分展現如意嶽藥師坊的本色。
看到紅玉老師的態度，金光坊端正坐好，低頭不語，汗水不斷滴落榻榻米上。
「五山送火就快到了，不能待在自己的山上你不會難過嗎？」
「在山下欣賞五山送火還比較有意思，待在山上根本就不知道美在哪裡。」
「又在強詞奪理。」
金光坊就此不再多言，紅玉老師則是一直緊閉雙眼，時間就這麼悄然流逝。
「大」字篝火所在的大文字山，位於如意嶽西側。
紅玉老師是如意嶽的主人，他總是往自己臉上貼金，一直認爲大文字送火是歸自己管轄。想必自認爲是監督者，覺得必須讓人類知道他的厲害，所以每年五山送火之夜，他總會在大文字篝火四周遊蕩，把人家辛苦架好的火把推倒，遭下鴨警署的員警追捕。但那是他被鞍馬天狗趕出如意嶽，退居出町商店街之前的事了。如今紅玉老師被迫和過去最瞧不起的人類比鄰而居，只能仰望昔日受自己管轄的山嶽。可憐的紅玉老師，不知心中作何感想？
我戰戰兢兢地開口詢問。
「老師，關於五山送火……」
「怎麼啦，矢三郎。」老師閉著眼睛低語。
「您應該知道，我家每年都會派出納涼船吧？」

「知道啊，狸貓眞是無藥可救的蠢蛋。」

「去年我們中了夷川一族的卑劣伎倆，飛天納涼船慘遭燒毀，今年我們費盡心思想找替代的船，但事情進行得不順利……因此，我才來這裡拜見老師，希望可借用您的飛天房一晚。」

「飛天房是什麼？」

「老師，就是長得像小茶室，能在天上飛的那個啊。」

「噢，那個啊。經你這麼一提，我把它收到哪兒去了？」

紅玉老師霍然起身，一臉茫然地說。

「我想起來了，我送給弁天了。」

在場的人莫不聽得目瞪口呆，一時鴉雀無聲。

紅玉老師毫不吝惜地將風神雷神扇送給弁天，聽者無不皺眉，有人還說：「老師被來路不明的女人給吸乾了。」此事記憶猶新。沒想到他竟連飛天房都送給了弁天，那他手上還留著什麼？既不能飛天，也無法颳起旋風，老師的天狗法力幾乎蕩然無存，而他竟然還把天狗寶物慷慨大放送，實在令人傻眼。

這下就連一向尊敬老師的我也按捺不住。雖然這情形並不少見。

「你也該適可而止吧！」我怒吼道。「爲什麼把所有寶貝都給了她！」

紅玉老師盤腿而坐，臉脹得通紅，皺紋密布的一張臉糾結著，氣得抄起手邊的一個大不倒翁丟我。金光坊在一旁勸他消氣，但老師怒不可抑，丟完不倒翁改丟招財貓，丟完招財貓改丟福助（註），丟完福助又丟不倒翁，拿起東西就朝我扔。我只能縮著脖子，四處逃竄。

「你還不懂嗎，這個傻瓜！」

我偉大的恩師大吼。

「我只是想看她開心的模樣啊！」

○

安撫紅玉老師的情緒後，我和么弟陪同岩屋山金光坊一起步出公寓。

走出出町商店街，金光坊對我們說：「聽說你們常照顧藥師坊，這份用心令人感佩。」

「這差事是不知不覺落在我們頭上的，誰教其他學生都不來探望老師。」

「藥師坊雖然老愛抱怨，但他心裡一定心存感激。」

「口頭上的安慰就不必了。」

「哎呀。」金光坊用力拍了一下前額。「我也眞是的，竟然說這種不得體的話。」

註：福助人偶，被視爲招來幸福的象徵。造形是一個跪座的男子，有顆大大的腦袋。

「像他那麼不可靠的人，絕不能對他期望太高。」

「說的一點都沒錯。」

金光坊接下來打算在岩屋山住一陣子。他開心地告訴我，原本不打算回岩屋山了，但兒子老邀他回去。還說五山送火那天，他打算下山好好欣賞一番。

「可否也讓藥師坊一同坐納涼船呢？也算老朽一份。」

「就這麼辦吧。」

「還有，對弁天可千萬不能大意哦。」

金光坊要在出町柳車站搭公車前往岩屋山，我們便在加茂大橋西側與他告別。太陽已升至中天，陽光普照，鴨川水量也減少許多。我和么弟目送金光坊步履蹣跚地走過冒著熱氣的加茂大橋。老師告訴過我，弁天常到三条高倉的扇子店「西崎源右衛門商店」走動，於是我和么弟在河原町通坐上市內公車。么弟坐下後，全身緊繃。他很害怕，眼看就要露出狸貓尾巴，我忙出言安撫：「弁天也不是天天吃狸貓火鍋，只有尾牙宴的時候才吃。」

因爲紅玉老師的關係，我和弁天算是舊識，兩人之間有段切不斷的宿緣。老實說，她其實是我有緣無分的初戀情人。

「不然，你先回去好了。」我說。

但么弟鼓起勇氣應道：「我也要一起去。老媽叫我要磨練膽識。」

○

從三条高倉略往北走的一處悄靜市街，有一間外觀古色古香，看起來與民宅無異的扇子店，名叫「西崎源右衛門商店」。

有店名浮雕的玻璃嵌在店門上，我拉開門輕喊一聲：「有人在嗎？」走進店內，店裡相當涼爽，有焚香的氣味。昏暗的土間（註）設有木製展示臺，許多美麗的扇子陳列在上頭，就像暫時停翅的蝴蝶。源右衛門坐在入門臺階處與客人聊天，我和么弟打聲招呼，脫鞋走上臺階。

穿過藏青色的暖簾，走在鋪有黑色木板的走廊，焚香氣味熏人，幾乎連呼吸都有困難。我們極力忍耐繼續前行，也許是鹽分的關係，腳掌黏答答的，不時吸附著地板。街道的聲音遠去，宛如置身世界盡頭般的寧靜包覆著我們，這時頭上傳來海鷗的鳴叫。走廊轉向左方，射進屋內的陽光微微搖曳。

繞過走廊，來到一間小餐廳。

海風吹送，入口處暖簾隨風搖曳，餐廳裡滿是水面映照的波光。鋪設木質地板的大廳擺有質樸的餐桌，牆上掛有褪色的菜單木牌，但不見半個客人。走出餐廳，眼前出現一座碼頭，停靠了幾艘

註：日式房屋入門處沒鋪木板的黃土地面。

小船。前方是遼闊大海，浪潮平穩地打向岸邊，波光粼粼。被風吹響的風鈴、藍天之上徘徊的海鷗叫聲，與浪潮相互融合，令人興起一股與三条高倉一帶大異其趣的旅愁。

一名老太婆從廚房走來。

「弁天小姐在鐘樓嗎？」我問。

「是的，她在那裡。」老太婆應道，指著外海。儘管薄霧迷濛，視線不佳，還是依稀看得見屹立海上的建築。

「前些日子，外海風強浪大，不過今天天氣很好呢。」老太婆走向碼頭準備小船。

我和么弟坐上小船，划著槳繼續前行，海水在船身下嘩啦作響。起初么弟還覺得新鮮，但隨著愈接近外海，海水顏色愈深，他的臉色漸顯蒼白。我划著小船，確認目標，但回頭時已不見少年蹤影，只見一頭全身覆滿密毛、縮成一團的小狸。

「還是不行嗎？」

「哥，對不起。我太害怕了，沒辦法變身。」

「算了，你放心，這件事交給我來辦。」

屹立海上的建築離我們愈來愈近。

這棟建築是大正時代某個大貿易商興建的氣派洋館，多年來任憑風吹雨淋，如今有八成已經沒入海中。聽說這棟洋館昔日是家頗負盛名的飯店，而聳立於海面的這座鐘樓則扮演著宣傳塔的角色。然而這座遠近馳名的鐘樓在海風的日夜吹拂下，如今早已銹斑密布，時鐘指針再也無法運行。鐘樓底下，一座浮臺在海面隨波搖盪，上頭有把顏色鮮豔的海灘傘。

「喂！」我放聲叫喚。躺著休息的弁天站起身，朝我揮手。她今天穿著T恤和短褲，T恤上還大大寫著「天下無敵」這句成語，品味當真古怪。

○

我將小船停靠在浮臺旁，弁天望了一眼縮在小船角落的小狸貓，摘下墨鏡說：「哎呀，好可愛。是你弟弟嗎？」

海灘傘旁凌亂地擺放著弁天中意的小型收音機、讀到一半的文庫本、吃得屑掉滿地的甜甜圈、望遠鏡、以及難得一見的特大瓶僞電氣白蘭。弁天將準備要吃的甜甜圈遞給么弟，么弟忸忸怩怩吃將起來，不時噎著說不出話來。

「話說回來，你這模樣看了就熱，就不能變個清爽一點的模樣嗎？」

我板著臉盤腿而坐，指謫地說：「那妳這件T恤又怎樣？品味這麼古怪，一點都不像妳。」

弁天低頭望著自己豐滿的胸部。「這是夷川家的狸貓送我的。」

「是金閣、銀閣嗎？」

「沒錯，這瓶僞電氣白蘭也是。」

我向她說明今天來訪的目的，弁天一面聽一面啜飲著僞電氣白蘭。我提到去年納涼船被金閣、銀閣燒毀的事時，她還拍著白皙的大腿朗聲大笑。

「昨天金閣、銀閣來找我，還說你一定會來找我，他們希望我別插手狸貓之間的紛爭，留下這件古怪的T恤和僞電氣白蘭。」

「好小氣的賄賂。」

「沒錯。我要是想要，愛拿多少就拿多少。」

「那對傻瓜兄弟的思慮就是這般淺薄。」

弁天不懷好意地笑著。「你想要飛天房是嗎？」

「想要得不得了。」

「怎麼辦好呢？可是借給你，我又得不到任何好處。」

弁天如此說道，雙手抱膝坐成三角形，興致勃勃地凝望外海。

我心想此事強迫不來，決定以退爲進。「妳今天在這裡做什麼？」

「等鯨魚。」

「有這種東西嗎？」

「不時會從遠方冒出頭來。」她指著外海說。「我今天一早醒來，突然很想拉拉看鯨魚的尾鰭，就專程到這裡等牠們，可是牠們偏偏不現身。」

「世事就是這樣。」

我們天南地北閒聊著，陪她一起等鯨魚。在她的勸進下，我喝起僞電氣白蘭。酒醉、天熱，再加上浮臺的搖晃，我的腦袋漸漸麻痺。

○

一艘小船從碼頭搖搖晃晃地划來，扇子店的源右衛門獨自坐在船上。

弁天霍然起身，嫣然一笑。源右衛門老爺爺拜倒在地，獻上一只小木箱，便匆匆返回。

「那是什麼？」

「你打開來看看。」

木箱裡的，是一把闔上的漂亮扇子。

正是那威名遠播的風神雷神扇。昔日紅玉老師總是將這把扇子揣在懷中，隨心所欲操弄京都的天氣。只要以風神那面用力一搧，便會颳起大風，以雷神那面使勁一揮，便會降下雷雨。紅玉老師就是利用這把扇子，多次讓不想出席的聚會就此「流會」。老師將這把扇子送給弁天，可說是前所未有的輕率之舉。

「我請源右衛門先生替我修扇子，上個月你模仿那須與一將它射出一個大洞，你忘了嗎？」

「過去的事，我是不回頭看的。」

「你這狸貓可眞糟糕，眞該好好反省。」

弁天從木箱取出扇子，敞開它。

以金粉裝飾的扇面在盛夏豔陽的照耀下閃閃生輝。她喜孜孜地笑著，像在跳舞般轉動著扇子，但弁天應該不是想跳舞。只見她注視著外海，高高舉起風神雷神扇，她用力一揮，瞬時捲起一陣強風，白色的水煙陀螺般朝天際旋繞而去。

整片天空突然烏雲密布。

宛如轉動巨大石臼的隆隆聲響從四面八方傳來，一道銀色閃電閃過天空，照亮聳立海上的鐘樓。豆大的雨點打向海面，眼前遼闊的大海泛起鉛色，波浪起伏。

「難得的好天氣就這麼沒了。」弁天在雨中愉快地說。「我決定了。既然你都開口拜託了，就將飛天房借你一用吧。」

「感激不盡。」

「不過要是飛天房像這把扇子一樣毀了，該怎麼辦？」弁天蹙眉問道。「你的粗暴可是出了名的。」

「我定會好好珍惜。」

「有了！」弁天舒顏展眉，開心擊掌。「正好有人請我安排餘興節目，要是你弄壞飛天房，就請你到星期五俱樂部表演助興吧。要是你的表演太無聊，就把你煮成狸貓鍋。」

「我可一點都不好吃。」

「那沒關係，我很喜歡你，喜歡得想要吃掉你。」

說到吃，就連有百年交情的知己也下得了口，這正是弁天。被初戀對象吞進肚裡，這樣的死法倒挺有意思的，不過還有許多事等著我去做呢。

空中響起一陣響亮的雷鳴，么弟像被壓扁似地厲聲慘叫。

「啊，你看。」弁天手持望遠鏡，像海盜船長般瞪著外海。

起伏的波浪間，一個黝黑巨物出沒在海面上，龐大的身軀如同一座小島。想必那就是鯨魚。弁天挺身脫去衣物，瞬時一絲不掛，她面朝遠方波浪間忽隱忽現的鯨魚，像天狗般優雅地縱身一躍，畫出一道美麗的弧線，在烏雲低垂閃電交錯的海上，飛向那頭黝黑的大鯨。就在巨大的尾鰭即將潛入海中的那一刻，弁天一把抓住，只見她使勁飛向空中，似乎打算將鯨魚拉出海面。

我欣賞著弁天與鯨魚在外海的這場對決。

「啵！」身後傳來像是布丁倒進盤中時的聲響，轉頭一看，膽小的么弟竟將肚子裡的甜甜圈吐了一地。么弟全身狸毛被雨淋濕，只見他隨波搖晃，一臉恍惚地望著自己的嘔吐物。

我抱起顫抖的么弟，等候弁天歸來。

她清亮的天狗笑聲，在荒涼昏暗的海面上翻騰。

○

我們和弁天約在四条烏丸的某座大樓屋頂，借取飛天房。

飛天房大約四張榻榻米大，房內附有壁龕，四面設有可愛的圓形欄杆窗的土牆，以及和室拉門。房裡除了弁天使用的小衣櫃，別無他物。打開拉門，外頭是環繞茶室的外廊。飛行時可以坐在那裡，搖晃著雙腳享受夜風，欣賞夜景。還有扇窄小的木板門，只可惜我們不是天狗，無法從那裡進出。因爲木板門外沒有外廊，飛行時要是一腳踏出去，可會直接墜入眼前的夜景。

房間中央設有一座火爐，裡頭有個狀似骯髒鏡餅（註）的鍋爐引擎。附帶一提，這鍋爐不光能讓飛天房浮在空中，還能用來煮開水，相當方便。

弁天在角落的小衣櫃粗魯翻找，隨手撥開看似價格不菲的皮包或寶石，取出一瓶紅玉波特酒。

「看好嘍，就是這樣啓動。」

弁天將紅酒倒進鍋爐。伴隨著卡啦卡啦的聲響，飛天房飄浮起來。

閃爍的鬧街燈火來到腳下，我們享受著這片刻的夜空漫步。

不久，她交由我和么弟操縱，並再三叮嚀：「好好開，別弄壞哦。」說完她便推開木板門，飛向夜空。想必是享受奢靡的夜生活去了吧。

○

我和么弟意氣風發地操縱飛天房，飛越夜空。

我們抱著衣錦還鄉的心情回到糺之森，不料大哥竟冷言冷語地說：「要坐這玩意兒欣賞五山送火？太難看了吧！」八成是不能由他主導一切，心裡很不是滋味。不過母親說：「挺不錯的呀！」和么弟愉快地在榻榻米上四處打滾。

五山送火前夕，我們忙著將弁天的飛天房改造成萬福丸二代，以抹布擦拭每個角落，在外廊擺上多盞方形座燈，綁上以金銀絲線裝飾的綵帶球，並準備宴會上的佳肴美酒及祭拜祖先的供品。趁著忙碌的空檔，我和么弟把紅玉波特酒倒進鍋爐引擎鬧著玩，讓飛天房騰空浮起，結果挨了不小心從外廊跌落地面的大哥一頓臭罵。

「夷川那班人今年也會派出豪華的納涼船吧？」母親將方形座燈排在外廊上，如此說道。

「應該吧。」大哥一臉嚴肅地說。「金閣、銀閣這次要是敢再放火，我絕不善罷甘休。上回一

註：新年時供奉神明的祭品，由大小兩個圓形扁平糕餅重疊而成。。

定是叔叔在背後指使的。」

夷川家的大當家夷川早雲，是父親的弟弟，也是送金閣和銀閣來到這世上的罪魁禍首。他向來痛恨下鴨家，逮到機會便使出迂迴的奸計整我們。

「希望別惹出什麼麻煩才好。」母親嘆了口氣說。

五山送火的前一天傍晚，我去邀請紅玉老師。我決定遵照金光坊的請託，邀請老師與我們共乘納涼船。

「你要老朽搭你們這些毛球的便船欣賞五山送火？」老師的嘴歪成倒V字形。「你還眞好意思開口呢。」

「家母會準備散壽司款待您。」

「吃狸貓做的壽司會被毛球噎死的。」

「如果您肯賞光，明晚七點請移駕糺之森。」

「我記得的話也許會去，也或許不會去。你們就等著吧，別期望太高。」

我想紅玉老師應該會來，就這麼回去向母親覆命。

夏天漫長的白日將盡，東山對面已經暗下來了。

人潮聚集在鴨川沿岸，爭相一睹大文字的風采，喧鬧人聲一路傳到了糺之森。飛天房內酒宴已經備妥，外廊上的方形座燈點燃了，就只等在鍋爐注入紅酒。然而，紅玉老師遲遲不現身。

我們望眼欲穿，佳肴擺滿房內卻無法盡情品嚐。大哥變身成布袋和尚坐在飛天房中央，宛如果凍般的圓肚頻頻顫動。

先父在五山送火之夜總會變身成布袋和尚，緣由雖不清楚，但已成了規矩。大哥仿效父親變身布袋和尚，還命我們變身成七福神，不過狸貓個性生來彆扭，若是有人強逼自己變身，我們偏不想照辦。於是我變身成平常的委靡大學生，么弟因爲變身能力太差，索性不變身；母親則是堅持變身成偏愛的寶塚美男子。誰都不肯照大哥的意思做。陷入孤立窘境的大哥氣得圓肚發顫，只能抓扯房內榻榻米的藺草洩憤。

我盤腿坐在外廊，等候恩師。

不久，紅玉老師揮動著枴杖穿過樹叢而來。

一路上，老師不時停步，時而仰望樹梢，時而撕碎雜草。明明早就看到我們，他卻刻意佯裝沒發現，好裝作是湊巧路過此地，而不是赴狸貓的約。

「啊，這不是矢三郎嗎？你在這裡做什麼？」紅玉老師停下腳步，向我喚道。

「哎呀，這不是老師嗎？眞是巧遇。您來散步嗎？」

「是啊，難得今宵如此涼爽宜人。」

「那眞是太好了。老師，您知道今晚是五山送火之夜嗎？」

「噢，是這樣嗎？」

「您來得正好，我們正準備搭上向您借來的飛天房，在天上欣賞五山送火呢。如果您沒急事，可否賞個光呢？我們備有一些濁酒粗食。」

「啊，經這麼一提，你好像跟我提過這件事。」紅玉老師眉頭微蹙，故做沉思貌。他點著頭，裝作勉爲其難地說：「我正想休息一下，稍坐一會兒倒是無妨。」

我們看穿彼此的心思，一搭一唱表演完畢後，紅玉老師爬上外廊，走進飛天房，盤腿坐在上座。老師看到變身成布袋和尚的大哥，驚訝地問：「你是矢一郎吧，幹嘛扮成這副模樣？」

「藥師坊老師，今晚百無禁忌。我偶爾也會玩樂的。」大哥略顯不悅地應道。

么弟捧著紅玉波特酒來到房間中央。紅玉老師以爲可暢飲一番，卻見么弟將酒倒進鍋爐，嚇得瞠目結舌。

「啊，餵鍋爐喝也太可惜了！」

老師難過地沉聲呻吟。下一秒，飛天房騰空浮起，樹葉窸窣與枝椏斷折的聲響傳來，不一會兒工夫我們已搖搖晃晃地來到森林上空。

打開和室拉門一看，大文字就在東方。

「老師，那裡是如意嶽呢。您看到大文字了嗎？」

老師意興闌珊地望了一眼。

「看到了，當然看到了。」

○

東方陣陣清風徐來，今晚天空相當平靜。

我們繼續往上攀升，順著風飛往御靈神社一帶。

坐在外廊吹著晚風，俯瞰眼下的世界，只見市街沒入漸顯深沉的夜色，萬家燈火逐一浮現。不久，在晶亮燦然的街燈中，一個又一個的燈火直升天上，遠遠就知道那也是前來欣賞五山送火的飛天納涼船。北山方位有兩艘，京都皇宮上方有一艘，瓜生山到狸谷山不動院一帶也飄浮著幾艘，每艘船都綻放著迷濛的燈火，在夜空中搖曳，遠遠便感受得到船上的熱鬧氣氛。

我們決定在篝火點燃前先展開宴會，享用母親做的壽司，暢飲美酒。散壽司風味絕佳，難得老師也吃得一口接一口，但他對把紅酒倒進鍋爐一事似乎頗為不滿，始終牢騷滿腹。

么弟拿著彈珠汽水的瓶子，開心地在外廊遊蕩。

「別走太出去，小心摔下去。」母親提醒。

不久么弟大喊：「夷川家的人來了！」我和大哥也出去外廊。

一艘外形似蒸氣船、附有兩個外輪的納涼船從南方飛來，甲板和帆柱都掛滿了燈飾，五光十色的活像是棵聖誕樹，華麗無比。甲板上還擺有許多桌椅，宛如一座飛天的啤酒屋。

「你們看，是早雲。」大哥說。

可惡的叔叔夷川早雲也變身成布袋和尚，肥胖的身軀目中無人地盤腿坐在船首。他畢竟經驗老道，扮起布袋和尚入木三分，不是大哥不入流的變身術所能比擬。

帆柱上以巨大的電子告示板取代帆幔，打上「夷川早雲」四個桃紅大字，品味低俗。四周還吊滿了寫有「夷川」的紅燈籠。

叔叔身旁站著兩個長得一模一樣、笑臉陰沉的惠比壽，想必是金閣與銀閣吧。他們倆雙臂盤胸，昂然而立，傲慢地望著我們。

來到距我們五十公尺處，夷川家打橫停下船。

八成是看我們的飛天房只有四張榻榻米大小，想嘲弄一番。只見他們故意閃爍燈飾，在我們面前大肆喧譁、飲酒作樂。大瓶的偽電氣白蘭陸續被運往甲板，怪獸等級的伊勢大龍蝦、結婚蛋糕般氣派的糕點、坐墊大的肉包，擺滿了甲板。

我們見對方似乎不打算節外生枝，便繼續進行我方的酒宴。

沒過多久，我察覺有人停在外廊，抬頭一看，原來是岩屋山金光坊乘著夜風駕臨，手裡還拎著酒壺。他看到紅玉老師，便輕聲打了招呼。老師板著張臭臉，冷淡地應道：「你也來啦。」金光坊低頭向我們行了一禮，說道：「打擾了。」然後便坐下與紅玉老師對飲。

待酒酣耳熱，我們來到外廊排成一列，望向大文字。只見「大」字篝火已經點燃，底下的市街傳來人們的歡呼聲。

紅玉老師獨自站在門檻上，不加入我們。

「眞是無聊。從底下往山上看，不過爾爾。」老師低語。

金光坊從外廊轉頭問他：「你不想回山上去嗎？」

「我無所謂。現在回去，只會徒增麻煩。」

老師雙手揣在懷中，望著昔日受他管轄的大文字山。

○

妙法、舟形、左大文字、鳥居——欣賞完送火儀式後，我們在搖晃的飛天房內繼續舉行酒宴，聊起我父親下鴨總一郎。

難得紅玉老師會趁著醉意談起父親，我們個個聽得津津有味。

我父親與紅玉老師過去交誼甚篤，他曾爲了老師幹出震驚鞍馬天狗之舉，這是他的驕傲，也是我們的驕傲。

「總一郎大有可爲。」紅玉老師說。「他當狸貓太可惜了。」

我們緬懷父親的過往事蹟，飛天房內瀰漫著祥和氣氛，相較之下，停靠在一旁的夷家川的納涼船喧鬧無比，銅管樂隊熱鬧的演奏倒還好，但一直有人燃放煙火，實在惱人。

我們來到外廊察看，只見一群興高采烈的狸貓胡亂揮舞著煙火筒，危險至極。喧鬧中，一名身穿浴衣的美豔女子與夷川早雲相對而坐，捧著大瓶的僞電氣白蘭直接以口就瓶，大口暢飲。那女子正是弁天。

在意想不到的地方目睹這名絕世美女，我不禁驚呼出聲：「弁天小姐在那艘船上。」紅玉老師聞言，對我父親的追思登時煙消雲散。理應在他身邊的弁天竟在隔壁船上，令老師懊惱無比，幾欲將茶碗給咬碎。「爲什麼？爲什麼她不到我身邊來？」老師的問題令我們窮於回答。

夷川家燃放煙火的爆裂聲逐漸靠近，白煙順著夜風飄來。母親被煙味給嗆著，心裡老大不高興。每當煙火炸開，外廊便明亮如晝，對方似乎是故意正對著我們燃放，不久飛天房置身於濃煙之中，我們連彼此的臉都看不清楚。么弟頻頻咳嗽，紅玉老師垮著臉喝酒，母親則是恨得咬牙切齒。

「這實在太過分了，我去向叔叔抗議。」

大哥起身走向外廊，這時忽聽一聲轟隆巨響。

大哥的慘叫聲傳來，外廊竄起火舌。

布袋和尚背著起火的布袋衝進房內，現場一陣譁然。

原來是煙火擊中方形座燈，起火燃燒，大哥愣在當場，身後的布袋因此受火勢波及。不善危機處理的大哥登時方寸大亂，拿起放在壁龕的滅火器四處揮舞，還在房間裡就拔開保險栓。結果雖然順利撲滅火苗，但飛天房內已滿是粉末。

「吵死人了！」紅玉老師厲聲怒吼。

我趕往外廊，撲滅著火的座燈。從夷川家的納涼船，傳來看好戲的歡呼聲。

煙霧中，我發現有人影晃動，原來是母親捧著一個汽油桶大的煙火走了出來，大哥正極力阻攔她。

「媽，妳要忍住啊。」大哥說。「我們不能出手，這樣會惹來很多麻煩……」

「呿！他們老是這樣欺負人！」

母親猛犬般低吼著。我望了望燒焦的外廊，將從旁勸阻的大哥推回房內，和母親一同抱著巨大的煙火筒。

「就瞄準中間，一定要準確命中！」母親說。

正當我們瞄準甲板，與夷川早雲對飲的弁天發現了我們的企圖。她將一瓶僞電氣白蘭抱在胸前，翻身飛往帆柱頂端。目中無人的早雲死氣沉沉的一雙眼瞪向我們，他身旁的金閣、銀閣站起身來大呼小叫。

「不可以，要忍耐！要忍住啊！」大哥不斷喊著。

母親和我大吼一聲：「去死吧你！」

我們的巨砲噴發出火焰。

○

宛如汽油桶的煙火筒發射出全力一擊，命中夷川家熱鬧的宴席。

席間一陣譁然，慌亂之中對方的煙火紛紛射偏，使得情況雪上加霜。一片混亂中，偽電氣白蘭的酒瓶打破了，擺滿一地的佳肴被踢飛，伊勢龍蝦和巨大肉包自光輝耀眼的納涼船撒落底下的市街。

弁天坐在帆柱頂端，興致盎然地欣賞甲板上四處飛竄的煙火。

金閣與銀閣在甲板上奔波，對手下一一下達指令，不久夷川家的納涼船不斷發射著煙火，以驚人的速度朝我方逼近。

大哥眼看事態失去控制，索性加入戰局，把準備在宴會最後燃放的煙火拿來還擊。夷川家的砲火射破飛天房的拉門，撞倒方形座燈；每當有地方著火，么弟便揮動著滅火器救火。

就時在甲板上東奔西跑的夷川家逼近眼前之際，我們的煙火已經用完。母親索性抄起空酒瓶和紅玉老師的枴杖，全扔了過去。

「我們該撤退了。」正當我向大哥如此提議，幾把附鐵鍊的鎌刀突然飛來，就刺在外廊上。

「危險！被刺中的話會沒命的！」

母親大叫，甲板上的早雲與金閣、銀閣兩兄弟兀自冷笑。

敵方拉扯鐵鍊，飛天房漸漸被拉向夷川家的納涼船。

「對方人少！把他們拖過來，打垮他們！」金閣探出身子放聲喊道。

這時，一個鐵爪般的龐然大物伸出甲板，試圖將飛天房強拉過去，鐵鍊摩擦的巨響傳來。

我昂然佇立在燃燒的拉門旁，望著帆柱上的弁天。只見她將僞電氣白蘭的空瓶隨手一拋，對我嫣然一笑，還使了個眼色，指示著飛天房，並做出拉開抽屜的動作。

這是什麼意思？

我回頭望向茶室。

只見母親在房裡四處找尋還擊用的煙火，最後鎖定弁天放在角落的小衣櫃，她將裡頭的東西全往外扔，尖聲大叫。

「淨是沒用的東西！」

母親扔出的物品中有一把眼熟的扇子。

我撿起扇子。不用細看我也知道，那是風神雷神扇。

○

夷川家的燈飾，在幾乎燒毀的拉門另一側熠熠生輝。

飛天房被敵方拖了過去，地板誇張地斜傾，酒瓶、盤子、箱盒，連同紅玉老師，一齊在榻榻米上滑行。屋頂和梁柱發出傾軋聲響，敵方裝飾得五彩繽紛的外輪緊貼住我們的外廊，笛子、大鼓、銅管樂交錯的古怪音樂以及甲板上的喧鬧，連同明亮的光線一同湧入。

「給我交出矢一郎！」夷川早雲神色倨傲地站在甲板上，威嚴十足地說。

我攔下準備走向外廊的大哥。

我走出外廊，甲板上排成一列的狸貓紛紛發出噓聲，有個傢伙將粉紅色煙火筒瞄準著我。夷川早雲臉上浮現布袋和尚的燦爛笑容，睥睨地看著我，金閣、銀閣就站在他兩旁。

「三男代替當家的出來了。」早雲說。「矢一郎怎麼了？縮在角落發抖嗎？」

我無視早雲的存在，抬頭望向帆柱頂端。

弁天單腳站在帆柱頂端看熱鬧，我緊抿雙唇，向她出示手中的風神雷神扇。然後弁天就像是裂口女（註）般咧嘴發出桀桀怪笑，伸手撥動短髮。在船上哀嚎四起之前，她飄然飛向比叡山。

「喂，回答啊。」早雲探身向前。

我不予理會，朗聲應道：

「你們給我張大耳朵、睜大眼睛，吾乃下鴨總一郎的三男——矢三郎是也！」

「這我們早知道了。」

早雲如此低吼，金閣也在一旁插嘴。

「我們是叫你大哥出來。之前他咬我屁股那筆帳，得算個清楚！」

銀閣還很細心地補上一句：「屁股差點裂成四片呢。」

「不過話說回來，你說這是納涼船也太誇張了。」金閣輕蔑地說。「這根本不是船，是茶室才對吧？」

雖說利用人類的慶典趁機玩樂是狸貓的作風，但也必須懂得節制。雖然與人爭執並非我的作風，不過有趣的慶典都被這些不肖狸貓給搞砸了，我得加以懲戒才行。身爲一頭遵從父親教誨、行事光明磊落的狸貓，此事義不容辭。

今晚父親在天之靈，可能正在看著我們，我向他低頭行禮，請他原諒我一扇將敬愛的叔叔和堂

註：裂口女，日本都市傳說裡的一種現代妖怪，外形是一名披頭散髮、用圍巾蒙著巨大嘴巴的女人。

兄弟吹得老遠。在我腦中依舊健在的父親呵呵大笑，對我說道：「無妨、無妨，痛宰他們吧！」

我打開扇子。

早雲的表情就像麥芽糖做的糖人瞬間變得僵硬。

「叔叔，祝您一路順風啊。」

我大力一搧，差點連大文字的餘火也一併吹熄。

一陣強風頓時捲起，撼動著夷川家的納涼船。

早雲與金閣、銀閣正面承受這股強風，臉像柔軟的麻糬變得又扁又平，一臉古怪滑稽。

船身在強風吹拂下嚴重斜傾，像一面絢爛多彩的巨大屏風被吹倒。甲板上眾人哀嚎連連，但就連他們的哀嚎也被風颳跑，來不及傳進我耳裡；甲板上殘菜連同盤子一同漫天飛舞，一發射向我的煙火也被強風颳得無影無蹤。帆柱劇烈搖晃，甲板宛如有人使勁扭轉般應聲碎裂，垂吊的電光告示板也出現嚴重龜裂。

夷川家的納涼船被風颳跑時，連接敵我的鐵鍊受到拉扯，刺進我方外廊的鐮刀發出啪嚓啪嚓的聲響，還來不及反應外廊就塌了。我差點跌落底下的夜景，好在母親從身後一把抓住我的衣領，而差點受我連累的母親則被么弟和大哥抓住，金光坊又在後頭抓住他們倆，眾人這才平安無事。

我搖搖晃晃地吊在殘破的外廊邊，看著夷川家的納涼船墜落。

再見了，夷川！你們就隨風飄向不知名的遠方，開心墜落吧！

夷川早雲與金閣、銀閣緊抓著傾斜的船身，惡狠狠地瞪著我，燈飾照亮了他們有趣的怒容。

我朝他們扮了個鬼臉。

夷川家的納涼船下墜時，船身仍閃耀著燦爛光芒，但不久甲板的燈飾在一陣閃爍後全暗了下來。

接著，一聲轟隆巨響傳來。

我爬上外廊。紅玉老師站在一旁，俯看地面。

「狸貓淨是群無藥可救的蠢蛋啊。」老師啜飲著紅玉波特酒，如此說道。

○

擊落夷川家後，我們大呼痛快。

岩屋山金光坊從皮包取出一台造形復古的相機，說要替我們拍張紀念照。我們並排在殘破的外廊，朝金光坊的相機擺出笑臉。「真是和樂的一家人啊。你們父親在天之靈，一定也很開心。」金光坊說完，按下快門。

然而遺憾的是，沒多久我們便步上了夷川家的後塵。

飛天房突然搖搖晃晃，顯然是紅酒燃料用完了。我們慌張地在房裡東奔西找，但原本準備倒進鍋爐的紅玉波特酒竟已一滴不剩。我們只好倒進燒酒，結果灼熱的燒酒噴出鍋爐，跳起舞來，教人不知如何是好。

飛天房開始下墜，我們無技可施，只好圍成一圈就地而座，查出原因。

當晚，紅玉老師眺望著昔日歸自己管轄的大文字山點燃篝火，儘管表面上故作堅強，仍舊難掩落寞，內心暗自淌淚。偏偏喝醉的金光坊又向他炫耀岩屋山第二代當家對他的熱情款待，更令老師羨慕不已。而心愛的弁天明明人在夷川家的船上，卻不過來露臉。眼前這群愚蠢的狸貓，又為了無聊的船戰你來我往，完全沒把今晚的座上佳賓紅玉老師放在眼裡。

我已經備受冷落，何必為了那鍋爐，眼睜睜望著心愛的紅玉波特酒不喝？紅玉老師如此反問自己。我是堂堂如意嶽藥師坊，是今晚的座上貴賓，我比狸貓偉大得多，也比鍋爐偉大，想喝什麼就喝，自在飛翔於幻想的天空可是天狗與生俱來的權利。

於是紅玉老師左手握住紅玉波特酒的酒瓶。

然後他冷眼旁觀我們英勇地與夷川家奮戰，將瓶裡的酒喝得一滴不剩。

○

我們墜落在御靈神社旁，不幸中的大幸是全員毫髮無傷。大幸中的不幸是，夷川家的人也都安然無恙。聽說他們墜落在出雲路橋北方的賀茂川河堤上。

五山送火之夜就此落幕。

雙方可說是兩敗俱傷，然而最慘的人，非我莫屬。

在這沒半點收穫的夜晚，等著我的是摔得七零八落的飛天房。光是這樣就足以令我嚇破膽了，偏偏跌落外廊時我竟弄丟了那把風神雷神扇。

一夜之間，同時失去弁天借我的兩樣寶物——我該如何對她解釋才好？

看著飛天房的殘骸，我佇立良久，感覺身後寒毛直豎。

眼中清楚浮現了弁天舉辦尾牙宴的光景。

溫暖的房間內，熱騰騰的火鍋烹煮著。而與香蔥和豆腐一起燉煮的，想當然耳，正是我下鴨矢三郎。電燈的光亮下，弁天舉筷伸向矢三郎火鍋。我的初戀情人半天狗望著鍋裡，眼中光芒閃動，兩頰微泛紅暈。

「我很喜歡你，喜歡得想要吃掉你。」

如果這是肺腑之言，那正合我意。

可是，這根本就不是她的眞心話！

三十六計走爲上策。

我決定摸黑逃亡。

才智過人的我巧妙地脫逃成功，就此展開漫長的逃亡生活。從夏末到秋天這段時間，我博得「落跑矢三郎」的威名，名聲響遍京都。

Chapter 04

星期五俱樂部

京都有個從大正時代一直延續至今的祕密組織。

其設立目的成謎，有人說搞不好最初只是志同道合的好友結成的團體。出席人數固定七人，出席者各自以七福神的名字互稱。這七個教人頭疼的人物每個月都會在祇園或先斗町設宴聚會，熱鬧度過一夜。他們就是狸貓的天敵，令人聞風喪膽的星期五俱樂部。

爲何說他們是狸貓的天敵呢？因爲他們每年尾牙宴總要大啖狸貓火鍋。

對京都的狸貓而言，「物競天擇」這條冷酷無情的自然界定律已是有名無實，畢竟會襲擊我們的那些猛獸消失已久，再加上狸貓屬雜食，葷素不忌，不論是在山上、野外還是都市，到處都是我們的佳肴。山上有山珍，都市有都市的美味。我們不必擔心成爲天敵的食物，生活悠哉，結實纍纍的果樹樂園彼彼皆是，食物唾手可得，爲了糧食而流血爭奪，已是久遠的種族記憶，如今的我們，字典裡已找不到「物競天擇」這個詞。

然而在如此安穩的生活中，每年固定會上演一場噩夢。

就連我們偉大的父親下鴨總一郎，也成了星期五俱樂部的火鍋料，就此結束一生。

星期五俱樂部以大啖獸肉自豪，而這讓京都的狸貓體到會昔日身處野外的祖先備受折磨的恐懼，以及吃與被吃的弱肉強食定律，食物鏈的自然法則。

我們這才想到。

站在食物鏈頂端的，是人類。

夏末到秋天的這兩個月，我來往於大阪日本橋與京都，過著雙重生活。

我的舊識金光坊在日本橋經營一家中古相機店，我在他的店裡幫忙，偶爾會回京都探聽狸貓一族的動向。但弁天這名半天狗時時像怪鳥般在空中盤旋監視，一心想把我煮來吃，以致我連自己的地盤都無法任意進出。儘管我向來不遵守狸貓的規矩，總是任意變身，但弁天的女人直覺已達天狗水準，她隨時都有可能識破我的眞面目。

弁天是天狗紅玉老師的弟子，以美貌自豪，是個人類女性。昔日她在琵琶湖畔徘徊時遭紅玉老師擄走，就此意外來到京都。在老師的薰陶下，她的天狗才能徹底引爆，如今已能以正牌天狗也自嘆弗如的朗聲高笑震撼全京都。

曾無視自己的狸貓身分迷戀弁天的我，因爲觸怒了這個天下無敵的女人，如今落得四處躲藏的下場。不過，也難怪弁天會生氣。

五山送山之夜發生了許多不幸，我向弁天借的飛天房摔得支離破碎，還弄丟了她的風神雷神扇。我毀了向她借的東西，她肯定早已做好準備，要以此爲藉口整死我。

如此這般，在這場風波平息前，我得過著逃亡生活。偶爾回到京都，也只能潛入古董店二樓或地下道，偷偷向人打聽最近的動向。

十月中旬，我在千鈞一髮之際躲過一劫。

那天，我搭乘阪急電車回到京都，混在四条通地下道的人群中。由於大丸百貨地下街的裝飾窗美不勝收，我看得入迷，一時大意。這時，弁天身穿一襲露出雪白香肩的黑洋裝，猶如電影明星般威風十足地從地下街樓梯口走了下來。她身旁跟著四名身穿黑西裝的男子，不時威嚇行人，他們是鞍馬山僧正坊旗下的鞍馬天狗，人稱「弁天親衛隊」。

那天弁天的心思全放在剛從大丸百貨買來的奢華戰利品，沒注意到呆立在裝飾窗前的我。一等弁天率領鞍馬天狗離去，我火速搭上阪急電車，逃回大阪。

○

這是我第一次在大阪生活，一切都是如此珍奇有趣。

中古相機店老闆金光坊將岩屋山天狗的寶座讓給了接班人，退位後閒散一身，就連做生意都提不起勁，颳風便遲到，下雨便休息。我規矩地遵從這位悠哉的店長奉行的方針，收起生意人本色，嘴裡嚼著章魚燒，時而到日本橋的電器街閒逛，時而在惠比須橋觀察人類，或是在家具店街買些莫名其妙的看板。金光坊還喜歡看吉本新喜劇，常帶我上NGK劇場。

有一次母親來大阪看我。

她是個無藥可救的寶塚迷，常坐電車到寶塚看戲。她說回程會順道去大阪梅田一趟，我便從日本橋前往梅田，和母親走進一家咖啡廳。那天她依舊變身成偏愛的白面美男子，我則是模仿金光坊，扮成一位繫著扣環領帶的老先生。

母親展現過人的膽識，安慰我說：「你再忍一陣子就沒問題了。弁天小姐人雖可怕，但她性情多變，對事很容易生厭。」

「她再不早點膩，我可傷腦筋了。」

「矢一郎去拜託紅玉老師居中調停，結果氣呼呼的回來。他氣得毛髮直豎，直嚷著再也不插手管這件事。他的肚量得再大一點才行。」

雖然不清楚弁天到底有多生氣，我一直天眞地幻想著——搞不好下次見面，她已經將過去的恩怨一筆勾銷。不過，若是實際見了面才發現「她沒辦法一筆勾銷」，到時候可就笑不出來了。

「人的本性比天狗還壞。」我嘆了口氣。

「不過，大部分都是好人。」母親頷首應道。

「那是因爲媽遇上救命恩人吧。」

「你能誕生這世上，都是託淀川先生的福。」母親望著窗外。「得好好感謝他才行。」

母親的救命恩人名叫淀川長太郎。昔日他曾照顧母親，還餵她飯糰吃，那飯糰的滋味母親從未忘懷。

每隻狸貓都有一、兩項弱點，只要看準弱點下手，不管他變身技巧再厲害，都會露出毛茸茸的眞面目。狸貓要在人類世界打滾，不論起居坐臥都得披著變身的外皮，所以最怕遇上這種事了。

像母親很怕打雷，只要雷神大人在空中隆隆發威，她便會瞬間脫去變身的外皮。因爲這項弱點，她多次身陷險境，也因此練就一身好膽量。不過有一次，她碰上攸關性命的災難。那是我出生前的事了，當時大哥、二哥還年幼，還分不出是狸貓還是毛球的年紀。

那一天，母親有事前往左京區狸谷山不動院的外婆家，父親則留在森林照顧大哥和二哥。母親畢竟是狸貓，由於久未獨自外出，體內的傻瓜血脈不禁蠢蠢欲動。她心花怒放，忍不住四處遊蕩。不久，天空烏雲密布，降下滂沱大雨。母親尖叫著奔跑，天空發出紫光，傳來連身體也爲之震動的雷鳴。原以人類姿態奔跑的母親登時身子蜷縮，變回一隻濕透的狸貓，只能望著烏雲低垂的天空發呆。

母親無助地低聲嗚咽。

那時，一輛車駛來。

我說過京都已經沒有會襲擊我們的野獸，但現在鋼鐵取代了野獸，成了我們的天敵。當時原形畢露的母親愣在光芒耀眼的車頭燈前，眼看必死無疑。

「我真以為死定了呢。」母親說。

當時母親還年輕，她勉強側身閃躲，但還是不幸撞上保險桿，前腳因此骨折。劇烈的疼痛使她無法行走，可是若是繼續癱在路上，下場不是被市府人員抓走，就是被窮學生煮成火鍋。母親勉強爬到路旁的水渠，躲了進去。腳傷痛得她幾乎昏厥，水渠裡水又冰又冷。豪雨打在柏油路上，水花形成一片白霧，紫色閃電在烏雲間穿梭。母親驚恐莫名地蜷縮著濕透的身軀，腦中掠過留在下鴨森林的丈夫以及年幼的大哥、二哥的身影。

母親猛然回神，發現一個高大的人影正望著她。她大吃一驚，但已無力逃脫。原本不斷打向母親頭部的大雨突然停了，上方傳來雨滴拍打雨傘的聲響，只見貌似布袋和尚的男子蹙著眉頭。

「真可憐。」

母親闔上眼，心中做好覺悟。她既害怕，又無奈，隨時都會失去意識。

「妳受傷了吧？來，到我懷裡。」

男子伸出毛茸茸的大手，將濕淋淋的母親抱在懷中。

○

我逃往大阪後，時光猶如鴨川的河水快速流逝，轉眼已是十一月。

這天我在寺町通的古董店二樓吃午餐。

這個房間當倉庫用，到處堆滿舊家具，密不透光。店老闆是我一位信得過的朋友，而且這裡可利用後門的逃生梯逃走，做爲藏身處再適合不過。回京都的時候，我常變身成白髮妖怪般的古董收藏家，躲在這間暗房吃飯。

我盛了一大碗剛煮好的白飯，撒上在錦商店買來的小魚乾。歐式餐桌上，擺著注滿焙茶的茶碗，以及布滿塵埃的不倒翁。我與那尊不倒翁對望，吃著熱呼呼的飯。悲哀的逃亡生活令米飯吃起來格外香甜。

正當我輕拍鼓脹的圓肚，從房內角落的大型歐式衣櫃傳來一個含糊的聲音。

「好貪婪的吃相！」

「是海星嗎？」我望著掛鐘問。「妳爲什麼躲在衣櫃裡？」

「少囉嗦，要你管！」歐式衣櫃晃動著。

海星是我堂妹，也是我的前未婚妻。她那對名叫金閣、銀閣的雙胞胎哥哥，是京都出了名的傻瓜，與聰明又狸品高潔的我素來水火不容。海星個性之所以如此彆扭，肯定是受愚兄的影響。海星從小就是出了名的毒舌女，而且也不知在害羞個什麼勁，她始終不肯在我面前現身。對我而言，這位未婚妻等同是從暗處迸發的辱罵惡言，我自然不覺得她有哪裡可愛。知道這樁婚事泡湯時，我還大聲叫好呢。

每次我回京都，總是向她打聽狸貓一族的動向。她雖然嘴巴惡毒，但絕不會向弁天通風報信，這點我很放心。因爲她很討厭弁天，還說：「與其對那個半天狗言聽計從，我寧可死了算了。」

聽海星說，隨著臘月將至，京都的狸貓一族愈來愈感受到風雨欲來之勢。因爲推選狸貓一族下任首領「僞右衛門」的日子就快到了。其中最被看好的，便是我們的叔叔，海星的父親——夷川早雲。狸貓最愛喝僞電氣白蘭，而製造工廠就是由早雲掌管，在狸貓社會由上到下從裡到外，他都吃得開。只不過早雲個性古怪，兒子所率領的夷川幫更是惡名昭彰，因此也有不少狸貓對夷川家反感。而緊抓這項弱點，以政治謀略暗中運作的，就是我大哥矢一郎。政治謀略，是大哥最大的嗜好。

「我那傻瓜老爸和傻瓜哥哥一直四處奔走，搞得雞犬不寧。」

「我大哥想必也是動作頻頻吧。」

「可是，矢一郎先生實在是沒那個才幹，他竟然奢望擠下我那傻瓜老爸，當上僞右衛門！他的才幹和我那些傻瓜哥哥根本半斤八兩。」

「他再怎麼爛，也是我大哥啊。」我勃然大怒，往桌上使勁一拍。「別拿他和妳那些傻瓜哥哥相提並論！」

「你這個蠢蛋，敢說我哥哥是傻瓜！我絕不饒你！」

「妳自己也說他們是傻瓜啊。」

「誰准你說他們是傻瓜了！少得寸進尺，你這個超級大蠢蛋！」

接下來海星繼續罵了半晌，我假裝沒聽見，待歐式衣櫃不再傳出聲音，我才問她：「我二哥還好嗎？」

「嗯。他在井底一切安好，照樣幫人做心理諮詢。我很喜歡矢二郎先生，常去找他諮詢，聽說連弁天也會去呢。」

我大吃一驚，口裡的茶噴了出來。「天下無敵的弁天小姐，會有什麼煩惱？」

「誰知道，可能是煩惱下一次尾牙宴要吃哪隻狸貓吧？」海星悄聲道。「聽說今年要拿你下鍋呢。你怎麼看？」

「我可沒這個計畫。」

「弁天一直四處打聽你的下落，很危險哦。你一隻小小狸貓，偏偏惹上那隻半天狗，惹來這麼多麻煩。」

我突然尾巴發癢，如坐針氈。

「快點回大阪去吧。你再四處閒晃，小心真的被煮來吃哦。」

「只要身為狸貓，就可能被煮成火鍋，隨時要有笑著躺進鍋裡的覺悟。」

「少嘴硬了，明明就沒那種氣概。」

「要是我被捕就麻煩了，這東西妳幫我保管。」

「這什麼，遺物嗎？」

「是天狗香菸，幫我送給紅玉老師。」

紅玉老師是個麻煩的老天狗，要是沒人在身邊照料，他什麼事也不屑做，甚至連飯都不吃。我不在京都這段時間，照料老師的工作都交代么弟處理，但老師老是出難題刁難，么弟想必招架不住。其實要讓老師乖乖閉嘴，只要把天狗香菸塞進他嘴裡就行了。天狗香菸是一種高級菸，只要點上一根，要足足吸上半個月才會燒完。爲了將老師的嘴堵上半個月，減輕么弟的負擔，我專程跑到天滿橋購買。

「不行，我看不到。」

「誰教妳一直躲在衣櫃裡，出來吧。」

「不，不要。」

「簡直莫名其妙！那妳說該怎麼辦。」

正當我們各執一詞，樓下傳來店老闆的叫喚聲。

「二樓的客人快逃啊！弁天小姐來了！」

我正想從後門的逃生梯逃走，一道可怕的暗影籠罩上空，原來是陸續從秋日晴空降落在混合大樓之間的鞍馬天狗。弁天已經走上樓梯，此刻我的處境當眞是前有狼，後有虎，可憐的狸貓無路可退了。

〇

我奔回倉庫，變身成桌上的不倒翁，倒在地上。

弁天走進倉庫，目光停在我身上，她將我撿起，甩了幾下，放在歐式餐桌上的不倒翁旁邊。一個鞍馬天狗走進來，他拉出一張扶手椅，以手帕仔細拭去塵埃。弁天大搖大擺地坐下。在今天這種秋日，她穿著一襲單薄的露肩洋裝，美豔至極，好色的男子只消瞧上一眼便會往生極樂。

「矢三郎在嗎？」鞍馬天狗問。

「他的綽號叫落跑矢三郎，八成已經跑了吧，帝金坊。」

「那您打算怎麼做？我護送您去星期五俱樂部吧。」

「我有點累了，想在這裡休息一下。」

弁天的視線一直在餐桌上的兩個不倒翁之間游移。她微笑著注視我，下一秒目光又移往旁邊的不倒翁。她把黑髮像丸子一樣盤在頭頂，讓我聯想到怒髮衝冠的模樣，她本就嚇人的冰冷微笑這下顯得更加駭人。

「帝金坊。這裡有兩個不倒翁，你不覺得奇怪嗎？它們有相同的焦痕，就連弄髒的地方也一樣。」

「沒錯，確實可疑。」

「矢三郎是個變身高手。」

我暗暗叫苦——看來我是聰明反被聰明誤。

弁天拿起餐桌上的天狗香菸，送進嘴裡。帝金坊彎腰替她點菸。火焰燃起，弁天像蒸氣火車般吐著白煙，瞬間倉庫裡宛如失火一般濃煙密布。平日安住的巢穴遭人用火煙燻，想必就是這種滋味。我遙想祖先的痛苦，試著屏住呼吸，最後還是忍不住狂咳起來。一直打量兩尊不倒翁的弁天將視線落在我身上，衝著我嫣然一笑。

「好久不見啦，矢三郎。」

「妳怎麼知道我在這裡？」

「金閣、銀閣找我商量，說是妹妹最近常獨自外出，似乎是被壞公狸給拐騙了。」

「真是兩個礙事的傢伙。」

「人家可是關心妹妹的好兄長。」

弁天將還沒捻熄的天狗香菸塞進泛著黑光的手提包，拎著我，踩著清亮的腳步聲離去。

「走吧，帝金坊。靈山坊你們也是。」

我皺著眉頭被她抱在胸前。她走下樓梯，朝拜倒在一旁的古董店主人微微點頭示意，走向寺町通。只見她領著一身黑衣的鞍馬天狗，沿著熱鬧的商店街走向北方。她俯看懷裡的我，露出貓兒般的微笑。

「眞是又圓又可愛，你就暫時當只不倒翁吧。」

「要去哪裡？」

「你毀了我的飛天房，還弄丟了我心愛的扇子，當然要請你到星期五倶樂部作秀嘍。這是我們說好的，別說你忘了哦。」

「關於五山送火那晚，我眞不知該如何向您道歉。可是……」

「用不著道歉。」弁天愉快地抬起臉。「要是你的表演不受好評，把你煮成火鍋就行了。」

○

寺町通旁，有一家壽喜燒店。

這家老店創立於明治時代，木材與水泥交錯的建築物兼具日式與歐式風格。有人說，光是看到那威嚴十足的大門燈籠，就覺得食物一定好吃。穿過暖簾，店裡燈光昏暗，金黃色的曚曨燈光照向走廊，光線未及處則一片漆黑。在光與暗的交界，瀰漫著一股難以言喻的美味氛圍。客人被領到樓上。樓梯像地道般狹窄，而且陡峭，彷彿會有阿貓、阿狗或是什麼尊王志士跌落下來（註）。愈往上走，光線愈暗。上樓後，包覆全身的美味空氣愈來愈濃厚，牛肉香氣撲鼻而來，簡直如夢似幻，似乎就連泛著黑光的樓梯也變得美味可口。

我和弁天來到這家壽喜燒店最頂樓的包廂，等候星期五俱樂部的其他成員到來。十張榻榻米大的包廂裡擺有兩張圓桌，坐墊堆疊在角落。

我變身成一個普通大學生，全身僵硬地在包廂角落正襟危坐。

弁天手倚欄杆坐在窗邊，眺望住商混合大樓櫛比鱗次的景致。從窗戶往下看，可見寺町通的拱廊屋頂呈南北縱向排列。對能在天空飛翔的弁天而言，這樣的景色或許無趣，但對只能在地上爬行的狸貓而言，這可是罕見的美景。

天空的卷積雲染成了桃紅色，讓人打從心底覺得寂寥的秋風陣陣吹來。

「你喜歡壽喜燒嗎？」

「只要不是狸貓鍋，這世上什麼東西都好吃。」

「比起壽喜燒，我更愛狸貓鍋。」

「好怪的嗜好。妳不懂，牛肉比狸貓肉好吃多了。」

註：以幕末時代爲題的戲劇中，新選組追殺尊王攘夷派人士的畫面，常出現這類場景。

弁天凝望遠方。「自你父親成了狸貓鍋，不知過了幾年了。」

「妳明明也吃了那頓火鍋，別說的好像和自己無關似的。」

「當時我剛加入星期五俱樂部，還是第一次吃狸貓。」

弁天白皙的臉頰被夕陽餘暉染紅。

「那火鍋眞是湯鮮味美啊。」

○

等到天空轉爲藏青色，寺町通的拱廊發出白光，星期五俱樂部的成員陸續現身。每當有人走進包廂，弁天便鞠躬向成員介紹我：「他是今晚的演出者」。幸好她沒說：「這是今晚的火鍋料。」

最後走進的成員，笑容滿面地對弁天問候：「晚安。」

「老師，眞高興見到您。」弁天也笑臉相迎。

「今晚壽老人、福祿壽缺席，我事先知會過店家了。」

來了五福神和狸貓一隻，晚宴就此展開。

現場擺了兩個鐵鍋，侍者送來裝著啤酒瓶的竹籠，四處傳來倒啤酒以及打蛋的攪拌聲。女侍在熱燙的鐵鍋倒進油，擺上撒上晶亮砂糖的牛肉，熱鬧的滋滋聲傳來，令人垂涎的香味直冒。這時加入醬油再滾一下，牛肉就煮好了。眾人舉箸享用。接著又放進牛肉，放進青蔥，放進豆腐，只見星期五俱樂部成員大口吃肉、大口喝酒，「嗯」、「啊」、「好」地讚歎著，彷彿心中喜悅難以言喻。

喝餐前啤酒時包廂裡還靜默無聲，此時顯得蓬勃朝氣。

「光憑這聲音和香味，就能喝好幾杯啤酒了。」

「那惠比壽兄就盡情暢飲啤酒，您的牛肉由我來解決。」

「哪兒的話，前戲可是爲了重頭戲而存在啊。」

「肥美的好肉有害健康哦。」

「某位文人說過，牛吃草，所以這不是牛肉鍋，是草鍋。既然是草，就毋需擔心膽固醇。是這樣沒錯吧，老師？」

「現在的牛還吃草嗎？」

「如今這時代，牛可是聽著莫札特喝啤酒。」

「這麼說來，我們是一面喝啤酒，一面吃啤酒嘍？」

「就像吃米飯配米飯一樣。」

我被安排在弁天身旁，在天敵的環伺下吃著牛肉。父親的慘死、弱肉強食、食物鏈……胸中揮之不去的各種思緒在生蛋拌牛肉的香味中逐漸消融。我眞是沒用。汗顏無地。美味至極。鐵鍋裡淨是人間美味啊！我的嘴嚼個不停，弁天湊向我耳邊，替我一一介紹星期五俱樂部的成員。

與我和弁天同吃一鍋的男子是「布袋和尚」，只見他以飛快的速度將鍋內美味一掃而空，送進他的啤酒肚。據說他是個大胃王；而弁天之所以尊稱他「老師」，則是因爲他在大學教書。隔壁桌則是三名男子共享一鍋。身穿和服的年輕男子是「大黑天」，他是京料理鋪千歲屋的老闆；看起來很不好惹的肌肉男則是「毘沙門」，他是曉雲閣飯店的社長。他喝了啤酒後滿臉通紅，笑聲之響亮連我的肚皮都爲之震動，豪邁的作風就像騎馬的遊牧民族。最後一人是「惠比壽」，他的臉就像受熱融化的蠟人，眼角下垂，據說是以大阪爲據點的銀行家。

「還有兩位，可惜今天缺席。那位壽老人……眞想和他見面啊。」

「壽老人是什麼樣的人物呢？」

這時，那位大啖牛肉的教授抬起頭來。「他是冰。」

「冰？」

「就是冰菓子。」弁天笑著解釋。

「賣刨冰的嗎？」

「是放高利貸的（註）。」

不管怎麼說，他們都是吃了我父親的仇人。我原本下定決心，絕不和他們打成一片，然而我堅定的決心卻被閃耀著黃金光澤的冰啤酒以及可口的牛肉給擊潰。祖先一脈相傳的傻瓜血脈教我管不住自己，我樂得心花怒放。這就是身爲狸貓的無奈。

爲了牛肉，我和同鍋的大學教授展開激烈的爭奪戰。我們都想先下手爲強，以致餐桌上出現以筷當劍的對決場面。教授展現外表看不出的敏捷動作，毛茸茸的大手靈活運使筷子搶奪鍋裡的牛肉，身手俐落得可怕。弁天在一旁冷眼旁觀，我們倆徹徹底底顯露原始的食欲，絲毫不以爲恥，最後竟演變成不打不相識，就像兩個在河灘上決鬥的不良少年頭目，對彼此興起一股惺惺相惜之情。

「好在今天布袋兄在隔壁。」「布袋兄連生肉也照吃不誤，有時不小心看了，害我食欲全無。」「說得一點都沒錯。」

隔壁鍋的男子你一言我一語，神情安泰。

「喂，你怎麼看？他們一副沒事的安逸模樣，根本不當回事！」

「所言甚是，火鍋即戰場！」

註：明治時代慣用說法。「冰菓子」（こおりがし）和「高利貸」（こうりがし）的發音相近。

「我們上吧，讓他們明白什麼是殘酷的現實。」

我和教授襲擊隔壁，搶奪他們鍋裡的牛肉，並共享戰利品，增進彼此友誼。幾杯黃湯下肚後心情更暢快，我已不再感到恐懼，甚至主動想表演助興。與其嚇得發抖，不如展現狸貓的本色吧。我拆下和室拉門，請弁天拿著，自己隱身在後。弁天讓拉門一會兒倒下，一會兒立起，每次拉門倒下我都會改變樣貌。星期五俱樂部的成員沒料到是一頭狸貓在包廂施展變身術，在醉意的助長下，個個大感佩服。「好精采的魔術表演。」我變身成老虎，變身成招財貓，變身成蒸氣火車，千變萬化。每次都博得如雷掌聲，我聽了說不出的痛快。

表演最後，我變身成許久沒變的弁天。

不過我心想，要是露出臉來，這群醉漢同時看到兩張一模一樣的漂亮臉蛋，一定會嚇破膽的，所以我決定只展露冶豔的背影。教授熱烈地注視著我美豔的後頸，生硬地吹起口哨。我得意忘形起來，輕解羅衫，露出美背，擺出妖嬈姿態。拉門後頭，弁天露出慍容。

「你要是太得意忘形，當心我吃了你！」

我登時酒醒，並深切反省。

我恢復原來的面目，低頭行禮，再次博得滿堂采。

「太厲害了。」飯店社長毘沙門目瞪口呆地低語。「不愧是弁天小姐的客人。」

「真搞不懂你用的是什麼手法。喂，你該不會是狸貓吧？」惠比壽隨口一言，正好一語中的。

「哈哈哈，沒錯，我是狸貓！」我從容不迫地說。
「沒錯，他是我認識的狸貓。」弁天也附和道。「看起來很可口吧。」
「不，這麼棒的才能，吃掉他太可惜了。吃不得！」
「我欣賞你！了不起！太有意思了！」大學教授興奮地緊握我的手。「下次也要來哦！」

○

「來，吃吧。多吃一點。」
弁天將鍋底的火鍋料全裝進我盤裡。我不知道她是好心，還是想利用我解決剩菜。大學教授一臉羨慕地望著我。
「今晚暫且饒了你吧。」弁天說。
「意思是不拿我下鍋了嗎？」
「明天我就不知道了。」
宴席到此告一段落，恢復平靜。
俱樂部成員個個滿面通紅，悠然自得地坐在榻榻米上喝酒。弁天打開窗，讓涼爽的夜風吹進室內。她取出天狗香菸叼在口中，教授移膝向前替她點菸。弁天若無其事地向他道聲謝，把口中的煙噴向寺町通上空。

「下個月的尾牙宴是狸貓鍋對吧？」毘沙門說。

「還是依照慣例，借用一下千歲屋吧。」惠比壽說。

「當然沒問題，其他店八成也不願煮狸貓吧。」

毘沙門將酒一飲而盡，露出石獅子般的表情。「可是，爲什麼尾牙宴一定得吃狸貓呢？我倒比較喜歡吃牛肉鍋。」

「說這種話，會被除名哦。」惠比壽出言勸戒。「會員規則裡有特別註明這點。」

「也許是谷崎潤一郎訂的規則吧？」大黑天交抱雙臂說道。

「眞的嗎？」毘沙門問。

「聽壽老人說，谷崎潤一郎也曾是會員。」

「眞的假的！」

「谷崎會吃狸貓嗎？他愛吃的應該是海鰻吧？」

「可是海鰻夏天才有啊。」

「下次是輪到布袋兄準備狸貓對吧？」毘沙門問教授，但當事人不予理會，專心欣賞在一段距離之外抽菸的弁天。弁天坐在窗緣，轉頭問教授：「布袋兄喜歡狸貓對吧？」

教授這才回過神來，他重重點頭，鼻孔翕張。

「沒錯。狸貓很可愛，可愛得不得了！」

接著教授滔滔不絕地談起狸貓有多可愛。看其他人微笑傾聽的模樣，就知道教授八成曾多次這樣高談闊論。

「狸貓肥嘟嘟的矮胖模樣眞討人喜愛，肥嘟嘟一詞根本就是爲狸貓而發明的。牠們眼圈是黑的，四隻小腳也是黑的，眞是可愛極了。緊盯著人看的眼睛、小跑步遠去時搖晃的屁股……就連糞便也是又圓又可愛。狸貓的美，多得說不完。」

教授眼中微微泛淚，愈說愈投入。

「我打從心底迷上狸貓是幾年前的事，那隻狸貓眞的很可愛。當時我獨自走在北白川旁，發現路旁的水渠裡有隻受傷的母狸。那天打雷下雨的，牠全身被雨淋濕，聽到雷聲就抖個不停。也許是腳傷疼痛的緣故，我抱牠回家時既不吵也不鬧。我替牠療傷，餵牠吃飯糰。不論餵什麼，那隻狸貓都吃得津津有味，和我一樣是個貪吃鬼。也和我一樣討厭打雷，每次打雷牠都怕得輕聲嗚咽，情緒相當激動，令人好心疼。遇到打雷的夜晚，我都會替牠蓋上毛毯，陪在身旁。牠康復後，我把牠放回山上，離開時牠還一直盯著我，數度回頭觀望，這才離去。啊，毘沙門兄，你不相信對吧？那是因爲你沒有親眼看見！你沒親眼見識那隻狸貓的可愛。牠一定知道我是救命恩人。狸貓眞的很聰明。牠擺動著屁股往前走，可愛的雙眼不時回頭瞄我呢。我只好叫牠趕快回家，當時的心境實在可用斷腸來形容。我既落寞又憐惜，忍不住流下淚來。自那之後，我便爲狸貓著迷……」

這時，毘沙門在一旁插嘴：「所以我才覺得奇怪啊。大家都知道布袋兄對狸貓相當著迷，但每年吃狸貓鍋你不是都吃得津津有味嗎？這樣不是很矛盾嗎？」

「喜歡狸貓和愛吃狸貓，兩者並無矛盾。像你吃得心不甘情不願，一臉無奈，但我可是每一次都吃得津津有味。煮狸貓也是我的拿手絕活，料理時得用一種祕方巧妙地消除肉腥味。狸貓肉眞是美味極了。一邊吃一邊誇讚，是應有的禮貌。」

「可是也沒必要非吃狸貓不可吧？還有很多美食啊。」

我打從心底贊成毘沙門這番犀利的言詞。

然而教授繼續用他那已經不太靈活的舌頭，興高采烈地陳述吃狸貓是一種愛的表現。站在狸貓的立場，他這套理論實在教人不敢苟同。要是有人吃了我後說愛我，可眞教人哭笑不得。

「我喜歡狸貓，喜歡得想要吃掉牠們！」

「布袋兄，雖然你我相識多年，但我實在搞不懂你。」毘沙門露出苦笑，撫摸著粗糙的鬍鬚。

「你的想法眞是與眾不同啊。」

接著大家繼續喝酒，教授開始語無倫次起來，最後喊著：「狸貓是可愛，不過在場有個同樣可愛的人。」說完又對弁天糾纏不休。

「眞是的，布袋兄又喝醉了。」

「眞可憐，雖然能體諒他的心情，但還是押住他吧。」

弁天冷眼看著其他人押住教授，湊向我耳邊說道：

「喂，我覺得無聊了，我們到外面去吧。」

○

弁天越過窗子，逃離猶如落入酒中的方糖，逐漸瓦解的宴席。

她拉著我的手自欄杆縱身一躍，轉移陣地到拱廊屋頂上的高架道路。「弁天小姐，快回來啊。」星期五俱樂部的成員聲聲呼喚，但弁天置若罔聞，踩著輕盈的步履走在寺町通上空。我們發出輕細的腳步聲，走在沿著拱廊的細長通道。弁天的天狗香菸的白煙瀰漫在大樓之間。

住商混合大樓夾道的拱廊往南延伸，底下暗藏著寺町通的燈火，將地面照得白亮如晝。這裡是禁止一般人出入的作業通道，所以一路直達四条通的光之通道不見人影。抬頭一看，位於住商混合大樓樓頂的咖啡店和酒吧燈火通明，坐在餐桌旁享受星期五之夜的人們宛如模形。隨著夜色漸濃，腳下的寺町和新京極的喧鬧也逐漸平息。

虛幻的偌大明月高掛夜空，弁天心有所感地說：「月亮好大啊，我喜歡圓圓的東西。」

「是嗎？」

「我想要月亮！」她突然衝著天上的明月大喊。「喂，矢三郎，快幫我取來。」

「這怎麼可能。就算是您的請託，也未免……」
「沒用的傢伙，什麼都不會……。眞是隻可憐的狸貓。」
「您怎麼說都行。」
「看到這麼美的月色，我就感到悲哀。」
「您喝醉了。」
「我沒醉……才喝那麼點酒……」

新京極六角公園就在底下。

拱廊上，電線凌亂地堆在一起。弁天從通道探出身子，俯看著公園。公園對面是新京極的拱廊。位於新京極與寺町通之間的這座公園，隨著夜闌更深，人影稀落。爲數不多的樹木枯葉落盡，更顯淒清。一個青年坐在新京極誓願寺門前唱歌，歌聲飄了過來。

繼續往前走，來到一棟黑色的住商混合大樓前。通道旁有一面小看板，上頭潦草地寫著「Café & Bar」幾個字，旁邊擺了一張小桌和兩張圓椅。抬頭一看，大樓的五樓窗口敞開著，燈光流洩而出，窗邊吊著一口金色大鐘，裡頭垂下一條細繩，垂至餐桌旁。

弁天在圓椅坐下，輕輕拉了拉細繩。大鐘發出叮鈴聲響，窗口探出一名留著鬍鬚的禿頭男子。弁天抬頭，舉起兩根手指，男子頷首，又縮回窗內。不久，一個托盤以細繩吊著，從窗口垂吊而下。托盤內放著兩杯弁天喜歡的紅摻酒，也就是燒酒摻赤玉紅酒。

我們在這祕密酒館，舉杯邀月。弁天喝著酒，直呼悲哀。不久，她站起身，端起裝有桃紅色酒液的酒杯，滑行在拱廊上。

「何事令妳如此難過？」

「你就要被我吃了，眞可憐。」

「妳別吃我不就行了？」

「可是，我總有一天會吃你的。」

「妳說的這麼直接，眞教我不知如何是好。」我說。「這可是攸關我的性命。」

「我喜歡你，喜歡得想吃掉你。」弁天說著向來的台詞。「不過，吃掉喜歡的東西後……喜歡的東西就沒了。」

「這還用說，妳可眞是任性！」

這時，「喂——」傳來一陣拉長聲音的叫喚。

踩著危險的步履走在狹長的高架通路上的，就是那個在宴席上滔滔不絕訴說對狸貓的熱愛的大學教授。只見他甩亂了頭髮，搖晃著圓肚，將弄髒的西裝和手提包揣在懷裡，走得氣喘如牛、揮汗如雨，拚了老命朝我們走來。

「啊，老師。您追來啦。」

不久，他追上我們，加入這場在屋頂舉辦的星期五俱樂部續攤酒宴。

○

和教授會合後，弁天提議去「賞楓」。

弁天付完酒錢，從跨越寺町通拱廊的一座小鐵橋往西走去，然後爬上住商混合大樓的螺旋階梯。順著階梯來到大樓屋頂，她蹤身躍向隔壁大樓。住商混合大樓之間，她巧妙地從這座屋頂移往另一座屋頂。我和教授懼高，嚇得兩腿發軟，弁天只好折返，執起我們的手。我們三人就在月光下的屋頂世界飛越著。

「弁天小姐！」教授氣喘吁吁地說。「妳身手還眞矯健！」

「教授也是啊，以您的年紀，動作還這麼靈活。」

「爲了採集標本，我連熱帶叢林也去過。我可是鍛練過的，和一般老頭可不一樣。」

「來，再加把勁。」

「眞是服了妳，妳簡直就像隻天狗。」

不知詳情的教授這麼一說，弁天在月光下哈哈大笑。

不久，我們抵達了某座住商混合大樓的屋頂。

大樓位處巷弄，屋頂幽靜無聲。還擺了一台不知誰會利用的自動販賣機，旁邊有一株高大的楓樹。教授和我早已體力不支，便坐在自動販賣機旁的藍色長椅休息。弁天站在楓樹下抽著天狗香菸，仰望樹梢。楓紅在自動販賣機的日光燈照射下，猶如玻璃藝術品般晶瑩剔透。天狗香菸的煙霧裊裊上升，飄向夜晚的屋頂。

我想起從前紅玉老師和弁天在大樓屋頂賞花，我送紅玉波特酒前去的那一天。那天弁天成功學會飛翔，踏出了天狗的第一步。如今她得到了一切，臉上卻已不見昔日向恩師微笑的雀躍面容。

我們欣賞著夜晚的楓紅。我拿出相機，拍下紀念照。

「我想起初次和妳見面的那一天。」教授開口說道。

「眞不好意思，那種事您大可忘了。」

「我忘不了。那天是尾牙宴，聽說包廂裡關了隻狸貓，我前去一探究竟。結果發現妳躺在鐵籠旁，睡得好甜。妳疊起坐墊當枕頭，孩子似地縮著身子。」

「是這樣嗎……」弁天手搭在楓樹的樹幹上，緩緩繞圈。

「當時我心裡想這女孩是誰，我不知道星期五俱樂部的新成員竟是個妙齡女子。還以爲是千歲屋老闆的女兒因爲看管狸貓太累睡著了呢。鐵籠裡關了隻出色的狸貓，表情絲毫不顯懼色。正當我和那隻狸貓對望時，妳正好醒來，來到我身旁和那頭狸貓說話。」

「那麼久以前的事，我早忘了。」

「妳對那隻狸貓說：『你就要被我吃了，真可憐。』接著還補了一句：『不過，我還是會吃了你。』」教授闔上眼，莞爾一笑。「那時我就墜入情網，迷上了妳。我懂妳的心情，妳和我志同道合……」

「老師，您誤會了。」弁天望著楓紅說道。「我不記得自己說過這樣的話。」

「是嗎？」教授伸了個大大的懶腰。「可是我記得。」接著他又喃喃說了些什麼，打起了盹。

弁天一臉哀戚地繞著楓樹走。「弁天小姐？」我叫喚，但她不搭理。天狗香菸燃起紅光。由於弁天一直繞著楓樹打圈子，白煙形成一股漩渦，緊緊包覆著樹身。四周頓時煙霧瀰漫。弁天修長的身影在濃煙中忽隱忽現，菸頭的火焰不時可見，宛如一頭蠢動的噴火怪獸。

我撥開密布的濃煙走向弁天。「妳在做什麼？」我問道。弁天的倩影在濃煙形成的厚牆另一端，我才走向前，她又轉身鑽進濃煙深處。

「你別過來。」弁天在煙霧中說。「你要是再過來，我會吃了你。我是說真的。」

我立刻停下腳步，被煙嗆得咳嗽，問道：「或許是我多管閒事，妳怎麼了嗎？」

「都是月色太美，令我有點感傷，想泡個澡。我要回去了。」

「妳也太任性了吧！妳打算把我們丟在屋頂上嗎？」

「矢三郎，要送老師回家哦。」

煙霧變得更加濃密，接著陡然颳起一陣旋風。

不久，一切動作全部停止。夜風吹散了濃煙，視野逐漸清晰開闊。楓樹底下已不見弁天蹤影，只有燒盡的天狗香菸菸屁股。

○

明月在秋日夜空中繞行，夜氣滲人肌骨。

我倚著生銹的扶手，眺望夜景。公寓大廈的陽臺上，有名女子坐在摺疊躺椅上賞月；一群身穿西裝的男子，在大樓屋頂點著神社燈籠的小神社裡參拜；另一座大樓屋頂的酒吧裡，一名舞妓和身穿茄子裝的人一起跳舞。在這無聲的屋頂世界，眺望如此奇特的景致，我覺得自己彷彿成了天狗。

教授低吟一聲醒來，微微打顫地問我：「弁天小姐人呢？」

教授說他肚子餓了，從一個和他很不搭調的大手提包裡取出許多以錫箔紙包妥的飯糰，堆在我們兩人之間。在他的邀請下，我拿起飯糰，有包煎蛋的和包昆布的。教授的手提包裡還帶了酒，他那雙毛茸茸的大手，一手握著飯糰，一手握著裝有日本酒的酒杯。

「我很會做飯糰，好吃吧？」教授笑道。「我很喜歡飯糰，因爲冷的好吃，烤過的也好吃，隨時隨地都能享用。」

我們倆大快朵頤起來，我還向他討些酒喝。

「弁天小姐不會再回來了吧？」

「我們總說這是『弁天小姐的中途退場』，她總是毫無預警地突然消失。」

「她總是教人摸不透。」

「你應該是大學生吧，你和她是什麼關係？」

我當然不能告訴他，我和弁天是認識多年的狸貓和半天狗，只好編了一套故事，煞有其事地細說我和弁天認識的經過。教授點頭聽著，無限感慨地說：「總之，她眞是個與眾不同的美人呢。」

「老師，您也十分與眾不同啊。」

「哪裡哪裡。」

「像您對吃的執著就非比尋常。」

教授吞下口中的飯糰應道：「我對吃的確執著。我嚐遍各種東西，半是爲了研究。」

「老師連狸貓也吃……」

「何止是狸貓，我來往於世界各地，不論是昆蟲、植物、動物、還是魚類，我無所不吃。」

「好吃嗎？」

「既然要吃就得吃得可口，這是饕客的義務。說得白一點，就是每條命都得津津有味地吃——非得抱持這種態度才行，這是我追求的境界。所以我才什麼都吃，但有毒的東西可吃不得……吃了會要人命的。不過，我只是隻井底之蛙。你不妨試著放眼世界，你會發現人類還眞是什麼都吃，對吃的執著實在令人驚歎，我不得不佩服，並深深體會到，吃是一種愛的表現。人類竟然會吃如此五花八門的東西，竟會愛如此多樣的事物！我實在很想大喊一聲：人類萬歲！」

「可是，被吃的一方可就喊不出萬歲了。」

「被吃的一方當然很不是滋味，我也不希望有熊或狼啃我的腦袋，沒人喜歡成為別人的食物。不過，終究有一方會被吃，而且我也想吃。說來可憐，我很喜歡狸貓，但也喜歡得想吃掉牠們。不只是狸貓，我們也會吃那些可愛的動物。雖然可憐，但牠們眞的好吃。這是很大的矛盾，也是愛。雖然我也不是很清楚，但應該是愛沒錯，這就是愛啊。」

「人類不必擔心會被煮來吃，才會說得這麼悠哉。」

「你好像是站在被吃的那一方呢。不過，你說到重點了。我們人類確實不必擔心被吃，我們沒有天敵，死後會被燒成灰，被微生物吃掉，化為塵土。不過，這樣的結果我反倒有些落寞。直接被微生物吃掉，實在很落寞，既然一樣是死……如果不會太痛，我寧可讓狸貓吃進肚裡。比起在醫院皺巴巴地老死，當狸貓的晚餐有意思多了。死在醫院根本不會給任何人帶來養分，這實在教人落寞，要是能讓狸貓塡飽肚子，那遠比死在醫院裡要強得多。」

「要把老師吃掉，這工作狸貓可做不來。」

「說得也是……而且我一定很難吃，眞悲哀啊。」教授又拿起一個飯糰吃起來。「狸貓一定會覺得我難以下嚥，這麼想的人類，眞是悲哀啊！」

「我從沒聽過有人因為這樣感到悲哀。」

「以前有隻狸貓曾對我這麼說，我至今仍記得當時的情景。啊，你一定以為我在騙人吧！這也難怪，狸貓會講話，根本沒人會相信，所以我從沒對任何人說過這件事。」教授笑咪咪地說。「不過，牠眞的是一隻出色的狸貓。」

○

那夜，弁天第一次造訪星期五俱樂部的聚會。

教授爲了看落網的狸貓，特地前往千歲屋的包廂。包廂裡擺了一盞模仿方形座燈的電燈，窗外可欣賞鴨川河畔的夕陽景致。包廂角落鋪了報紙，上面放著一個鐵籠。一名陌生女子以堆疊的坐墊當枕頭，縮著身子躺在鐵籠旁假寐。她的睡臉可愛迷人，教授看得心慌意亂，他小心翼翼走向鐵籠，深怕吵醒她。

籠裡一頭大狸貓蜷縮著身子，毛皮在燈光下無比油亮，體形頗爲壯碩。牠察覺到教授的動靜，轉頭望向他，眼中不顯一絲怯意，也沒發出低吼。牠凝望教授的雙眼相當沉穩，感覺頗有思想。教授對牠展現的威嚴大爲讚歎。

「你眞了不起。」教授說。「在狸貓社會裡，你一定是隻有名的狸貓吧。」

那隻狸貓坐起身，像在聆聽教授說話。教授從手提包裡取出飯糰，放進籠裡。狸貓將鼻子湊近聞了聞，張口便嚼。教授一直蹲在籠子前看狸貓吃飯糰，同牠說話。

「今晚我們要吃你。你一定不願意這樣，但我們的尾牙宴規定得吃狸貓鍋。既然你生爲狸貓，就有可能被人類吃進肚裡。雖然有點自私，但能夠吃你，我覺得很開心。畢竟這也算是一種邂逅。」

教授如此說道，那頭狸貓靜靜注視著他的臉。

「你爲什麼如此鎮定?不會感到不安嗎?」教授問。

這時狸貓突然開口了。

「我想做的事都做了，孩子也都大了，雖然么兒還小，但他有幾個哥哥，再來就靠他們互相幫助，好好活下去。我撒的種已經長成了，已經完成狸貓的義務，接下來能過多少日子，全看老天爺恩賜。換句話說，算是我多賺得的。現在就算被你吃進肚裡，我也無所謂了，想吃就儘管吃吧。」

「奇哉怪也。」教授低語。「我怎麼覺得聽到你在說話，這是我的幻想嗎?」

「我的確在說話。」

「傷腦筋，別嚇人好不好。」

「我只是覺得，和你說話應該沒關係，或許該說是我生涯最後一次的惡作劇吧……這是傻瓜的血脈使然。」

兩人又聊了半晌。狸貓始終保持鎮定，唯獨有件事一直令牠掛心。「不知我好不好吃。」

教授向他拍胸脯保證：「你放心，我負責。我一定把你煮成香噴噴的狸貓鍋。」

「那一切就勞您費心了，要是搞砸這難得的火鍋宴，就太對不起大家了。」

「你是隻出色的狸貓，保證可口。儘管放心吧。」

教授說完，狸貓滿意頷首。

「希望在踏上黃泉路之前，能請教您的大名。」狸貓說。

「我叫淀川長太郎。」

狸貓聞言，滿意地長嘆一聲，低語：「果然是您。」

「咦，你認識我？」

「內人曾受您照顧。」

「也讓我知道你的大名吧。」

狸貓在鐵籠裡挺直腰桿，擺出十足的架勢。

「吾乃僞右衛門，下鴨總一郎是也。」

這時，以坐墊當枕的那名女子正好醒來，問教授：「你是誰？」教授回頭，食指抵在唇間「噓」了一聲，復又轉身面向鐵籠，不過那頭肚子裡塞滿飯糰的狸貓已蜷縮著身子，悠哉地打起呼來。教授覺得自己剛才就像被狸貓給迷騙了。

「您是布袋先生嗎？」女子低頭鞠了一躬。「今晚請多多指教。」
「啊，原來如此，妳就是壽老人說的那位，我不知道新成員是女性呢。」
她微微一笑。「我是弁天。」
弁天起身站到教授旁邊，窺望籠裡的狸貓，喃喃說道：「睡得很舒服嘛。」她靜靜凝望那頭狸貓，接著又低聲說：「你就要被我吃了，眞可憐。不過，我還是要吃了你。」
那頭威風凜凜的大狸貓，亦即我父親下鴨總一郎，就這麼呼呼大睡，直到進了他們的五臟廟都不會開口。

○

明月在夜空繞行，秋夜漸深。
教授朗聲大笑。「如此古怪的故事，你不會相信吧？」
「爲什麼不信。」
「眞高興。看在你我的交情，才告訴你這件事。」
「我們今晚才剛認識。」
「我覺得你我的相識是命運的安排。俗話說，百年修得同船渡，爲了慶祝今晚的相遇，來乾杯吧！」

「您好歹是位大學教授，三更半夜在這種地方喝酒好嗎？」

「沒關係的，這是傻瓜的血脈使然。」教授笑道。「你看，好美的月亮啊！」

每當我們兄弟惹出什麼麻煩事，父親總會笑著說：「這是傻瓜的血脈使然。」當教授說出這句話，我彷彿看到了父親，真是奇妙。我對這位吃了父親、理應憎恨的仇敵有股莫名的好感，從他毛茸茸的大手傳來和父親相同的氣味。

教授頻頻打呵欠，揉著眼睛說：「再愛哭的孩子也敵不過瞌睡蟲，我看弁天小姐是不會回來了，我們也該下去了。我好想念我的床啊。」

不過要下去可沒那麼簡單，我們爬到途中正手足無措時，正巧發現一把長梯。總算順利回到御幸町通。不過按理說，大街上不可能平空生出梯子來，這未免湊巧得太可怕了，於是我朝大樓之間的暗處問道：「海星，是妳嗎？」

「快回家睡覺吧，傻瓜！」黑暗中海星回應。「可沒有下次了。」

「謝謝。」

正當我試著探尋這位從未露面的前未婚妻的所在位置，走在前頭的教授轉頭喚道：

「喂，寺町通往這裡走對吧？」

穿過悄靜的寺町通，我在河原町與教授道別。他坐上計程車，要我有空一定要去研究室找他。

他急忙在大手提包裡翻找名片，但一直遍尋不著，最後好不容易從包底找到一張，但已經皺得不像樣。教授細心地攤平名片，恭敬地交給我，名片上寫著：「農學博士　淀川長太郎」。

「再見了，後會有期。」

我站在河原町通，目送教授坐的計程車消失在夜晚的街道。

○

我走過四条大橋，在夜色中前往六道珍皇寺。

一路上，我一直在想淀川教授與父親的事。當父親得知即將被妻子的救命恩人吃下肚時，不知是什麼心情？我想，他應該不會很難過吧。或許這只是我的自我安慰吧。但淀川教授與父親的對話場面，不知爲何令我感到莫名懷念。

六道珍皇寺的古井一片漆黑。

二哥變身成青蛙，就此揮別狸貓一族，在井底長居不出。我很久沒和他見面了。今天發生了好多事，我很想見二哥一面。「喂——」我出聲叫喚，但沒有回音。我索性變身青蛙，躍進井中，在井底濺起一陣水花。黑暗中二哥「哇」地驚叫一聲。

「哥，是我啦。」我從水裡探出頭來。

「搞什麼，原來是矢三郎。你還活著啊，我擔心死了。」

「我這不是活得好好的嗎。」

二哥點燃一根小蠟燭，井底登時明亮起來。角落有一座隆起的小土坡，上頭還有個形似神社的迷你建築。一隻小青蛙坐在旁邊，朝水面上的我揮了揮手。我游向那座島，爬上岸。

「你也打算離俗當一隻青蛙嗎？」二哥嘆了口氣。「要是兩個兒子都當了青蛙，老媽一定會哭得很傷心。」

「我只是要借宿一晚。」

「那就好。」

我與二哥並肩坐在水邊，望著盪漾的井水。我娓娓道出今天的經歷。

「眞是熱鬧的一天啊。」二哥說。「我眞佩服你。」

「哥。」

「什麼事，矢三郎。」

「我不懂，爲什麼我不恨那位教授呢？或該說，我很喜歡他……弁天小姐明明將父親煮成火鍋吃下肚，爲什麼我還迷戀她？」

「那是你傻瓜的血脈使然啊。」二哥笑道。「況且身爲狸貓，有時難逃被吃的命運。人類吃狸貓並沒有錯。」

「哥，你眞了不起。當眞是了悟世事。」

「不，老實說，我只是不懂裝懂。畢竟我只是隻井底之蛙。」

「你又用這招來逃避。」

「才沒有呢，我還差得遠。」二哥潛入水中吹著泡泡。「我現在想起老爸，還會流淚呢。」

驀地，我們察覺古井上方有人走近，二哥跳出水面熄去燭火。有人正靜靜地朝井裡窺探。我靠向二哥。

「又有人來找你訴說煩惱啦？」

「不，是弁天小姐。」二哥說。「她總是不說話。」

我們在黑暗中並肩而坐，豎耳傾聽弁天的呼吸聲。不久，鹹鹹的水滴落入井中，沾濕了我的鼻尖。

「她總是獨自一人在此哭泣，井水都被她弄鹹了。」

兩隻青蛙從井底仰望圓形的天空。弁天不發一語，任憑鹹鹹的淚水淌落。

「她爲什麼哭？爲什麼事感到悲傷嗎？」我問。「難道眞的是因爲月色太美？」

二哥仰望不斷飄降的淚水，說道：「小孩子哭，是沒有理由的。」

Chapter 05
父親離去之日

只要活在世上，就免不了會遇上分離。

不論是人類、天狗，還是狸貓，都一樣。

分離的形式形形色色，有悲傷的分離，也有讓人謝天謝地、猶如解脫的分離。有人舉辦盛大的餞別酒宴，熱鬧地道別；也有人無人送行，冷冷清清地獨自離開。有漫長的分離，也有短暫的分離。有人說了再見後，又很不好意思地突然返回；相反地，有人看起來只是暫別，卻遲遲不歸。當然，還有一去不復返，一生僅此一次的眞正告別。

我剛出生不久，還在糺之森舉步學走時，父親常與我們暫別。我父親下鴨總一郎是統管狸貓一族的大人物，諸事繁忙。他常外出，與妻兒守候的糺之森道別，其中有短暫的分開，也有長達數週的漫長分離。正因如此，當那年冬天我們得知父親被煮成尾牙宴的狸貓鍋，就此與世長辭時，我們費了一番工夫才意識到這次是眞正的別離。

父親與這世界告別時，將他偉大的血脈規矩地分成四等分。

大哥繼承了他的責任感，二哥繼承他悠哉的個性，么弟繼承他的純眞，我則是繼承了他的傻勁。而將我們這群個性截然不同的兄弟凝聚在一起的，是母親比海更深的母愛，以及與偉大父親的告別。

父親的辭世，將我們這群孩子緊緊聯繫在一起。

時序來到臘月，行道樹的枯葉紛紛落盡。

就算是狸貓，面對京都的寒冬一樣冷得屁股打顫，可千萬不能瞧不起我們，笑我們：「明明有濃密的皮毛，還這麼沒用。」

爲了抵禦從屁股直往上竄的寒意，我整天窩在面向下鴨本通的咖啡廳裡，坐在暖爐旁舒服地打盹。今天我依舊變身成模樣委靡的大學生，興致一來就睜開眼睛，欣賞從大片玻璃窗外射進來的冬陽。今後還會愈來愈冷，不過能在自小住慣的京都和家人一同迎接臘月的到來，實在謝天謝地。

因爲盂蘭盆節的五山送火事件，我惹惱了弁天。那之後我隻身前往大阪工作，藏身大阪，期間多次返回京都，足足花了三個月才平息那場風波。十一月底時，我陪弁天前往嵐山欣賞黎明的楓紅，她朗聲大笑吹散了楓紅，我奉命收集了足足一包袱巾的楓葉。嵐山楓葉之所以一夜落盡，全是弁天所爲。也許是這場盛大的惡作劇一掃秋日的憂愁，弁天顯得開朗許多，我也總算得以從大阪的中古相機店搬回京都。

路上遇見族人，他們總是連聲向我道賀，我所到之處淨是歡喜的淚水和花束，「落跑矢三郎」歸來的消息席捲整個狸貓一族。我到寺町通的紅玻璃向店老闆問候時，他對我說：

「我還以爲你已經被煮成火鍋吃掉了呢，不過這也是早晚的事。」

「您這話可眞惡毒。」

「趁還能喝酒時多喝一點吧，好好享受活著的喜悅吧。」

如此這般，我這陣子每天都舒服地睡大頭覺。

當然，我並非每天都在睡夢中虛度。我早下定決心，要找回在五山送火之夜遺失的風神雷神扇，好奉還弁天。我每天在鴨川以西遊蕩，潛入空屋、鑽進草叢或是在神社發呆，全力投入沒有回報的搜索活動。這天也是從早忙到晚，同樣無功而返。我獨自在咖啡廳進行檢討。

我聆聽著爐火傳來的細微聲響時，玻璃門突然打開，一名矮小少年走了進來。對方兩頰油亮，活像少年偵探團裡的少年小林（註）。我緩緩壓低身子，試圖躲在桌下，無奈對方早一步發現了我，快步跑來。

「哥。」么弟哭哭啼啼地說。「救我！」

○

我們四兄弟都拜紅玉老師爲師。「紅玉老師」是綽號，他的本名是「如意嶽藥師坊」。他因爲傷了腰，被鞍馬天狗趕出自己的地盤如意嶽，後來他辭去教職，終日窩在出町商店街後方的「桝形住宅」公寓，是隻個性古怪彆扭的天狗。

紅玉老師心中的懊悔可想而知。

他昔日翱翔天際的飛行能力已經大幅衰退，現在僅能在榻榻米上躍出數寸遠，幾乎與凡人無異；享受愛情的能力也早已喪失，沒有執行力的空虛欲望讓年紀一大把的老師更加迷戀弁天，然而意中人弁天始終避不見面。現在會來探望他的，就只有幾隻傻瓜狸貓和四處廣招信徒的宗教團體。他自然會懊惱。對自己無能的憤怒，使老師終日板著一張臉，在這間只有四張榻榻米大的小房間，發洩他不知從何而來的傲慢。

在紅玉老師失勢淪落的這齣戲中，我也插了一腳，以致難辭其咎。我之所以照顧老師的生活起居，就是這個緣故，然而再也沒有比「落魄的天狗」更難伺候的種族了。我逃往大阪，其實半是為了擺脫照顧老師的差事。那之後我將老師的事交給么弟，若說我沒在心裡盤算，慢慢將這燙手山芋塞給么弟，那肯定是違心之論。

只可惜，我那沒什麼才幹的么弟實在應付不了任性的老師。

我和么弟一起步出咖啡廳，穿過出雲路橋，走在冷風颼颼的賀茂川畔時，可愛的么弟搖頭嘆息地告訴我，老師堅決不肯洗澡。

註：「少年探偵團」是在江戶川亂步的推理小說中登場的偵探團，由兒童組成，輔佐明智小五郎。團長小林芳雄是明智的徒弟。

紅玉老師最討厭洗澡了。

他究竟有多討厭洗澡？從他爲了讓自家的髒浴缸無法使用，竟然親自加以破壞，就可看得出。如今這時代，就連住在下鴨森林的狸貓也會因爲在意毛髮分叉而使用護髮乳，但老師卻連把手帕沾濕擦拭身體都不願意。他把愛用的香水一古腦兒往脖子倒，完全不把身上的污垢當回事。邀他上澡堂，他總有說不完的牢騷藉口，例如天氣不好、屁股癢、腰痛、看你的表情不順眼云云。若想硬拉他出門，他就會拿又大又重的不倒翁砸人。

每當我們束手無策，公寓房間瀰漫一股宛如發酵般的怪味，老師會頻頻往身上灑香水，那時光是待在房間裡便讓人淚流不止。事態已不容遲疑，勢必得和老師一戰。我之前常壓紅玉老師上澡堂，每次都必須做好扯毛流血的心理準備。

么弟走在我身旁，一臉快哭出來的表情。「哥，我眞沒用。我沒有帶老師去洗澡的才能……」

「用不著哭，矢四郎。這種才能根本不需要，你應該學學其他才藝才對。」

「老師會吹天狗風呢。」

「噢！沒想到老師還有這種力量。」

「他用天狗風把我的毛吹成一團。再這樣下去，我都快變鬈毛了。」

「竟然用所剩無幾的本領對付這麼小的孩子，老師實在有辱天狗之名！看我不把他扔進滾燙的洗澡水裡才怪！」

「哥，你不能欺負老師哦。」

「我知道。」我輕拍么弟的頭。「我只是嘴巴說說而已。」

我們穿過擠滿購物人潮的出町商店街，轉向一旁的巷弄。

爬上公寓樓梯，我敲了敲門喚道：「我是矢三郎。」一踏進屋內，我便被濃霧般的香水味給嗆著，淚水直流。么弟咳嗽不止，露出了狸貓尾巴。我提醒么弟：「喂，尾巴，尾巴！」么弟趕緊屏住氣息，但蓬鬆的尾巴似乎很想露臉，他一副屁股長蟲犯癢的模樣。

我撥開堆疊如山的松花堂便當盒和紅玉波特酒的酒瓶，踏進四張半榻榻米大的房間。紅玉老師蹲在從窗戶射進的陽光下，身上披著一件新棉襖，正用噴壺幫書桌上的仙人掌澆水。

我打開抽風機，敞開窗戶，讓冷空氣進入屋內。老師頭也不抬，很不高興地說：「是矢三郎嗎？從五山送火之夜之後就沒看到你，跑到哪兒鬼混去啦？你這個不懂尊師重道的傢伙！滿腦子只知道玩。」

「我並不是玩去了，不過我的確很久沒來問候您了。」

「問候就不必了。你不來，我落得清靜。」

「您又說這種話了，要是寂寞的話大可直說啊。」

「渾帳東西！」

○

一碰面就針鋒相對，我將話題轉移到「上澡堂」的交涉，結果沒意義的激戰持續了一個小時。我施展犀利舌鋒批判老師的骯髒；老師則怒火四射，一面放屁一面大聲說些狗屁不通的歪理。么弟嚇得躲在廚房角落。雙方你來我往之間，窗外天色漸暗，四周變得益發寒冷。

「為什麼我非得在狸貓的陪同下上澡堂！」紅玉老師青筋暴露，朗聲喊道。「門都沒有！」

「您不喜歡和我們一起出門嗎？如果對象是弁天小姐的話，您就願意吧？」

「那當然！我求之不得！」

「眞是好色天狗。既然這樣，我就變身成性感惹火的弁天小姐吧。」

「你敢，我就擰死你！」

「有辦法的話你就試試看啊，臭脾氣的死老頭！」

老師脫去蓬鬆的棉襖，單膝立起，伸長脖子。一道紅光射進被雜物包圍的房內，老師的臉在紅光映照下宛如鬼面，只見他白眉怒揚，目光炯炯。「竟敢如此放肆！」老師猛獸般低吼著。「要是惹惱我，小心我用天狗風將你們吹得七葷八素！」

「放馬過來！」

我退到流理臺前，變身成巨大黑牛，以抵擋老師的強風。么弟索性放棄變身，奮力朝我撲來，緊抓著我的後腿。只聽見老師大喝一聲，我們踩穩腳步，閉上眼睛。我做好身上的毛被吹扯的覺悟，準備抵擋即將席捲而來的天狗風。就是現在！強風快來了！快了！快了！可是我都做好了心理準備，強風卻始終不來。

驀地，一陣輕柔的春風拂面而過。

我惴惴不安睜眼一看，只見紅玉老師單膝跪地，呆望著四張半榻榻米大的房間一角。塵埃漫天飛舞，我和么弟默默注視眼前景象。終於，地上一個滾筒衛生紙滾動起來，鬆脫的白紙朝天花板盤旋而上。有趣，但無害。紅玉老師的憤怒制裁不過是將這間四張榻榻米大的房間弄亂罷了。

整卷衛生紙被吹上了天，房裡被衛生紙給掩埋。被衛生紙活埋的老師雙肩低垂，暗哼一聲，一撕扯榻榻米上的衛生紙，仔細摺好。然後他端正坐好，用力擤了擤鼻涕。

我維持黑牛的模樣，在廚房等得坐立難安。方才兩人如此激動，最後卻以如此無趣的結果收場，實在令人難為情。老師為了掩飾難堪，繼續擤著鼻涕，我則是叫了幾聲「哞」來掩飾尷尬。毛茸茸的么弟則是在房間走來走去，把自己埋在氣味芳香的衛生紙裡拚命嗅聞。

「矢三郎，你在那裡玩什麼啊？」老師擤完鼻涕，望著紅輪西墜的窗外。「別再哞哞叫了。」

「老師，您發了一頓火，想必流了不少汗吧？」

「嗯。」

「偶爾泡個澡也不錯哦。」

「嗯。」

老師終於同意要出門了。

由於附近沒有澡堂，所以我得帶紅玉老師行經寺町通，前往位於御靈神社北方的一家澡堂。這條漫長的路程老師不可能自己走，我得向大哥商借僞車夫和自動人力車。

么弟以手機聯絡後得知，大哥和母親一同前往加茂大橋西側的撞球場了。連日忙著策畫政治謀略，大哥十分煩躁不安，母親決定帶他出去散散心。大哥聽到要用父親珍貴的遺物接送這位偏執的老頭，似乎不太高興，但他畢竟是紅玉老師的徒弟，向來重仁義的大哥，自然不會吝惜出借人力車。

不久，大哥一副小少爺的模樣趕來，將人力車停在公寓前。

大哥一臉不悅地下了車，接著改由紅玉老師爬上車，我和么弟在後頭推著他。「老師，好久不見了。」大哥低頭行禮。紅玉老師拉緊棉襖衣領，喊了聲冷，瞪向大哥。

「矢一郎。」

「在。」

「你心裡一定嫌麻煩對吧。」

「一點都不會。」

「說實話。」

「我句句屬實。」

紅玉老師暗哼一聲，臉上泛起笑意，補上一句：「算了。我們走吧，還磨蹭些什麼！」

〇

來到寺町通，自動人力車一路卡啦卡啦地往北走。傍晚的天空，像棉花拉長般的白雲染上淡淡的桃紅。我們沿著寺院長長的圍牆前行，不久看到直入雲霄的焦褐色煙囪。隨著接近澡堂，老師開始坐立不安，不斷叨念著：「眞是麻煩、眞是麻煩。」

到了澡堂，老師鑽過暖簾，直直往女湯走去，我們急忙制止他，把他押進男湯更衣室。可是都來到這裡了，紅玉老師還是不肯入浴。他一會兒望著通緝犯的傳單或置物櫃上的電視，一會兒坐進按摩椅，不然就是窩在廁所不出來。我們連哄帶騙安撫他，等到成功把他推進滿室熱氣中，大哥和我早已累癱了。我們四人魚貫進入浴室，裡頭的客人不住打量我們。

我、大哥、紅玉老師並排而坐，各自清洗身體。么弟覺得稀奇，四處東看西瞧，以爲他乖乖頂著屁股泡在浴池裡，沒想到他一會兒鑽進蒸氣室，一會兒把腳伸進冷水池，大呼小叫地嚷道：「嚇！哥，這浴池是冷的耶！」

「矢四郎，那本來就是冷的。」

相較於雀躍不已的么弟，老師板著一張臉。「我爲什麼得和你們這些毛球一起泡澡啊。」

「我們已經變身成人類，不必擔心會掉毛。」

大哥專心地刷洗身體，如此說道。老師嫌打肥皀泡泡麻煩，命大哥替他服務。

「既然要洗澡，眞希望是弁天幫我刷背。」老師任性地說。「眞想和弁天一起泡澡啊。啊啊，眞想和弁天泡澡啊！」

大哥在老師瘦弱的背上搓出泡沫，壓低聲音說：「老師，您怎麼可以將淫邪的欲望展現得如此露骨！至少要守住自己的顏面啊！」

「身爲你的徒弟，眞是顏面無光。」我嘆息道。「就算你和弁天小姐一起來，也不能進女湯啊。」

「少囉嗦。」老師揮動手巾，啪的一聲打中我的側臉。眞是痛煞我也！

「矢三郎，你前些日子不是和弁天一起去了星期五俱樂部？看來，你有纏著弁天不放的毛病。你這小毛球，該不會是愛上弁天了吧？」

「哪兒的話，狸貓愛上人類做什麼？這可是違反規定呢。」

「你不是從不把狸貓的規定當回事嗎？像你這種個性古怪的傢伙，心裡打什麼主意，別以爲我不知道。」

「您總在這種奇怪的地方高估我。」

「我不是擔心你的安危才說這些，不過，要是敢小看她，當她是一般人類小姑娘，小心給她吃了。如果她沒偏離魔道，好好自我精進，一定能成爲了不起的天狗，早晚會繼承我的衣缽，成爲第二代如意嶽藥師坊。」

我們刷洗完身體，泡進浴池，恍惚地望著天花板。天花板塗成綠色，造型相當奇特，中央凹陷處安了一扇天窗。光線微微射進室內，映照煙霧裊裊的水氣。

一次洗淨從晚夏一直積到初冬的污垢，紅玉老師心情暢快不少。他坐在氣泡直冒的超音波浴池裡，輕聲說道：「弁天一定會讓那些討厭的鞍馬天狗大吃一驚。」他臉上綻放笑容。

「我父親也曾擺了鞍馬天狗一道。」大哥說。

「總一郎是吧，確實有這麼回事……」紅玉老師泡在熱水裡，望著從澡堂窗戶射進的光線。

「他確實是隻不容小覷的狸貓。」

○

話說從前。

我父親與弟弟夷川早雲爭奪狸貓一族的龍頭寶座，最後由我父親獲得勝利，贏得「僞右衛門」的稱號。在被星期五俱樂部那班怪人煮成狸貓鍋之前，他是京都狸貓一族的首領。在他漫長的光榮時代，「僞如意嶽事件」可說是巔峰代表作。在這之前，從沒有狸貓能施展出讓天狗大吃一驚的絕技。

事件的開端，是鞍馬天狗與紅玉老師的爭執。

天狗個個脾氣古怪，少有志同道合的伙伴，其中老師和鞍馬天狗更是水火不容。儘管個性溫和的岩屋山金光坊極力居中調解，始終不見成效。有一年，在一年一度於愛宕山召開的天狗聚會中，紅玉老師嘲笑那三名總是形影不離的鞍馬天狗，挑釁地說：「你們簡直就像山上的樹果嘛。」一場難得的盛會就此成了鞍馬山派與如意嶽派互吹天狗風的大混戰，結果別說促進友誼了，根本就是更進一步加深彼此的嫌隙。後來鞍馬天狗與紅玉老師都被宴會主人愛宕山太郎坊給臭罵一頓。

那件事之後，鞍馬天狗始終對那天的爭執懷恨在心。於是他們展開車輪戰，輪番潛入如意嶽，接連召開「藥師坊拚鬥大會」，企圖讓紅玉老師疲於應付。他們不分晝夜豪飲，並竄改歌詞，高聲哼唱羞辱紅玉老師的曲子。老師被氣得晚上睡不好，甚至忘了到學校教課，終日恨得咬牙切齒。面對這場災難，我大哥不知如何是好，二哥則是索性蹺課到新京極看電影。

不忍看老師如此痛苦，決定挺身而出的，正是我父親。他展現出壯闊豪氣，竟搖身一變成如意嶽。這便是「僞如意嶽事件」名稱的由來。

那些鞍馬天狗被誘入眞假難辨的冒牌如意嶽，在山上設宴玩樂，渾然未覺。不久，當他們打算返回鞍馬，竟發現走不出這座山。他們想飛，卻被茂密的枝椏擋住去路；想下山，卻總在相同的地方打轉。此外，還飽受怪事襲擊，像是從樹洞掉出無數個不倒翁，遇上一群由能歌善舞的雞組成的舞團「豪華雞」，以及一隻從煙霧瀰漫的樹林穿越而出的白色巨象等等。鞍馬天狗方寸大亂，在僞如意嶽中四處逃竄。一星期後，他們個個狼狽得與野人無異，乖乖地向紅玉老師磕頭謝罪。

紅玉老師與鞍馬天狗的紛爭到此也告一段落。

不過持續一個多星期變身成大山，完成這一生一次的壯舉後，我父親已經筋疲力竭，後來足足在糺之森裡躺了一個月之久。向來對狸貓不屑一顧的紅玉老師，專程拎著禮盒前來探望。當時，他還差點踩扁一隻在枯葉上打滾的小毛球，那就是年幼時愛在父親身邊打轉的我。

「悠哉躺在床上度日，當狸貓可眞是輕鬆啊。」

這是紅玉老師開口的第一句話。

我父親從枯葉鋪成的床上坐起身，笑著說：「我又幹了傻事。雖然開心，但這次實在玩過頭了。」

「凡事要懂得適可而止，你好好靜養吧。」

「多謝關心。」

紅玉老師心底想必很感謝父親。而我父親也明白他的心意，對自己爲了保住老師名譽賣命一事，從未說過要他知恩圖報之類的話。

紅玉老師討厭洗澡，可是一旦泡進浴池便久久不肯出來。

我勸他說：「差不多該起來了吧。」結果老師發火說道：「是你叫我洗澡，我才專程來的，難道我就不能悠哉洗個澡嗎！」四處遊蕩的么弟這時已經泡昏了頭，開始呼呼喘氣，眼看隨時就要在眾人面前露出尾巴。我只好請大哥幫忙照顧老師，急忙帶著么弟逃往更衣室。

我們在藤椅坐下，看著電視喝咖啡牛奶。

「好甜哦。」

「眞的很甜。」

「哥，咖啡和牛奶明明都不好喝，爲什麼咖啡牛奶這麼好喝呢？」

「那是相乘效果。」

「香腸效果，那是什麼？」

「就是命中註定的相遇。一旦遇上了，一切都會順利進行。」

么弟心領神會，喝著咖啡牛奶。

「雖然老師嘴巴上那麼說，他其實很喜歡哥吧。」

「呵呵，這我早知道了。」

「哥，你也很喜歡老師對吧。」

「喂，這種事你可別跟別人亂說哦，有損我的名聲。」

「哥，你去大阪那段時間，老師總是問我：矢三郎他怎麼了？有沒有被弁天吃了？」

「那可眞是感謝他啊。」

接著我們坐著發呆，么弟還打了個嗝。

變成青蛙終日窩在井底的二哥，曾經問我：「你還記得老爸對你說的最後一句話嗎？」泡在井水中的二哥一直想不起父親最後說過的話，並為此懊惱。

那天我在做什麼呢？

我回想那個冬日的清晨。

我跟在父親屁股後面走出糺之森，來到小河邊，父親揚起鼻子嗅了嗅，我也跟著嗅聞四周的氣味。瀰漫在森林中的氣味改變了，那是滲進了京都各個角落的冬日氣息。我和父親一面嗅聞，走在無人的河畔。那是我和父親共度的最後一個清晨。

一如往常的一天。

父親帶著大哥外出。二哥沉溺於扮不倒翁的遊戲，然後像平常一樣不知跑哪兒去了。么弟在母親身旁撒嬌，我去向紅玉老師學藝。雖然有人提醒過我，星期五俱樂部的尾牙宴將至，要多加小心，但我並不覺得這件事有多可怕。太陽下山後，和父親一同外出的大哥獨自返家，也沒人感到不安。處理完祇園的事，父親說「有個重要的約會」，和大哥分開。父親是狸貓一族的首領，突然另有要事是家常便飯。入夜後，二哥也回到糺之森。他不知上哪兒玩樂去了，喝得酩酊大醉，不理會大哥的訓話，像布袋和尚般嘻嘻笑著，後來在大哥的叨念下沉沉睡去。母親也抱著么弟入睡。

但我睡不著，還記得那晚我在森林裡一會兒跑一會兒走。

來到參道上，我茫然地眺望點著燈火的下鴨神社。半晌，大哥走過來對我說：「快去睡吧。」我沒聽他的話，一屁股坐下。大哥也沒多說，逕自坐在我身旁。就這樣，我和大哥一起望著參道深處溫暖的亮光，不過並不覺得特別心神不寧。我只記得自己坐著發呆，不記得當時是否想著父親。

那一夜，父親沒有回家。

○

在大型壁扇的吹拂下，我和么弟看著電視。突然，門外的鞍馬口通一陣喧鬧，然後一群男子魚貫而入。

可怕的是，他們全長一個模樣，同樣挺個圓肚，下身只套著丁字褲，上身披著白衣。坐鎮櫃臺的中年婦人驚呼一聲。來客依序將入浴費疊在櫃臺上，走進澡堂，宛如輸送帶上傳送而來的成排大福（註）。儘管人數眾多，但全都不發一語，只聽得到他們的呼吸聲。看到如此詭異的畫面，在更衣室擦拭身體的客人急忙穿上衣服，紛紛逃離澡堂。

不久，這個詭異的集團擠滿了更衣室。他們仰望著格子狀的天花板，嘴巴呈倒V字，肚皮貼著肚皮，沉默無聲。我和么弟在他們的圓肚推擠下，被擠進浴室。擠滿更衣室的那群男子隔著玻璃門瞪視我們。

「幹什麼？」紅玉老師在浴池裡嚷道。「你們這群狸貓又要幹什麼傻事啦？」

「夷川親衛隊是吧？」大哥走出蒸氣室，甩動著手布巾。

「夷川親衛隊」是夷川早雲那對雙胞胎傻瓜兒子的手下，是群爲了免費暢飲僞電氣白蘭聚集而來的不良幫派。夷川家的大當家早雲是我們的叔叔，但他一向視下鴨家爲敵，金閣與銀閣對父親的教誨奉行不二，動不動就來招惹我們兄弟。在夷川親衛隊變成的大福男瞪視下，我動都懶得動一下。光是送紅玉老師上澡堂就累得我人仰馬翻，現在竟然連金閣和銀閣也跑來湊熱鬧，造成了相乘效果。

「大哥，你做了什麼嗎？」

「他們應該是奉叔叔的命令來逼我退出的吧。這個月要選出下任的僞右衛門，以目前的局勢來看，難以預料我和叔叔誰會勝出。」

註：一種似麻糬，包餡的點心。

這時，大哥突然發起飆來。「只有我一個人在四處奔走！因爲沒人肯幫我！我的弟弟全都那麼不中用……」

「又來了。」

「你也是，見我身陷困境也不來幫忙，自己逃到大阪去。」

「我是因爲有生命危險，身不由己。」

「歸究起來，都是因爲你——」

「等等，大哥你看。」

這時，就像從麻糬間的縫隙擠出來似的，走出兩名高大的男子。來人穿著莫名其妙的銀色內褲，上頭分別寫著「誇大廣告」與「天地無用」。連四個字的意思都不懂就堂堂穿在身上，向人昭告自己的愚蠢，正是那對傻瓜兄弟的作風。那兩個身穿銀色內褲昂然而立的男子，各自報上名號。

「我是金閣。」

「我是銀閣。」。

「不用說我們也知道。」大哥不屑地說。

金閣抖了抖他渾圓的肥肚。「既然如此，你應該也知道我們前來的目的吧。」

「你以爲我會乖乖退出嗎？」

「我早料到你會這麼說，不過根據我冷靜的計算，你根本沒有勝算。你應該不知道，吉田山支持我們夷川家，還有……寶池也站在我們這邊，八瀨也陸續有人擁護我們。」
「御所支持我，南禪寺也不會站在你們那邊，既然南禪寺這麼做，銀閣寺也會跟進。高台寺和六波羅也一定會支持我。」
「有可能，有可能……」金閣突然結巴起來。「……眞的？怎麼會這樣？和我知道的不一樣，眞是驚天動地啊！」
「哥，不可以認輸。」銀閣道。「跟他拚了，我們有祕密絕招。」
「沒錯，我們有祕密絕招。」金閣奸笑。
「什麼祕密絕招？」
「因爲是祕密絕招，當然不能隨便讓你們知道，我不會告訴你的，你還是投降吧。有能力掌管狸貓一族的，只有我父親，而我日後將繼承他的衣缽。你們下鴨家這群丟人現眼的兒子，已經沒你們的事了。沒錯！」
「沒錯！」
受辱的大哥大發雷霆，變身成老虎，張開血盆大口。
金閣與銀閣有些狼狽，玻璃門後的親衛隊也嚇得肥肉顫動。不過金閣、銀閣立刻站穩腳步，抬頭挺胸，展示他們身上銀光閃閃的內褲。
「你休想再咬我屁股，這是住在長濱的一位鐵匠勉爲其難做出的鐵內褲。要是你一口咬下，包準你牙齒掉光。」

「這點子如何？我哥很聰明吧！」

「就算你想硬扯也沒用，就連我自己想脫都沒那麼容易呢。」

「而且穿上去肚子好冷，哥哥和我為此吃了不少苦。」

「沒錯！」

「哥，我覺得危機四伏，情況不妙哦。」銀閣想到自己隨時有拉肚子的危險，蹙起眉頭說。

「老實說，我也是呢。」金閣說完，又急忙說道：「來吧，快說，說你放棄參選偽右衛門。再不快說，有你苦頭好吃！」

「好啊，我們無所謂。」我們應道。

金閣和銀閣一時接不上話，顯得手足所措。絞盡乾涸的腦汁辛苦想出的辦法，竟把自己逼上絕路，這是他們自小改不掉的宿命。

不耐煩的大哥大吼一聲，金閣與銀閣嚇了一跳，趕緊護住屁股。他們的思緒都在屁股上頭，以致變身術失了效。澡堂的角落，頓時出現兩隻躲在鐵內褲裡的狸貓。

「你們這兩個傢伙！」

大哥飛撲向前，金閣與銀閣鑽出鐵內褲，連滾帶爬地在濕滑的磁磚地上逃竄。大哥輕輕咬住金閣的屁股，甩頭將他拋出，金閣尖叫一聲「呀——」飛向空中，落進浴池。紅玉老師被濺起的熱水淋了滿身，咆哮道：「眞是煩死人了！」看得目瞪口呆的銀閣成爲下一個目標，和哥哥金閣一樣飛向空中。好一幕似曾相見的光景。

大哥收拾了他們兩人，朝更衣室瞪了一眼，原本擠滿更衣室的男子逐漸縮成了小老鼠，像退潮般消失無蹤。看來親衛隊只是徒具虛名罷了。

大哥恢復成少爺模樣，從冒泡的浴池裡拉起金閣。

「喂，金閣。你不知道浴池的規矩嗎？第一，在浴池裡不能使用毛巾。第二，不能刷洗。第三，在泡湯前一定要先沖洗身子。突然跳進浴池是不對的，像你這種連泡湯規矩都不懂的傻瓜，當得了京都的狸貓首領嗎？」

「可是，是你把我丟進浴池的耶。不是我自己跳進去的。」

「算了，這不重要。你說的祕密絕招是什麼？」

「……我不能說。」

「這樣啊，不說是吧。」

大哥一把抓起金閣。金閣在大哥頭頂尖叫，死命掙扎。

大哥走向蒸氣室旁的冷水池。「再不說，我就把你丟下去，蓋上蓋子。包你肚子發冷。」金閣護著肚子討饒：「我知道了，我說。我肚子好痛啊。」

金閣在冷水池前坐下。「是關於你父親的事，你們知道他是怎麼死的嗎？」

「爲什麼現在還談這件事？我父親是被人煮成了狸貓鍋。」

大哥說完，金閣搖著頭不懷好意地笑著。

「你不覺得奇怪嗎？像他那樣厲害的狸貓怎麼可能輕易被人類逮住。因爲我頭腦清晰，老早就覺得事有蹊蹺，於是和銀閣聯手調查，終於被我查個水落石出。此事一旦對外公開，保證下鴨家從此一蹶不振。」

「到底是怎麼回事？」

「伯父被星期五俱樂部的人捕獲那天，似乎跟某人一起喝酒到三更半夜，才會醉得不省人事，大意被捕。酒眞是要人命啊。不過，那晚和他一起喝酒的人，一直到現在都悶不吭聲。這種人我無法饒恕，他應該負起責任，向大家謝罪才對！畢竟他也是狸貓，而伯父是大家的首領呢。」

大哥霍然站起，血氣自他臉上抽離。

「那個人是誰，快說！」

金閣抬頭看著大哥，高聲笑道：

「就是你那沒用的弟弟，躲在珍皇寺古井裡的矢二郎啊。」

大哥發出一聲低吼，將金閣拋進冷水池裡。「哎呀！冷死我啦！」大哥不理會金閣的哀嚎，光著身子衝出澡堂。我也隨後追去，么弟跟在後頭直呼：「哥，怎麼啦！」我們變身成不致妨礙風化的模樣，跳上自動人力車，行經寺町通往南而去，抵達今出川通時，大哥突然停車。

「矢四郎，你回森林去！」他大吼。「待在媽身邊！」

么弟本想說什麼，但看到大哥駭人的表情，心裡害怕，急忙下了車。將么弟留在今出川通，我和大哥沿著御所森林往南疾馳而去。

「你爲什麼留下矢四郎？」

「不然他太可憐了。」

「大哥對矢四郎眞好。」

「你錯了！」大哥怒斥。「這是爲矢二郎著想。」

來到丸太町，自動人力車往東行駛，以驚人的速度奔馳在藍幽幽的大街。

大哥珍惜的僞車夫發出嘎吱聲響，但他不予理會，繼續以超乎極限的速度在黑暗中飛奔，路上行人莫不吃驚，但在他們爲之譁然以前，人力車已經繞過街角。我們橫越鴨川，經過夷川發電廠，奔馳在無人的巷弄。

不久，明亮的祇園逐漸接近，我忍不住把手搭在大哥肩上，但他絲毫沒有停車的意思，保持高速衝進夜裡滿是遊客的花見小路。我這才明白大哥有多憤怒，平時的他絕不會在街上引發騷動。我們穿梭在不斷尖叫避讓的行人之間。

轉眼來到了六道珍皇寺。

我們越過圍牆，走向古井。井底一片漆黑。

「是矢三郎嗎？」井底傳來二哥冒泡的說話聲。「連矢一郎大哥也來啦，眞是難得。」

「哥，你最近過得怎麼樣？」我問。

「我的生活圈子小，沒什麼新鮮事。畢竟這裡是井底。」二哥呵呵笑著。「對了，聽說你結束逃亡生活回到京都了，恭喜你啊。」

「你的生活圈雖小，消息倒是挺流通的。」

「是昨天海星跟我說的。」

「哥……」

「什麼事？」

我沉默不語，因爲不知該說什麼好。身旁的大哥手搭在井邊，一臉嚴肅地瞪著幽暗的井底。

「矢二郎。」

「噢，大哥。聽你的語氣好像很不高興，你是來訓話的嗎？」二哥悠哉地說。「不過我沒自信能符合你的期望，畢竟我只是隻青蛙。」

大哥手搭在井邊，對幽暗的井底說：「矢二郎，老爸在世的最後一天，我記得很清楚。那天我和老爸去見洛東（註）的長老們，當天我們是坐自動人力車去的，等到事情忙完已近黃昏，我們最後拜訪的是祇園的族人。事後，老爸說有個重要約會，叫我自己搭公車回家。不過這件事並不稀奇，因爲老爸一向忙碌。老爸送我到東大路，目送我坐上公車，接著他往四条大橋的方向走。他當時的模樣我還記得很清楚，那是我最後一次目睹他的身影。」

「大哥。」二哥不安的低語聲傳來。

「我想問你，你最後一次和老爸見面是何時何地？你還記得嗎？剛才，我聽到一件不好的傳聞，我不願相信有這種事，才專程來這裡問你。只要你說沒這回事，這件事就這麼算了。怎樣？那天晚上，你該不會和老爸見過面吧？你和他一起喝酒了嗎？你喝醉了嗎？那老爸呢？老爸喝醉後，你棄他不顧嗎？你快告訴我沒這回事。」

大哥說到一半，閉上眼睛。他雙手搭在井邊，雙腳張開，垂首不語，似乎已經做好心理準備，知道井底會傳來什麼樣的回答。

一陣沉默後，傳來冒泡的聲音。

註：京都鴨川以東的地區。

「大哥，你沒說錯。」二哥的聲音傳來。「是我害死了老爸。」

「啊！竟有這種事！」大哥跌坐井邊。「你這個大傻瓜！」

○

二哥一直是京都最沒鬥志的狸貓，名聲傳遍各地。二哥不受人尊重，終日沉溺於扮不倒翁的遊戲，可說一無是處。而他唯一發揮鬥志的時候，就是酒席。我父親也愛喝僞電氣白蘭，常找二哥上街喝酒。

那天，父親與大哥分開時說有「重要約會」，指的便是和二哥見面的事。若是平時，父親不會刻意用這種說法，但那天情況特殊，因爲遺傳到父親的悠哉個性、過著閒散生活的二哥遇到了麻煩。

父親與二哥相約的地點，是木屋町小巷裡的一家小酒館。由於此事不方便讓其他人知道，父親謹愼地挑了一家沒有狸貓出入的小店。二樓的小包廂裡，父親與二哥對坐共飲。

當時二哥正爲單戀所苦，他向父親表明心事，請他開示該怎麼做。說到這場單戀，二哥喜歡的對象是隻年輕的母狸，但對方已經有未婚夫，而那個未婚夫就是我這位親弟弟。這就是二哥的煩惱。換句話說，二哥喜歡的人，就是我的前任未婚妻——夷川海星。

二哥一直說想告別家人，離開京都。

但那天父親還是一樣反對。

對曾經騙過天狗的父親而言，世上沒有事物足以令他害怕。雖然二哥心裡這麼認爲，但父親其實很怕一件事，那就是自己的兒子們四分五裂，甚至彼此憎恨。因爲他與自己的親弟弟夷川早雲，便是如此憎恨對方。他不希望同樣的不幸發生在孩子身上。

「你們是我分出去的四個血脈，一個都不能少。儘管大家把你評得一文不值，但凡事總存在著一種平衡，你也是下鴨家的『秤砣』之一。那些不明事理的人說的話，你不必理會。你們兄弟絕不能分開。」

「可是爸……」二哥說。「我除了繼續忍耐，沒有其他辦法嗎？」

父親思考了半晌後應道：「我替你想想辦法吧，雖然不確定能成功，但一切就交給我。你再忍耐一陣子吧。」

之後，父親與二哥決定忘卻煩惱，開懷暢飲。

不久，夜已深沉，喝得酩酊大醉的父親與二哥走出酒館。兩人走在街上，唱著傻里傻氣的歌曲，父親突然命令二哥：「來玩那個吧！」

二哥變身成當時震撼京都的「僞叡山電車」，載著父親疾馳於深夜的四条一帶，教那些沉溺夜生活的醉漢嚇得魂飛天外。二哥嘲笑警察的無能，盡情飛馳。父親變身成布袋和尚，站在車廂前頭笑得圓肚顫動。他們很喜歡這遊戲，曾多次這麼做，但那是二哥最後一次變身成僞叡山電車。因喝酒而發熱的身體，吹著臘月的涼風；深夜的街燈打向自己的身體，折射出耀眼光芒；飛馳的快意、開懷大笑的父親——這一切二哥都還記憶猶新。然而，他只記得這些光采奪目的片段，接下來的記憶全都消失無蹤。

隔天，二哥在糺之森醒來，因嚴重的宿醉無法動彈。他完全沒想到父親，就這樣在床上呻吟了一天。直到第二天晚上，他才知道父親徹夜未歸。父親後來的行蹤，他也不知道。

那一夜，父親依舊沒有回來。

隔天，我們才知道星期五俱樂部在前一晚舉行了尾牙宴。

當知道躺在鍋裡的是我們的父親，我們自然哀慟欲絕。但當時的我完全無法想像二哥的心情。這嚴重的打擊，使他一蹶不振。二哥當時心裡想的是——是我將喝醉的父親丟在街上，他才會落入星期五俱樂部的手中。

我在珍皇寺的古井旁聆聽二哥的告白，想起父親過世後二哥的種種行徑。二哥當時完全失去生氣，不再喝酒，還說「呼吸眞麻煩」，被母親推下鴨川。他被水沖走，卡在五条大橋的橋墩下，我還記得抱起他時，感受到一股癱軟、哀戚的重量。然後，他一腳踢開緊抓不放的我們，就此離開糺之森。當時他那嚴肅、落寞的身影，我永難忘懷。

我和大哥默默聆聽他的告白。

二哥從井底傳來的聲音愈來愈小，幾乎快聽不見了。

「是我害死老爸的。我就像大家說的，是隻一無是處的狸貓，非但沒用，還犯下無可彌補的大錯。看你們那麼傷心，這些話我實在說不出口，但我也無法繼續裝作沒事待在家裡，所以我決定將一切埋藏心底，當一隻井底之蛙，從此揮別狸貓的身分。」

不久，二哥輕聲嗚咽起來。

「我沒臉見媽，我沒資格當她的兒子。」

〇

回程大哥不發一語，一直眺望著街上的燈火。

來到出町柳時，我們才想起紅玉老師被留在澡堂。

「得趕緊去接他才行。」大哥揉著眼睛，疲憊至極地說。

「不用了。大哥，你回去吧。我去就行了。」

我在出町橋旁讓大哥下車，自己坐著自動人力車趕往澡堂。

深夜的澡堂擠滿了人，鼎沸人聲傳到路上。我鑽過暖簾，向櫃臺的婦人行了一禮，走了進去。

更衣室裡擠滿了客人，從學生到老人都有，充斥著體臭、菸味和熱氣，人類臭味濃郁。

嘈雜的喧鬧中，紅玉老師頂著一張臭臉坐在按摩椅上，瞪著格子狀的天花板，彷彿每一格都貼有鞍馬天狗的大頭照。老師左手拿柿米菓，右手握啤酒罐，大型壁扇吹亂了他的白髮，那模樣像極了可怕的妖怪，以致進出更衣室的客人都與他保持距離。他這副模樣，倒還保有幾分天狗的威嚴。

我蹲在按摩椅前，老師喃喃地說：「你竟然將恩師丟下不管，你是要我自己走路回家嗎？」

「眞的很對不起。」

老師破口大罵，頑強抵抗，我使勁將他拖出澡堂，推進人力車內。

自動人力車靜靜地在漫長的夜路上行進，我走在一旁。老師穿著棉襖，全身圓滾滾的，像個小孩。我誇那件棉襖好看，老師回道：「很羨慕吧？這是海星送我的。」

「什麼？」

「你棄我不顧跑到大阪逍遙的那段日子，海星常來看我。她說天氣愈來愈冷了，就送了我這件棉襖。她雖然嘴巴毒了點，做事倒是挺細心的。」

「不管對方是狸貓還是人類，只要是女性，老師就對她們特別好。」

「要你囉嗦。」老師說。「……畢竟我只剩這點樂趣了。」

我們不發一語地走著。

寺町通昏暗冷清，感覺永遠都走不完。夜空清澈，星光斑斕。我默默地走著，口中呼出白煙。當年在清晨的糺之森，靜謐無聲的森林裡，父親也一樣口吐白煙。那天早上小河的潺潺水聲，父親嗅聞冬日氣息的模樣，逐漸在我腦海浮現，但畫面已經變得模糊，令我無比落寞。一想起從前，便覺得自己犯下了無法挽回的錯。真不敢相信自己過去竟然渾然不覺，我愣在夜色中，幾乎停下腳步。

「矢三郎。」老師說。「你怎麼啦？今天話特別少呢。」

「我在想我爹。」

「蚵嗲？你在胡說些什麼啊。」

「老師，不是蚵嗲，是我爹。」

「這樣啊。原來不是蚵嗲，是你爹啊。」老師長嘆一聲。「總一郎怎麼了嗎？已經到另一個世界去的人，任憑你再怎麼想念也沒用啊，所以我才說你傻。」

「剛剛我才知道，最後和我爹見面的人是矢二郎哥哥。我一直不知道這件事，聽說我爹和二哥一起喝酒，喝得爛醉如泥，因此落入人類手中。」

「他是落入火鍋中吧。」

「說得也是。」

「不過，只要活在世上，不論天狗還是狸貓，早晚都會殞落。就連自由在天空飛翔的天狗也有掉在屋頂的一天，這世界就是這麼無趣。狸貓掉到火鍋裡沒什麼好大驚小怪的，我認為總一郎並沒有掉錯地方。」

「這我知道。」我口氣強硬地應道。

老師也許是不高興，沉默了半晌，不久他突然溫柔地說：「總一郎最後見到的人，可不是矢二郎喔。」

○

我父親被煮成狸貓鍋的那一夜，紅玉老師獨自在寺町通的紅玻璃喝酒。由於弁天一去不歸，老師心生悶氣，猜想她也許會露臉，便到知道的幾家酒館遊蕩。當然，紅玉老師並不知道當時弁天人在星期五俱樂部，大啖用我父親煮成的狸貓鍋。

據說就算全京都的狸貓都聚在紅玻璃，店內照樣不會客滿。位處地下的店面一路往內延伸，從未有人到過盡頭。愈往內走，空間愈小，最後就像昏暗的走廊一般細窄，牆邊擺設鋪有天鵝絨的椅子和木桌，垂自天花板的吊燈投射出昏黃的光線。那裡總是寒氣逼人，一年四季都燒著爐火，盛傳這條走廊一路通往黃泉。

那天店內滿是人類以及變身成人類的狸貓，喧鬧無比，紅玉老師手持酒瓶一路移往深處的座位。弁天不在身旁，老師心裡很不痛快，那些飲酒作樂的人類略微吵鬧，老師便無法忍受，直想朝他們吹天狗風。

老師一路走到店內深處，坐在火爐旁取暖，獨飲紅酒。

店內的喧鬧傳不到這裡，只聽得見火爐的細微聲響，以及不時從深處飄來的神祕祭典音樂。老師覺得曾聽過那音樂，他說好像是剛出生洗產湯（註）的時候聽過。那麼久遠的事，我怎麼可能知道。況且我們狸貓又不洗產湯。

老師思念著弁天。當時弁天常沒知會老師一聲便自行外出，和不認識的人鬼混。老師聽說她曾坐叡山電車前往鞍馬山，很擔心她會上鞍馬天狗的當。

正當老師懸著一顆心黯然獨酌，幽暗的地上有個毛茸茸的東西閃過。老師「咦」了一聲，望向那東西，發現吊燈下一隻目光炯炯的狸貓端坐在地，抬頭望他。狸貓油亮的狸毛顫動著，老師猜想應該是走廊太冷的緣故。

「這不是老師嗎？您好。」狸貓說道。

「是總一郎啊。」紅玉老師笑道。「這裡很冷對吧，要不要喝一杯啊。」

「那我就恭敬不如從命，陪您喝一杯。」

我父親先爬向桌子另一頭的椅子，接著爬上桌，雙手動作很不靈活。看我父親一直維持這種不方便的模樣，沒有要變身的意思，紅玉老師感到不解，便訊問原因。我父親回答：「因爲我已經無

註：剛出生的嬰兒用的洗澡水。

法變身了。」紅玉老師在杯裡倒入紅酒，遞給我父親。我父親戰戰兢兢地捧著酒杯，伸舌舔著紅酒。不久，他拭去嘴角的酒滴，說道：「這是我最後一杯酒了，謝謝您。」

老師望著坐在桌上的父親。

「總一郎，你死了嗎？」老師問。

「說來慚愧，就在剛才，我被煮成了火鍋。」

老師取來我父親喝剩的酒，一飲而盡。「你竟然幹這種傻事！」

「您別這麼說，這是每個人都會走的路。」

「所以我才一再告誡你，要胡鬧也該適可而止。」

「我畢竟是狸貓，沒辦法想得那麼周全。再說，這也是傻瓜的血脈使然啊。」

接著，父親提到了許多事。

他談到小時候向紅玉老師學藝的事；後來和弟弟夷川早雲交惡，被老師訓斥的事；和母親的相識都是多虧了老師的事；還有懲治鞍馬天狗的事，希望四個孩子都能向老師學藝的事，以及希望老師特別關照矢三郎的事。

「老師，一切就有勞您費心了。」

「那小子脾氣古怪，那股傻勁和你一個樣。不過，他好像傻過頭了。」

「的確……不過，我就是欣賞他這點。或許會給您添麻煩，但還是望您多多關照，日後他定能助老師一臂之力。」

「嗯。」

父親從桌上躍下，對老師說：「我也該走了。」

「總一郎，」紅玉老師說。「和你分別，我覺得很遺憾。這話我只跟你一個人說。」

「您這麼說，我很欣慰。這趟黃泉路，有了很棒的餞別禮。」父親呵呵而笑，皮毛顫動。

父親站起身，朝紅玉老師伸出毛茸茸的手。老師也彎下腰，回握他的手。結束道別的握手，父親挺直腰桿，瀟灑地說：「老師，那再見了。」

「下鴨總一郎先走一步，請您見諒。我這一生雖然曾經惹出許多麻煩事，但過得精采愉快。如意嶽藥師坊老師之厚恩，總一郎感激不盡。」

紅玉老師目送我父親踏上那條一路通往另一個世界的長廊。昏暗的長廊上，我父親油亮的皮毛漸行漸遠，終至消失了蹤影。老師獨自留在原地，啜飲紅酒，不久，又傳來那奇妙的音樂。那是道別的音樂。

「連到最後都一樣傻。」老師說。「他當狸貓真是可惜了。」

就這樣，我父親離開了人世。

○

我送紅玉老師回到出町商店街的公寓後，從他房裡摸走一瓶紅玉波特酒。

我將自動人力車停在出町橋旁，走向鴨川三角洲。天空萬里無雲，從北方一路蜿蜒而來的賀茂川與高野川河面反照著市街的燈光，迷濛的銀光盪漾。寒夜裡悄無人跡，我坐在三角洲前端獨飲紅酒。隨著酒意漸濃，頭部隱隱作疼，我垂著搖搖晃晃的腦袋，低語著：「哥哥……爸……」冷風颼颼。

我再也受不了刺骨寒風，決定返回糺之森。

穿過蒼翠樹林夾道的參道，前方出現神社的燈火。滿臉愁容的母親與么弟就坐在曚曨的燈光下，他們一看到我便揮了揮手，母親招手要我快點過去。我走下自動人力車，母親焦急地問：「發生什麼事了？矢一郎垮著一張臉回家，什麼都不肯說。」

「我們去了二哥那裡。」

「然後呢？吵架了嗎？」

我什麼也沒說，走進樹林。

我恢復狸貓的姿態，踩著枯葉。母親和么弟緊跟在後。

大哥在床上縮成一團，安靜不動，但似乎還沒睡著。我靠近他，注意到床鋪四周瀰漫著淚水的氣味。我輕喚一聲「大哥」，不知接下來該說什麼好。大哥依舊縮著身子背對著我，但似乎在聽我說話。

「老媽很擔心，你好歹說句話吧。」

不久，大哥翻過身來，長嘆一聲，喃喃地說：「媽。」

母親應了聲：「什麼事？」走近大哥。「怎麼啦？」

「媽，妳知道嗎？」

「知道什麼？」

「矢二郎一直窩在井底的原因。」

母親濕滑的鼻子閃著光，她望向我。我不發一語地點點頭。母親再次將視線移向大哥，沉思片刻。我感覺得出母親的心就像湖水一樣平靜。我心想，老媽果然早已知情。

「他是我兒子，如果連我都不體諒他，他就太可憐了。」母親說。

大哥蓬鬆的狸毛不住顫動，沒有回應。

母親靠向大哥，悄聲地說：「矢一郎，算是媽求你，不要再責怪矢二郎了。」

母親平靜的聲音感染了森林冰冷的黑暗，滲進我和么弟心中。么弟的鼻子不斷在我的背上磨蹭，我的背就像抵著懷爐一樣溫暖。我和么弟不發一語，聆聽母親說話。

「我都知道了，我懂那孩子。」母親反覆地說。「你是做哥哥的，就該懂他的心情。」

「媽，我知道。他是我弟弟，我當然懂他。」大哥蜷縮著身子說。「就是因爲懂，我才這麼痛苦。」

Chapter 06
夷川早雲搞的鬼

父親死後，棲息於京都的狸貓都說我們四兄弟是「沒能遺傳偉大父親血脈的傻瓜兒子」。口無遮攔的狸貓說話有時也挺一針見血的。不過竟說父親的血脈沒人繼承，就此煙消霧散，這話聽了實在教人光火。狸貓多少都有股傻勁，說得直接一點，就是這股傻勁證明我們繼承了父親的血脈。我父親當上狸貓龍頭後，傻勁發作得更嚴重，最後導致他被煮成火鍋。

母親曾告訴我們——「你們的老爸是隻了不起的狸貓，他一定是掛著微笑，從容地化為一鍋鮮美至極的火鍋。你們將來一定要成為像他那樣的狸貓。」但她也說：「可千萬不要親身嘗試哦。」因為傻得嚴重，才更顯崇高。我們以此自豪。跳舞的是傻子，看的人也是傻子，既然同樣是傻子，那就跳舞吧。我們一直努力跳好這支舞。

我們體內流著濃濃的「傻瓜血脈」，但我們從不引以為恥。在這太平盛世下討生活，我們嘗到的一切酸甜苦辣，都是拜這傻瓜的血脈所賜。我們的父親、祖父、曾祖父以及下鴨家的歷代子孫，體內都流著傻瓜血脈，以致有時會忍不住迷騙人類、誘騙天狗，有時自己掉進煮沸的熱鍋。然而，這不該引以為恥，反而應該引以為傲才對。

儘管噙著淚水，還是引以為傲。這關係著我們四兄弟的名譽！

○

冬日漸深，路旁落葉忙碌地東飛西跑。

選出狸貓一族下任首領的日子迫在眉睫，我大哥終日忙著拜訪大老，在來路不明的祕密地下集會（譬如「夷川早雲批鬥大會」等等）發表演說，參與複雜古怪的狸貓一族傳統儀式等等，忙得根本沒空闔眼。

叔叔夷川早雲是下鴨家不共戴天的仇人。由於他一手掌控了僞電氣白蘭工廠，在酒香引誘下許多狸貓選擇支持早雲。但就連這些醉狸也都異口同聲地說：「一旦早雲當上首領，肯定會幹盡壞事，四處撈油水。他現在已經吃得一肚子肥油了，不知到時肚子會變得多圓哩。」

這正是大哥的勝算。因爲我大哥生性古板，不懂得如何撈油水自肥到令人驚訝的地步。

御所、南禪寺、祇園、北山、狸谷山不動院、吉田山，不論哪個地方大哥與早雲的支持率都在伯仲之間。而聽取多方意見做最後定奪的，是鴨東的長老。他們個個老得不能再老，外形活像黏在坐墊上的棉團。

今年冬天，只要有三隻狸貓聚首，便一定會討論的話題有二：

一是首領的選舉，二是星期五俱樂部的狸貓火鍋。

俗話說「三個臭皮匠，勝過一個諸葛亮」，但對於星期五俱樂部的殘暴行徑，沒人想得出好辦法。對京都的狸貓而言，「狸貓火鍋」已是定期在歲末上演的天災。這當然是錯誤觀念，因爲星期五俱樂部其實是人禍，但狸貓們卻抱持著一種認命心態，渾噩度日。

「人類吃狸貓並沒有錯。」二哥曾經這麼說。

我想他的意思是「合乎天理人情」，問題是我們這些在京都隱藏毛茸茸的屁股度日的狸貓，怎麼可能體會得到「天理」這一層面呢。

簡而言之，那是因爲大家都是傻瓜。

每年歲末，京都的狸貓就會抱持一種樂天的心態，認定：我不可能會被吃。一旦有人被抓去下鍋，大家便狸毛顫動，嚶嚶哭泣，但往往沒多久就忘得一乾二淨。雖然每年都會上演同樣的戲碼，但族人徹底發揮與生俱來的馬虎態度，一直對眼前的人禍視而不見。儘管如此，還是會擔心受怕，所以有不少狸貓一聽到星期五俱樂部的名號，立刻就脫下處之泰然的虛假外皮。你不妨試著在街角大喊一聲：「星期五俱樂部來了！」必定每隻狸貓都會陷入恐慌，倒地裝死。

要達到曉悟天命、坦然接受命運的境界，大家還差得遠呢。

就連說出這番話的我，也好不到哪裡去。

不過，我已經受夠這種不抵抗主義了。好歹可以想想辦法吧？

我打算前去查探星期五俱樂部的動靜。

母親面帶憂色，大哥說：「你別多管閒事。」么弟則早已嚇得簌簌發抖。

「我去找淀川先生，向他打聽打聽。」

「不會有事吧？」

「放心吧，主動深入敵區反而安全。」

我變身成最拿手的委靡大學生。

百萬遍（註）一帶到處都是委靡大學生，沒人會注意我。

我走出糺之森，橫越高野川。過了百萬遍，我依照淀川教授給我的那張皺巴巴的名片找路，教授的研究室似乎是位於農學院。走進北邊的校門，黃色的銀杏葉落滿一地，隨冷風飛舞。我冷得直打哆嗦。一年的課程即將結束，在校園內徘徊的學生減少許多，感覺相當冷清。

淀川教授的研究室位在農學院校舍的三樓角落。

註：京都知恩寺的別名。

我敲了門，走進貼牆擺滿桌子的寬敞研究室。中央擺著一張褐色餐桌，上面有個電熱水瓶，淀川教授和一名身穿白衣的男學生相對而坐，兩人張大嘴巴在啃一截樹幹。眞不愧是對吃特別執著的淀川教授，下午三點的點心時間竟然在啃樹幹！我佩服得五體投地。但仔細一看，我發現他啃的原來是尺寸超乎點心規模的巨大年輪蛋糕。

「你的點子很有趣，鈴木。」教授邊嚼邊說。「不過，一點屁用也沒有。」

「就是說啊，一點屁用也沒有。如果光是有趣就行，那人生就輕鬆多了。」

說完，兩人相視而笑。

我出聲叫喚，兩人這才望向我。教授嘴裡塞滿年輪蛋糕，發出「噢」的一聲，臉上登時散發光采。他將一大塊蛋糕吞進肚裡，朝我喚道：「噢，是你啊！」

「我帶那天拍的照片來了……」

「照片？我們有拍照嗎？」

「就在屋頂上……」

「啊！那可珍貴了！那可是我和她的珍貴合照呢！」

學生詫異地問：「老師，是兩人獨照嗎？難不成是玩火的成人遊戲？不會是不倫之戀吧？」

「鈴木，什麼是不倫之戀？我是不玩火的。」

「沒關係，聽不懂就算了。我無意打探老師的私生活，先告辭了。還有許多沒屁用的事在等著我呢。」

那名學生匆忙起身，將一塊年輪蛋糕塞進口中。「再這樣下去，我就得在研究室過年了。」鈴木離開研究室。

我拿出相簿。

那些照片記錄了弁天、教授和我三人共度的那個秋夜；我們從星期五俱樂部溜出來，在寺町的上空散步。有張照片淀川教授站在屋頂上的楓樹旁開懷大笑，與臉上掛著慵懶笑容的弁天一同入鏡，那可是連攝影師我都陶醉的得意之作。在岩屋山金光坊的中古相機店打工的期間，我也不忘鑽研攝影技巧。

教授像個純情少女般尖叫不斷，眼中散發著光采。

「好美啊！楓紅美，弁天小姐更美，簡直就像仙女下凡！」

我們聊著那晚的回憶以及弁天的美麗，然後我趁機問他：「你的狸貓鍋準備得如何？」

教授蹙眉搖頭，長嘆一聲。「很不順利，上回明明那麼順利。要是我被俱樂部除名，就太對不起我老爸了。」

星期五俱樂部的成員會輪流大顯身手，準備尾牙宴的火鍋。不過，這裡所說的「大顯身手」並非指實際下廚烹煮，而是要取得上等的火鍋食材。俱樂部有七名會員，所以會員每七年就會輪到一次，得各自絞盡腦汁弄到狸貓。如果這群會員都是傻瓜，京都的狸貓就太平了，遺憾的是，他們個個都是高手。據我所知，星期五俱樂部的尾牙宴，狸貓鍋從未缺席。而今年，輪到了淀川教授來引渡那隻可憐的狸貓。

「吃狸貓實在太不文明了，乾脆趁機取消算了。」

「這怎麼行。」

「您不是很喜歡狸貓嗎？用不著刻意吃這麼可愛的動物吧。」

「我不是說過了，就是因爲喜歡才想吃。」

「您不會心痛嗎？」

「心痛歸心痛，但吃還是照吃。因爲吃也是一種愛的展現。」

「那，這您怎麼看，您不是救過一隻狸貓嗎？就是回山上時一再回頭看您的那頭狸貓。如果把牠煮成狸貓鍋，您肯吃嗎？」

「虧你想得出這麼殘酷的事，你眞是個大壞蛋。」教授皺著眉頭。「這個嘛……不到那時候還眞不知道。」

「看吧，那隻狸貓您就吃，這隻狸貓您就不吃，如果您眞的對狸貓一視同仁地喜愛，就不會允許這種差別待遇。可見，您是個方便主義者。」

「我只說不知道自己會怎麼做，又沒說不吃，也許我還是照吃不誤。況且，愛這種東西原本就不合理，本來就不公平。」

「狡辯！狡辯！」
「我年輕時可是詭辯社的希望之星。不過，這問題確實不容打混帶過啊！」教授低語。「話說回來，你爲何這麼替狸貓打抱不平？」
「老師您還不是一樣，爲何對星期五俱樂部如此執著，那種團體退出不是很好嗎？」
「你別亂說，因爲你是學生才能說得這麼輕鬆，成人的世界是很錯綜複雜的。很多事不是表面上看到的那樣。」
「看來人類社會的結構還眞是千奇百怪呢。」
「有些事還是別知道的好，非知道不可的事早晚會知道，不用知道的事最好別懂。」
「總之，祝您一切順利。」
「嗯，我會努力的。」
老師雖然這麼回答，但眼神飄忽。看來他八成捕不到狸貓吧。
我鬆了口氣。

○

從烏丸通的商業街轉進六角通，再走一小段路，便可來到西國三十三所第十八番札所——紫雲山頂法寺，通稱「六角堂」。這間寺院遠近馳名，不過寺內還有一處名勝，那便是一塊呈六角形的石頭，人稱「要石」或「臍石」。「臍」代表京都的中心，據說昔日桓武天皇在此建都時，是以這塊石頭做爲基點劃分街道，因而有此稱號。

「都是一千兩百多年前的事了，能信嗎？」

說這種話的人如果知道眞相，一定會更難以置信吧。

因爲這世上根本沒有什麼臍石。

那頂法寺院內那顆孤零零的六角怪石究竟是什麼？其實那並非臍石，而是「僞臍石」，是狸貓變成的。

想必不少人會驚呼一聲：「怎麼可能！」

沒錯，我小時候也這麼認爲，心想：「那根本就是普通石頭嘛！光禿禿的，沒半根毛，跩什麼跩！」

當時我正值血氣方剛的年紀，動不動就發怒，心思像玻璃藝品般纖細敏感。

那時我還是隻天不怕地不怕的小狸，被長輩寄予厚望。有天，我決定夜探頂法寺，用盡方法惡整「臍石大人」。

我從寺町的舊家具店偷了一根孔雀羽毛，替臍石搔癢；接著還放上大冰塊，擺上可愛母狸的照片，把教人垂涎三尺的雞肉串以盤子奉上。這一切純粹只是出自好奇心。我心想倘若「臍石大人」

眞是狸貓，想必會按捺不住，露出狸貓尾巴吧。最後，就在使出禁忌手段——拿煙燻臍石大人的時候，我遭到了逮捕。

我年幼無知的罪行對狸貓一族帶來莫大衝擊，長老們狠狠訓了我一頓，賞了我一記「灼熱鐵鎚」。這四個半世紀以來，從未有幼狸被罵得這麼慘。我嚇壞了，足足在床上躺了半個月。

當時情景，至今仍歷歷在目。

我在臍石大人面前點燃松葉，搧著圓扇生火，沒多久石頭在濃煙的包圍下像個布丁般搖晃起來，表面突然冒出褐色的密毛，變成一塊蓬鬆的「坐墊」。後來看得目瞪口呆的我立刻被人用網子罩住，押在地上，以致無緣看到臍石大人的遭遇。

在那件禁忌的惡搞之後，足足過了半年我才獲准踏入頂法寺的大門，不過再次看到的臍石大人仍舊像顆普通石頭。

還記得那年夏天的某個黃昏，我跪在寺內痛哭流涕地爲自己的無禮道歉。

〇

由於臍石大人地位崇高，狸貓一族的首領輪替時必須拜會臍石大人，向他報告。狸貓一族的重要人物也會齊聚於六角堂。

我在附近的便利商店站著看雜誌，直到約定的時間將至，才慢慢沿著六角通往西走。街上充斥著冬日清涼的空氣，天空一片蔚藍。我來到位於東洞院通街角的一家咖啡廳，推開店門入內，母親與大哥已經一臉正經地坐在裡頭。大哥變身成身穿和服的少爺，母親則是一身黑衣的寶塚美男子。

大哥似乎等我等得不耐煩，翻起了舊帳。「希望臍石大人別生氣才好。」大哥面有慍色地說。

「在那之後臍石大人重新受到了大家重視，我想他應該很高興才是。」

「媽，妳想得太天眞了。妳這樣說，又會讓矢三郎得意忘形。」

孔雀羽毛和雞肉串的攻勢，都無法讓臍石大人舉手投降，他耐力極強，否則不可能日復一日都保持石頭的模樣。但他精妙的變身術反而替自己招來了不幸，在那之前，京都的狸貓表面上尊敬臍石大人，其實是「敬而遠之」，心裡根本當他是「路邊的石頭」。不過自從我證實臍石大人是如假包換的狸貓，族人對他的評價瞬間抬頭，認爲臍石大人眞了不起，又開始勤於拜訪。

「臍石大人被松葉煙燻總算值得了。」

大哥聽我這麼說，勃然大怒。「所以我才說你沒救了，你在六角堂可千萬不能說這種話。」

不久，在僞電氣白蘭工廠實習的么弟也趕到了。「這麼晚才到。」大哥臭著張臉。「對不起。」么弟道歉。「今天工廠不是放假嗎？」經我這麼一問，么弟鼓起腮幫子忿忿不平地說：「金閣他們故意找事叫我做，存心整我。」

「原諒他們吧。」母親溫柔地安慰么弟。「傻人總是做傻事。」

「說得一點都沒錯。」大哥和我也說。

全家人達成共識後，紛紛起身，準備出發去六角堂。

在貼有千社札（註）的大門前，擠滿了京都一帶的狸貓。擠不進寺內的族人就群聚在面向六角通的停車場或鐘樓，有人假扮成壽司店的外送小弟，有人扮身穿袈裟的和尚、京都聖母院女子大學的學生，或外國觀光客等等，猶如一場變身博覽會。

一群身穿西裝的男子擋在門前，指揮著想進入寺內的族人。他們手上別著黃色臂章，上頭以寄席體字型寫著「夷川家」。想必是金閣、銀閣手下的夷川親衛隊吧，看了真礙眼。不出所料，當我們一家人準備進入寺內時，他們百般刁難，說是不相信我們變身的模樣，硬要我們提出自己是下鴨家的人的證明，簡直是不可理喻。

「去死吧你！」母親喊出她的口頭禪；大哥氣得青筋暴露，火冒三丈；我不發一語，以身體頂撞男子們的胸膛；么弟則是被彈開，在地上打了個滾。

「滾回家去！」

「你才滾回家去呢！」

沒意義的言詞交鋒不斷持續，門前益發混亂，好在這時南禪寺家的當家趕來，訓了夷川親衛隊

註：到神社或寺院參拜時，貼上寫有自己名字的木牌做爲記念。原本是木牌，江戶時代以後大都改用紙張。

一頓，這才穩住了場面。

通過大門時，個性溫和的南禪寺當家笑著對大哥說：「矢一郎先生還眞是辛苦啊。」

「讓您見笑了。」

「我對夷川家也很頭疼，但今天大家還是以和爲貴。」

清澈的冬日晴空穿過大樓間的低地，光束的盡頭可見六角堂。

向外挺出、威嚴十足的屋簷下，線香輕煙繚繞，不時被下吹的冷風給吹散；六角堂前有株高大的柳樹，垂柳隨風搖曳著。

環顧院內，有人搖晃著身子呆呆望著垂柳，有人模仿地藏菩薩，有人被院內池塘的天鵝緊咬正放聲大哭，或在屋簷下鋪好墊子享用便當，或攀爬覆滿青苔的樟樹等等，徹底展現狸貓本色。

坐鎮柳樹旁的臍石大人依舊悄靜無聲，狸貓一族的大人物極力擺出一本正經的表情，展現威嚴。我大哥被母親推著，撥開人群走了過去。夷川早雲抬起頭來，瞪視大哥。

我們站在擁擠的院內一角，靜觀其變。有隻鴿子從淨手池那裡飛來，母親揮手驅趕。

「眞討厭！別亂拉屎！」

那隻鴿子一時不知該往哪兒停，只好飛往他處。

我茫然仰望聳立於六角堂北方的池坊大樓，這棟大樓北方有一棟面向烏丸通的大樓，名叫「洛天會大樓」。所有人是京都的天狗一族。

大樓屋頂上種有一棟美麗的老櫻樹，每當春暖花開，便會在烏丸通的商業街撒落花瓣。我第一次與弁天邂逅，就是在那陣櫻花雨中。

倚在紅玉老師身邊欣賞落櫻繽紛的弁天，還沒展露出比天狗更像天狗的一面，楚楚動人。如今回想起來，當時的她就像幻夢一場。那時我常代替父親前去拜訪紅玉老師，結果我這隻狸貓不知分寸迷戀上半天狗弁天。

「老爸那時很少去找紅玉老師，可是他們明明交情不錯啊。」

「你和矢一郎不是常代替他去？」

「可是，老師一定覺得很寂寞吧。他想必是礙於面子，才沒說希望老爸去看他。」

「紅玉老師也眞是的，誰教他要帶弁天小姐回來，你老爸最怕她了。」

「我倒覺得那時候的弁天小姐很可愛，沒想到像老爸這麼厲害的狸貓竟會怕她。」

「有件事，現在應該可以告訴你們了……」母親說。「其實紅玉老師曾帶弁天小姐來過森林，結果你老爸突然無法變身，不管他再怎麼試都沒用。似乎是因爲弁天小姐在場，他不安得無法變身。他可是京都變身術最厲害的狸貓呢。」

「這我倒是第一次聽說。」

「我連對你們都沒提過，知情的只有紅玉老師和弁天小姐。」

「就像老媽會因爲打雷而解除變身對吧？」

「於是你老爸決定不再和弁天小姐見面了。那時紅玉老師整天將她帶在身邊不是嗎？」

「所以他才會派我和大哥去是嗎？」

「就是這麼回事。」母親長嘆一聲。「儘管老師會寂寞，但那是他自作自受，我想你老爸一定比他更難過。」

○

一支吹著金色喇叭震天價響的隊伍，穿過寺門而來。

走在隊伍中央的，是接下我父親位子，掌管狸貓一族的大狸貓——八坂平太郎。

他一直處心積慮想將僞右衛門的位子推給別人，一心希望到悠閒的南國旅行。身上那件與冬日天空極不搭調的夏威夷衫，再再強調了他的主張。他之所以一副若有所思的模樣，是因爲他的心早已飛離狸貓一族在南海的沙灘奔跑，滿心幻想著沒入水平線的夕陽、撲向岸邊的浪花，以及嘻笑著互擲椰子的年輕男女。

繼平太郎之後，小心翼翼地被安置在鬆軟的坐墊上的長老陸續被抬進來。這些長老錯過與這世界道別的時機，喪失變身的能力，得以從狸貓的桎梏中解脫，恣意享受毛球生活。我們以毛球之姿來到這世上，老了之後又變回毛球。想起其間的變化，不禁覺得寓意深遠，不過也可能毫無意義可言。

「關門！」

爲了屏除閒雜人等，夷川親衛隊關上大門。

一群狸貓摩肩擦踵地擠在狹窄的院內，沒事發生才怪。結果開會前就鬧出一場騷動。院內一隻鴿子開了個玩笑，將一顆毛球叼在空中，負責扛坐墊的族人們緊張得大呼小叫，以致其他六顆毛球也紛紛滾落地面。眾人合力捕捉那隻鴿子，從牠嘴裡搶回長老，不過當事人倒是若無其事地說：「我沒事、我沒事。」眞不愧是長老。話雖如此，要將長老們重新安置好可一點都不容易，因爲他們全都一副毛球樣，根本分不清誰是誰。

好不容易院內恢復平靜，一身夏威夷衫的八坂平太郎站在臍石大人面前。大哥和早雲就座，長老們圍著他們兩人而坐，外圍則擠滿了其他狸貓。

「請肅靜。」

八坂平太郎拍了拍他的圓肚。「會議即將開始，會議開始前，要先感謝紫雲山頂法寺的各位細心安排這場盛會，也要向百忙之中抽空蒞臨的長老們致謝。此外，承蒙臍石大人惠賜訓詞，我將在會議開始前朗讀，諸位請起立。」

院內狸貓紛紛起身。

「『天候日漸轉涼，小心風寒。風寒乃百病之源！』謹此。」

院內眾狸貓一同敬禮後就座。

八坂平太郎向臍石大人行了一禮後，環視院內族人。

「回想前任首領下鴨總一郎，他的驟逝爲我族造成了前所未有的衝擊、前所未有的損失，那教人肝腸寸斷的思慕之心至今未曾稍減，此刻齊聚此地的諸位，想必亦是心同此念。下鴨總一郎是絕無僅有的偉大狸貓，是我族的典範。像在下這種凡庸之輩，有幸代爲掌管僞右衛門一職，委實戒慎恐懼。在下之所以能夠勉強任此重責，全因有今日蒞臨的諸君，以及京都裡裡外外各方人士的支持。在此深深表達在下的感激。」

掌聲如雷。

平太郎清咳幾聲，朝我大哥和早雲使了眼色。

「本次，有下鴨矢一郎以及夷川早雲兩位報名競選新任的僞右衛門，在此正式向臍石大人報告。」

我大哥和早雲站起身，互瞪了一眼，然後朝院內族人鞠躬。頓時，吆喝聲和口哨聲四起。平太郎往肚子使勁一拍，大喊一聲：「肅靜！」

接著，大哥與早雲朝臍石大人深深一鞠躬，移步向前，輕撫一下臍石大人。

掌聲四起。

大哥與早雲退回位子上，平太郎露出滿意的笑容。

「這麼一來，已經向臍石大人報告此事。關於今後的行程想告知各位幾件事，徵詢各位同意。首先，長老會議預定於十二月二十六日晚上，在木屋町的仙醉樓舉行。各位可有異議？」

院內狸貓不置可否。

「那就視爲沒有異議了。接下來還有件事，依照慣例，在決定狸貓一族首領時會邀請鞍馬天狗大人蒞臨出席，擔任見證人。但原本預定出席的鞍馬帝金坊大人突然派人前來告知，說肚子不太舒服，不克出席。我提議請其他天狗大人出席，帝金坊大人便說：『那就讓藥師坊去吧。』因此，此次希望邀請如意嶽藥師坊大人擔任見證，各位有異議嗎？」

許多族人面露不解，但仍是無人提出異議。

平太郎頷首。

「那就當作一致同意。那麼，長老會議就訂於十二月二十六日晚上，在木屋町仙醉樓舉行。當天會邀請如意嶽藥師坊大人蒞臨。謹此。」

院內鴉雀無聲。平太郎一臉困惑看著不肯離去的眾人，過了好一會兒才猛然回神，重新宣布：

「今天就討論到這邊，散會。」

院內狸貓頓時浪潮般依序拜倒，熱烈地展開議論。

市內楓紅幾乎散盡，從盆地遠望群山，淨是紅橙兩色，看起來柔軟蓬鬆。儘管群山顯現暖色，但街上卻日漸轉寒。鴨川三角洲上的松樹也爲了因應京都的冷冽寒冬，在樹幹纏上草蓆。

望著那些松樹，我想起每次大哥一自暴自棄就會四處拆除樹上的草蓆。身爲下鴨家的當家，喜歡對沒用的弟弟「訓斥激勵」的大哥，一時期曾沉溺於這種沒用的壞習慣。對被連累的松樹來說是災難；對我也是災難，因爲我得重新將草蓆纏妥。

選定爲右衛門的日子就訂在十二月二十六日，正好是我父親被煮成狸貓鍋的日子。

隨著那一天的到來，母親益發顯得緊張不安。

儘管在我的勸進下，她到加茂大橋西側的撞球場散心，但始終提不起勁。就連我拿寶塚的照片給她看，也只是隨口虛應一聲。只要大哥和么弟離開森林，她就擔心他們是否能平安歸來，我離開森林的時候也是。

某天，么弟遲遲未返家，我和母親在下鴨神社的參道上來回踱步，等他回來。母親脖子上還掛著手機，因爲么弟離開工廠前曾打了通電話回來，後來便沒了消息，已經過了很長的時間。

「好在矢二郎是隻井底之蛙。」母親望著參道入口說。

「爲什麼？」

「因為青蛙不必擔心被煮成狸貓鍋啊。如果矢二郎不是青蛙，我又得多替一個人操心，那我一定會發瘋的。」

「乾脆叫矢四郎別再去工廠見習算了。就算沒錢，生活照樣能過啊，畢竟我們是狸貓。」

「這怎麼行！」母親甩著尾巴生氣地說。「是你老爸特地拜託人家讓他見習，我不能因為自己的方便撤回這項決定，再說要是半途而廢，一定又會被夷川家的人冷嘲熱諷，光想就不甘心。況且，真是那樣的話，誰來出錢替我買寶塚的門票啊。」

「這點小忙我還幫得上，我手上還有一些在相機店打工的薪水。」

「不過，矢四郎說了，要是半途而廢他會很不甘心。」母親笑咪咪地說。「真教人敬佩。」

「他不會永遠都是小孩。不過，換作是我，要在金閣和銀閣的工廠上班，我連三天都受不了。」

「你老爸也明白這點，才沒要你去工作。不過你也別再成天遊手好閒，好好學習吧。好好學習，順便賺錢，替我買寶塚的門票。」

「可是媽，妳最近不是很少去看戲嗎？」

「現在可不是看戲的時候，我打算等過年後再去。」

這時么弟出現在參道入口，跑了過來。

母親長長吁了一口氣。

大哥這陣子早出晚歸，也讓母親擔心不已。也許是感應到十二月二十六日是人生關鍵的一天，大哥秉持著絕不放棄的精神東奔西走，做足準備工作。母親很擔心他的身體，便帶著我和么弟到商店街的雜貨店採購了一大堆提神飲料，逼著大哥喝下去。

「媽，喝這麼多會流鼻血的。」大哥哀嚎討饒。「我喝不下了！」

「流鼻血正好。」母親在他面前擺滿了提神飲料，強詞奪理地說。「畢竟現在可是關鍵時刻啊！」

◯

冬至那天，一早便下起濛濛細雨，將京都街頭染成灰濛一片，讓人屁股發冷。

儘管狸貓長著密毛，還是拿冬雨沒轍。大哥和么弟一早便出門去了，但我可沒那麼勤勞，這種天氣還在路上走弄濕屁股，實在愚蠢之至，窩在雨淋不到的樹下打發時間，方是明智之舉。

我鑽進枯葉裡，吃著大福，全心保護自己的屁股不被淋濕，這時母親突然叫我。

「剛才矢一郎打了通電話給我，要你去一趟紅玉老師的住處。」

我將身體深深埋進枯葉中。「我很忙，走不開。」

「你只是在替屁股保暖不是嗎？」

「媽，屁股發冷是百病根源耶。得好好保暖才行！」

「聽說紅玉老師不願出席僞右衛門的決選會議，又在鬧彆扭了，讓眾人傷透腦筋。」

「說要請老師出席的是八坂先生，我還以爲他早安排好了。」

「才不是呢，那是臨時決定的事。大家都很頭疼，跑來拜託我，認爲老師或許肯聽你的話。」

「他們就是這樣，有需要時才給我戴高帽！我和老師關係又沒那麼好。」

「我說了會馬上叫你去，你就去吧，快點！」

母親吹走枯葉，把我踢出樹下。獅子會將孩子推入深谷，狸貓則會將自己的孩子從溫暖的枯葉床鋪中踢向冬日的寒雨。生爲畜生道，眞教人莫可奈何。要是我繼續發牢騷，母親一定會揚腳踢我屁股。

「我知道了啦，我去總行了吧。」

「眞受不了你。你大哥傷透腦筋，你卻在這裡悠哉地暖屁股。」母親氣沖沖地說。「順便到出町商店街買提神飲料回來，要給矢一郎喝的。」

我向舒服的床鋪告別，從糺之森走向出町商店街。

我走上葵橋，望向北方，遠山覆滿像棉花拉成的白雲，灰色河水在橋下滾滾而流。我小心握好傘，盡可能不讓屁股淋濕。

散步著走出雨聲淅瀝的出町商店街，我轉進弄巷。公寓前，一群族人從老師房裡一路排到外頭的樓梯，擠得水洩不通。這群狸貓雖然都經過變身，但一次跑來這麼多人，老師一定很不開心，原本談得攏的事這下也談不攏了。我朗聲喚道：「大家好，我是矢三郎，抱歉來遲了。」族人間一陣譁然，你一言我一語地說：「噢，是矢三郎來了。」

我撥開眾人，爬上階梯，走進老師狹小的房間。

紅玉老師穿著泛黃的內衣背對我，盤腿坐在四張榻榻米大的房間內，瞪著掛軸拔鼻毛。房間擺滿了狸貓們獻上的紅玉波特酒，以酒瓶為分界，從廚房到玄關擠滿了狸貓大人物，個個低頭叩拜。

「啊，失敬。」

「別踩、別踩，矢三郎。」

我不小心踩到了人，原來是踩到我大哥。

「大哥，情況怎麼樣了？」

「各種方法都用盡了，剛才又多補上一些禮品，已經無計可施了。老師該不會是想把我們榨乾吧？」

這時紅玉老師說：「我聽到嘍，矢一郎。」大哥大吃一驚，又拜倒在地，其他狸貓則不約而同地退向玄關。我壓低身子前進，端正地跪坐在門檻前。

「老師，下鴨矢三郎拜見。」

「你來幹什麼？我又沒叫你來。」

「您就別鬧彆扭了，就當作是參加尾牙宴，去露個臉如何？」

「少囉嗦。難得的好酒要是摻進了狸毛，我可是會沒命的。」

「其實您很開心吧。」

「什麼！」

紅玉老師一臉通紅地轉過頭，原本擠滿廚房的狸貓紛紛像退潮般逃逸無蹤，只留下我一人。就連大哥也夾著尾巴逃走，眞是沒用。不過老師八成是想起先前想在房裡颳天狗風，結果只是白白浪費衛生紙的難堪往事，所以他只是瞪視著我，並未發飆。我也沒有刻意變身成牛，白費力氣。

老師暗哼一聲，又轉頭面向掛軸。

房裡悄靜無聲，除了滴答雨聲什麼也聽不見。我默默望著老師微駝的後背，泛黃的內衣下透著凹凸的脊骨。

不久，老師點了根菸，吐出濃煙，抱起一旁的不倒翁，語氣平靜地說：

「矢三郎。」

「在。」

「去幫我買棉花棒。我耳朵一癢就煩躁，很想吹起旋風。我是說眞的哦。」

「我明白了，我立刻去準備。」

「爲什麼我非得參加你們狸貓的會議不可？」

「請您務必要出席！若無老師的蒞臨，會議便無法召開，京都內外的狸貓都在等著聆聽老師訓話呢。」

「我看是鞍馬嫌麻煩把這工作推給我吧。」

「坦白說，確實是如此。」

「我猜也是。」老師抱著不倒翁裝哭，放了個響屁。「意思是，選定狸貓首領這種無聊工作正適合我對吧，鞍馬那群小鬼竟敢將這種工作推給我，我從前可是一手掌控國家命運的如意嶽藥師坊啊！你們也一樣，只是想趁機利用我罷了。隨便找一位天狗，保住面子，解決燃眉之急。你們就是打這個算盤對吧？你們當中，有誰是眞的尊敬我？你說啊？你們哪個不是在毛茸茸的肚子裡暗中對我吐舌頭？」

老師說到這裡突然住口，垂首不語。

老師過去是否眞能操控整個國家的命運，這句話得打個折扣，就連他是否能操控鴨川以東的命運，都讓人懷疑。

我跪著移膝向前。

「人稱如意嶽藥師坊的大天狗，豈需要毛球的尊敬？老師的威風豈是因爲有狸貓的尊敬？您是因爲受人尊敬才如此威風嗎？應該不是因爲這種無聊理由吧。因爲是天狗，老師才如此威風，就算狸貓和人類對你吐舌頭，您還是毋庸置疑的偉大天狗，不是嗎？」

老師抱著不倒翁，沉默不語。

「剛才您說的話，矢三郎會銘記在心。」我說。「就請您全忘了吧。」

老師暗哼一聲。「叫他們備好酒等我，我如果興致好就會去。」

我想老師一定會來。我在毛茸茸的肚子裡暗自吐舌頭時，老師輕撫著不倒翁說：「矢三郎，你一定在想我絕對會去，對吧？」

「不愧是老師，您猜到了嗎？」

「你們這些毛球的想法，我早就了然於胸。眞是一群傻瓜。」

我拜倒在廚房的地板上。

結束與老師的交涉，一走出去族人便成群湧上，暗暗吞著口水等候結果。眾人問道：「如何？」我回答：「老師答應了。」那些大人物鬆了口氣，你一言我一語地說：「眞是累人啊。」「這下終於準備妥當了。」「太好了。」

大哥拍拍我的肩說：「幹得好。不管再怎麼沒用的狸貓，也是有優點的。」

「這話太失禮了吧！」

○

屁股被冷雨淋濕時，就該好好泡個熱水澡。

今天是冬至，澡堂提供柚子澡，我眞走運。

離開紅玉老師的公寓後，我前往澡堂，泡進浴池。

光線從頭頂上的玻璃窗投射下來，我望著滿含柚子香的熱氣形成漩渦，專心地泡熱屁股。大哥說只要聞到柚子味就會打噴嚏，不泡柚子浴。也因爲這樣，儘管他愛擺架子，還是不顧體面經常服用淺田飴（註）。我之所以不會感冒，就是因爲每年都認眞地勤泡柚子浴，但大哥每次都拿「傻瓜不會感冒」這種迷信當例證，令人聽了就有氣。

趁著澡堂沒人，我恢後原形在浴池裡漂蕩，讓屁股浮出水面，裝成柚子。每次這樣玩樂，便覺得屁股外面的世界一切太平。每次發生大事前，我都有這種感覺。

我父親往生極樂後，與夷川家的紛爭因爲爭奪僞右衛門的寶座而逐漸白熱化，如今終於來到了最後階段，但我已經有些厭煩了。狸貓是喜愛天下太平的動物，特別是泡在熱水中的時候，就像滿出浴池的熱水，對天下太平的熱愛也滿溢而出。至於狸貓一族的天下太平是什麼？其實不過就是躺在鴨川的河堤上望著藍天發呆，原本應是唾手可得才對。

對現代的狸貓而言，有誰眞的是以當上僞右衛門爲目標？狸貓生活不受拘束，隨心所欲；至於僞右衛門的生活，每次一有紛爭，不分晝夜都得趕赴現場發號施令。將兩者放在天平的兩端，聖潔正直的狸貓總會捫心自問——「僞右衛門這稱號的確響亮，但値得爲它捨棄安逸的生活嗎？」

而我大哥爲了取得那無人渴望的寶座，陷入了選戰的泥淖。但他只有一群沒用的弟弟，只能孤軍奮戰，實在很可憐。於是我作了首歌替他加油，就當作贖罪。

要是能當僞右衛門就好了。
矢一郎今天也一樣賣力。
雖然緊要關頭不中用，
但爲了京都的狸貓，
他上刀山下油鍋也不怕。

「這什麼無聊的爛歌啊！」

我離開浴池，一面高歌一面刷洗身體，女湯那頭突然傳來潑辣的叫罵聲，令我大吃一驚。

「原來是海星啊，妳也來這裡悠哉地泡屁股嗎？」

註：江戶時代一位名叫淺田宗伯的漢方醫師研發的喉糖，以「良藥甘口」爲推廣口號，流傳至今。

「別跟淑女談論屁股的事，你這個色鬼！」

「妳要是不想感冒的話，就得保護好屁股，別讓它受寒。」

「不必你雞婆。」

喧譁的潑水聲傳來，看來她正在浴池泡屁股，一時間女湯不再傳來叫罵。除了海星，似乎沒有其他客人，四周悄靜無聲。我洗完身體又回到浴池。男湯裡狸一隻，女湯裡也狸一隻，兩隻狸不發一語地泡在浴池裡。海星泡進不斷冒泡的超音波浴池以增進健康，她輕聲唱起歌來。

「好舒服的澡啊，哈哈哈」（註）

「好舒服的澡啊。」我也說。「柚子浴也很棒。」

「沒錯。」海星難得坦率地回答。

「好久沒來看臍石大人了，他還是石頭的模樣。那麼長的時間，他竟然能一直保持石頭的模樣，眞不簡單。」

「如果是你一定辦不到，肯定馬上穿幫。」

「我有心就辦得到，我有自信不會輸給我大哥和我媽。像我這麼不容易穿幫的狸貓，可說是提著燈籠也找不到。」

海星嗤之以鼻地笑道：「對了，記得你曾用火燒臍石大人，眞是過分！」

「不是燒，是燻。」

「還不是一樣。」
「過去的事就別再提了。對了，上次在六角堂可不得了，長老居然被鴿子給叼走了。」
「我早知道了。」
「妳不是沒去嗎？」
「傻瓜，我也在啊。我藏在樟樹上。」
「眞教人吃驚，妳到底打算什麼時候才露面啊？」
「誰要讓你看啊。」
「要是妳肯過來男湯就好了。」
一塊渾圓的肥皀越過男湯和女湯的隔板，飛了過來。我迅速把臉盆戴在頭頂，展開防禦。等女湯的肥皀全飛進了男湯，海星也發完飆了，她又悠哉地繼續高歌：「好舒服的澡啊——」
「下星期就要決定僞右衛門的人選了，總算。」
「矢一郎先生一定無法當上僞右衛門，我向你保證。」
「爲什麼？」
「因爲他才幹不夠。」

註：日本人泡澡時常唱的歌。

我讓屁股浮出水面，沉默不語。

「請轉告矢一郎先生，請他多加小心。」海星又說：「我是爲了他好。」

「幹嘛，那對傻瓜兄弟又打什麼壞主意了嗎？」

「別罵我哥傻，你這臭毛球。……不過，確實是這麼回事。」

「反正也不會是多了不得的計畫，不過還是謝謝妳告訴我。」

海星嘆了口氣。「我那對傻瓜哥哥手法愈來愈細膩了，他們使了很多奸計，不讓我知道。要是太小看他們，有你苦頭吃的。」

「哼，那兩個傢伙。」

「矢三郎，你可別變得像天狗一樣得意忘形哦。」

「我哪會變成天狗，我是狸貓啊。」

「……還有一件事。」

海星說到一半，突然閉口不語。她將臉盆翻面敲打，傳來一陣叩叩叩的悠哉聲響，迴盪在挑高的天花板上。等了許久，一直沒聽到她說下去，我喚道：「怎麼了？」

「對不起。」

我那位從未現身的前未婚妻，確實這麼對我說了。

自有記憶以來，我這位前未婚妻從未說過半句展現婉約柔情的話，此刻她的話令人費解。與其說費解，不如說是詭異。儘管我追問不休，海星始終像不倒翁般默不作聲，等我發現時她早已離開女湯。我在天色漸暗的冬日晴空下追了上去，可是那頭泡完熱水澡的母狸已沒入薄暮幽暗的小巷裡，消失了蹤影。

接下來好一陣子，海星自我眼界消失。

不，她根本沒在我面前現身過，所以應該說：她好一陣子沒跟我說話。

聖誕節將至，街上愈來愈熱鬧，我在街上徘徊，到鴨川橋下、黑暗的巷弄深處、舊家具店的日式衣櫃裡找尋海星的蹤影，但始終遍尋不著。她在女湯裡聲似嘆息地說的那句「對不起」，教我愈想愈不對勁，那句道歉一直縈繞在我心中。我暗忖：那絕不是普通的道歉。可是那又代表了什麼呢？我百思不解。

不久，聖誕夜來臨。

沒人規定狸貓不能跟著人類一起慶祝聖誕節。再說，我族狸貓最喜歡像聖誕節這種無來由喧鬧的節日了。母親負責準備聖誕蛋糕，我到肯德基買炸雞，么弟去鴨川沿岸的家用品中心買燈飾。

當夜幕籠罩糺之森，么弟使出渾身解數讓電流貫通燈飾，纏在枝椏上的五彩燈泡開始閃爍。

「眞厲害。矢四郎的這項特技得好好發展才行。」母親感佩地說，么弟露出驕傲的神情。

這時，大哥返家。僞右衛門決選會議在即，就在後天。大哥皺著眉頭說：「這麼重要的時候你們還……」我告訴大哥，這是爲了祈求他選舉勝利而辦的，說完狂放拉炮，好阻止他反駁。

狸貓很愛吃炸雞。根據統計，在京都肯德基出入的客人當中有一半是狸貓。就連臭著一張臉的大哥一見炸雞也眉開眼笑，在么弟點亮的燈飾下，我們手舞足蹈地大啖炸雞。

「我一定要繼承老爸的衣缽。」吃完雞肉大哥頓時活力百倍，反覆如此說道。「可惡的早雲，你看著好了！」

「你要小心星期五俱樂部哦，千萬不能喝醉酒在外頭閒晃。」

「我知道，媽。」大哥昂然挺胸。

○

對方愈是抗拒的事，我就愈想做。

結束毛茸茸的聖誕派對後，我決定送聖誕禮物去給紅玉老師。我在一乘寺的古董店買來一根頂端裝飾了小酒瓶、造形特殊的枴杖，要是酒瓶裡有紅玉波特酒就更完美了。其實我原本打算送他那把已被弁天遺忘的風神雷神扇，可惜找了好幾個月仍一無所獲。

我前往老師住處時已是夜闌人靜時分，出町商店街的店家都已拉下鐵門，只有酒館繼續營業。我將細長的禮物夾在腋下，快步前行。

桝形住宅的公寓大門並未上鎖，這位獨居的天狗實在太大意了。

走進裡頭，發現被雜物堆掩的房間裡閃爍著五彩的繽紛燈光，纏滿燈飾的聖誕樹擺在房間角落，一點都不像是天狗的住處，更不像一位自詡曾掌握國家命運的大天狗的住處。紅玉老師盤腿坐在塑膠製的聖誕樹前，抱著不倒翁喝得爛醉如泥。紅、藍、黃三色的燈泡輪流閃爍，映照著老師愁眉苦臉的表情。他獨自布置聖誕夜的裝飾，一個人乾了三瓶紅玉波特酒，心裡一定很寂寞，其實他大可邀我來啊。

「老師、老師，」我出聲叫喚。「這棵樹是哪來的？」

老師不耐煩地抬起臉，擦著口水，一對醉眼四處遊移。「不知道。」說完他又垂下頭去。看來根本談不下去。

我鋪好棉被，將瘦弱的老師塞進被窩裡。

「用不著你雞婆。」老師低語。「你不必管我。」

「我能放著你不管嗎？」

我將不倒翁塞進被窩，老師立刻緊緊抱住。他肯定夢見了心愛的弁天的那對美臀。他雖是我的恩師，但他的好色實在教人不敢領教。

我扮演毛茸茸的聖誕老公公，將禮物放在老師枕邊，正準備離去，大門伴隨細微的聲響打了開來。隨著冷風飄進屋內的，竟是弁天。她已經喝醉了，泛紅的雙頰美豔無比，手上還拎著一個禮盒。她發現我在場，嘴角輕揚地說：「啊，我喝醉了！」

她看到房裡閃閃生輝的聖誕樹燈飾，驚呼了一聲：「哎呀！」然後坐在熟睡的紅玉老師身旁，直盯著閃爍的燈飾。她闔上眼，就像在感受五顏六色的彩光照在臉上的觸感。燈泡如同燒盡般瞬間熄滅，一個呼吸後又再度亮起。每當燈光亮起，她光滑猶如陶瓷的臉蛋便自黑暗中浮現。

「眞教人懷念，這是我買的。」

「原來如此，我正納悶老師房裡怎麼會有聖誕樹。」

「那是好幾年前的事了，我很喜歡聖誕節。」

「我們狸貓也喜歡。想盡情狂歡，就得靠這種沒來由的節慶才有意思。」

弁天拿起聖誕樹下的包裹。「這是什麼？」

「我送紅玉老師的禮物，一根漂亮的枴杖。」

「眞是大方呢。……沒有我的禮物嗎？」

「沒有。」

「爲什麼？」

「弁天小姐應該沒有想要的東西了吧？您想要的應該都到手了吧。」

「竟然這麼說，好過分。我真的想要的，一個都得不到。」
「才怪！」
弁天猛然起身，拿走一瓶堆在廚房角落的紅玉波特酒。她把酒倒在兩個茶碗裡，遞了一杯給我。心愛的弁天就在身旁，紅玉老師卻皺著眉頭，一臉嚴肅地蜷縮在飽含濕氣的棉被裡。睡覺時總該放鬆一下，別再皺眉了吧。弁天一副陶醉的神情，悠哉地喝著紅玉波特酒。
「真冷，年後應該馬上就會積雪。」
「有時到了一、二月才會積雪。」我說。
「只要一下雪，我便寂寞得緊。」
「弁天小姐明明沒什麼煩惱，還說這種話。天下無敵的弁天小姐說這種話，是沒人會同情的。」
「人類和狸貓或天狗不一樣，夜裡常會百感交集，千頭萬緒。」
「狸貓也一樣啊。」
「人的沉思不是狸貓能比擬的，這還用說。」
「就當您說得對吧。」
「……告訴你，我被老師帶來這裡之前，住在山的另一頭，一座大湖的湖畔。山的另一頭常下雪呢，你知道嗎？一定是冬將軍在山的另一頭下了太多雪，等來到這邊時雪已經下光了。」

「是這樣嗎？」

弁天輕撫著紅玉老師的白髮，說道：「我家四周的乾涸農田和青翠竹林都被白雪給掩埋了，萬籟俱寂，我欣賞著雪景散步。來到湖邊，湖畔也堆滿了雪，雪地上不見足跡，沒有半個人，只有眼前一望無垠的大湖，給人冷澈肌骨的感覺。我覺得好孤單、好寂寞，但又忍不住挑沒人的地方去。其實，我根本不知該何去何從，腦子裡一片空白。在那之後，每當我寂寞，就會想起那幕景象，以及走在雪地中的自己。因爲每次寂寞我就看著那幕景象，一年一年過去，寂寞與雪景在我心中已經合而爲一，我的心也變得無比冰冷。很詩意吧？」

「弁天小姐，妳住在山的那頭時有家人和朋友吧？」

「這是兩碼子事，你們狸貓是不會懂的。」

「我也不想懂。要是屁股被冰雪凍著了，我可傷腦筋。」

「你想不想嘗嘗那種孤單的滋味？」

「不必了，孤單的狸貓是活不不去的。」

這時，我想起身上有弁天的照片，從口袋取出來。「對了，這就當作聖誕禮物送妳吧。」

弁天望了照片一眼。「哎呀，是淀川老師啊。不過我才不要這種照片呢。」

「別這麼說嘛。我拍得很棒呢，技術不錯吧？」

「我都說了不要。」

棉被裡有動靜，紅玉老師從背後窺望我們手上的東西。「那是誰？」他睡意濃濃地咕噥問道。

「弁天，妳和這種人交往嗎？真是可悲啊。」

「哎呀，老師，莫非您吃醋了？」

老師想從背後一把抱住弁天，但她閃了過去，迅速起身。老師將骯髒的棉被當披風披在身上，窩囊地說：「再待久一點嘛。妳這麼久沒來看我了，難道這樣就走了？」

弁天指著擱在廚房餐桌上的禮盒。「我帶派對的禮物來給您，今晚請容我告辭。」

「偶爾也在這裡過夜嘛。」

「哎呀，怎麼好意思給老師添麻煩呢。」

「什麼話！說什麼添麻煩！有了，來慶祝聖誕節，我送妳禮物，嗯……我有什麼寶貝呢？風神雷神扇……已經給妳了。等等！等等！我找找看！我應該還有寶貝才對。」

「老師，您應該什麼都不剩了。」

弁天如此說道，紅玉老師瞪大眼睛回望她，然後說了：「妳說得對，我已經沒東西可以給妳了。」

「那我走嘍。」弁天手按著門把，朝老師回眸一笑。「吃醋的時候請別嗆著哦，要是老師吃醋嗆死了，我會寂寞的。」

留下這句話，她消失於門外。

○

僞右衛門決選之日。

也是我父親的忌日。

換言之，就是我們恨之入骨的星期五倶樂部尾牙宴之日。

那天，我早早起床。陽光尚未射進糺之森，四周仍是一片昏暗。家人似乎還在酣睡，不時傳來細微的鼾聲。我已無心再睡回籠覺，爬出被窩，一接觸黎明冷冽的空氣，鼻子便一陣刺痛。四周幽靜無聲，連鳥鳴都沒聽到。

我穿過朝霧瀰漫的森林，來到小河邊。我以爲今天我最早起，對此洋洋得意，踩著枯葉，沿著小河，竟意外遇見坐在地上的大哥。大哥似乎正在整理思緒，只見他挺直毛茸茸的背脊，雙目緊閉。我走近時，他的耳朵微微動了一下。「是矢三郎嗎？」他意外地說。「眞是難得啊。」

「大哥，你今天也這麼早起啊？」

「傻瓜，我每天都這麼早起，鍛鍊精神力。因爲你都睡到日上三竿才不知道。」

我坐在大哥身旁聆聽小河的潺潺水聲，然後保持心情平靜，屛除先入爲主的觀念，仔細嗅聞。清淨的冷空氣中，摻雜著一絲父親的氣味。從遠不如父親的大哥身上，我聞到和父親相似的氣味。想起從前和父親一起走出糺之森，嗅聞冬日氣息的往事，心中突然一陣淒楚，我忍不住輕聲嗚咽。

「僞右衛門得一肩扛起狸貓一族的未來。」大哥突然如此說道。

「喂喂，大哥，才剛起床，你就這麼正經八百。」

「被推選爲僞右衛門的狸貓，必須肩負起這項重責大任。我一直以自己的方式去努力。」

「是。」

如果是紅玉老師出生的年代，大哥這番話還說得過去。然而，拜人類文明開化之賜，狸貓一族的文明也隨之開化，威脅狸貓的天敵和戰亂也從世上消失，除去大啖狸貓鍋的邪惡饕客集團「星期五俱樂部」與交通事故，已沒有事物威脅狸貓。族人得以悠哉度日，不再需要偉大的「首領」。眞正替狸貓一族的未來憂心，想將一切希望託付給僞右衛門的狸貓，已經打著燈籠也找不到了。大家心裡都認爲，未來不必刻意規畫，只要順其自然，命運便會自動走往該去的方向。我大哥口中的僞右衛門，是過去的僞右衛門，是他心目中的理想形象，而那，像極了生前的父親。

「大哥，你的志向很遠大。」我朝小河吐著白煙。「理想愈遠大愈好，可是……」

「夠了，你什麼也別說。」大哥落寞地笑出聲。「我知道你在想什麼，你應該也猜得到我的心思吧。我也許眞是傻瓜，也許我只是單純崇拜老爸，就像叔叔所想的那樣。對狸貓一族而言，僞右衛門或許已是無關緊要的角色，但我想成爲像老爸那樣偉大的人物，爲了實現這個夢想，除了當上僞右衛門還有其他方法嗎？」

我們沉默半晌，坐到屁股都冷了。樹梢傳來陣陣鳥囀。

「大哥，你每天早起都在想這些事嗎？」

「嗯。」

「偶爾睡個懶覺也不錯啊。」

「或許吧。」

「總之，你今天得格外小心。」

若未前往仙醉樓，與長老們一同列席，便會被視爲棄權。夷川早雲似乎自認穩操勝算，但爲了小心起見，他很可能使出奸計阻止大哥出席。

我將海星神祕的警告轉告大哥，要他小心提防。大哥聞言，趾高氣昂地說：「別笑死人了！那對傻瓜兄弟要是敢耍手段，我就再咬他們的屁股一次，將他們丟進冰冷的鴨川。下次可不是輕咬就算了，我會把他們的屁股咬成四半！」

「你有自信固然好，但最好還是沉著以對。哥在重要時刻總會慌了手腳，眞沒面子。」

「少在那裡大放厥詞！」

「什麼嘛，我是替你擔心耶！」

正當我們吵得不可開交，母親探出臉來，大嚷一聲：「別再吵了！」

不久，黎明到來，樹梢閃動著柔和的陽光。

我們聚在床上，確認今天各自的行程。

么弟如常到工廠上班，但會提早下班，先回糺之森；大哥先去拜訪附近的狸貓，午後前往南禪寺與首領開會，到了傍晚，再與重要幹部們一起前往木屋町的仙醉樓。同時間，母親與么弟會前往寺町通，在紅玻璃準備慶功宴。入夜後，待選出下屆的僞右衛門，大哥會前往紅玻璃，決定是要舉辦慶功宴還是慰勞宴。接下來，我們將徹夜狂歡，吃個杯盤狼藉。

「矢三郎，你有什麼打算？」

「我想上街小玩一下。」

「你可眞悠哉啊。」

「我順便會到二哥那一趟。今天是老爸的忌日，要是丟二哥一個人，實在太可憐了。」

我說完後，大哥沉默不語。

「矢三郎，那你順便去跟紅玻璃的老闆確認一下，問問看可否也邀紅玉老師一起來。可以的話，你去邀老師。」

「好。」

太陽已高高昇起，大哥說道：「我該走了。」

大哥準備坐進自動人力車，母親、我和么弟前去送行。途中，母親一度趕回房取打火石，她在大哥背後不住敲出火花。

「聽好了，你是下鴨總一郎的兒子，要有自信！」

「媽，我知道。」
「不過世事無法盡如人意，勝負取決於時運。」
「是。」大哥向母親低頭行了一禮，坐上自動人力車。「媽，我走了。請等我的好消息。」
大哥威風凜凜地自寬廣的參道揚長而去。
儘管大哥威風八面地駕著父親留下的自動人力車奔馳，但身爲弟弟我最清楚他的才幹多麼不足。
在明顯過小的容器裡，努力塞進不勝負荷的遠大理想，他是從什麼時候開始以其獨特的風格奮鬥不懈的？我這個不正經的弟弟總是吝於協助大哥達成偉大的理想，還不厭其煩地與他作對，但看著他總是搞錯努力的方向，脹紅著臉卯足全力，我不禁心想，這或許也是傻瓜的血脈使然。明知眼前挑戰超乎自己能力，仍舊努力不懈的大哥常教我心疼，我不禁有股衝動，想讓他放手去做。
我們目送搖搖晃晃的自動人力車離去，直到車子轉向御蔭通消失了蹤影。望著車子漸行漸遠，我突然很想叫住大哥。想衝向他身旁，拍拍他的背，替他打氣。
不知道爲什麼，我有種再也見不到他的預感。

○

信步來到街上，我先造訪寺町三条的紅玻璃。雖然店尚未開始營業，但板著張臭臉的老闆已在昏暗的店內一角忙著準備。我在沙發坐下，老闆給了我一杯柳橙汁，說道：「一切就看今晚了，矢一郎有勝算嗎？」

「勝負取決於時運。」

「最後還是得由長老定奪啊，不過你大哥和夷川還眞是怪人，竟然搶著當僞右衛門，主動將那種麻煩事攬上身，簡直太變態了。」

「反正不論是輸是贏，今晚我們都要設宴狂歡。」

「喂，難不成你是特地來提醒我的？一切早就準備妥當了，你以爲本大爺是什麼人？」

「是狸貓。」

「眞多嘴，一點都不好笑。」

「還有件事，我可以請紅玉老師來嗎？」

老闆明顯露出不悅之色，說道：「不太好吧。你聽好了，基本上，本店是狸貓的店。天狗來了，客人會害怕的。」

「別看老師那樣，其實他很怕寂寞呢。」

「怕寂寞倒還好，偏偏他動不動就愛發飆，本店嚴禁天狗風。」

「這點你放心，老師已經吹不動天狗風了。」

「噢，他變得那麼虛弱啦？」

「嗯。」

「原來如此，那位紅玉老師竟然……昔日的大天狗，終究也敵不過歲月的摧殘是吧。那你就邀他來吧。不過，弁天可不能來哦。要是她來，客人都會被嚇跑的。」

「這我知道。」

離開紅玻璃，我先到新京極查看有哪些電影上映，又到書店站著看了一會兒書，接著又到古董店撫摸不倒翁的頭，悠哉地一路南行。假日的午後，新京極到四条通一帶人如潮湧。

我在四条通往東，越過四条大橋，打算去找二哥。

穿過祇園，翻過珍皇寺的圍牆，潛入院內。

我走向井邊輕喚一聲：「呀荷！」二哥也自漆黑的井底應了一聲：「呀荷！」又問：「是矢三郎嗎？」

我將一塊以紙巾包好的雞塊丟進井底，二哥低語問道：「這是什麼？好香啊。」一陣沙沙聲傳來。我探進井底說：「炸雞，是聖誕大餐剩下的。」

「炸雞是吧，眞高檔。」

「肉很嫩哦。你老是吃蟲子，嘴巴一定很乾澀吧？」

「井底之蛙能吃到炸雞，眞是謝天謝地。我深切覺得，世上最不能少的就是弟弟。你們慶祝聖誕夜了嗎？」

「聖誕夜矢四郎還靠自己的力量點亮了燈飾，他的本領提高不少呢。」

「眞想親眼瞧瞧，也許矢四郎會靠狸貓發電闖出一片天呢。」

「難說，目前還只能在一些派不上用場的事派上用場。」

「眞不像你會說的話。再說，終究只是狸貓的本事，想要派上用場未免太妄自尊大了。」

二哥嚼著炸雞，笑個不停。我坐在井邊，喝著從自動販賣機買來的罐裝咖啡。

「一切就看今晚了，哥。今晚將選出下一任僞右衛門。」

「只希望一切紛爭能就此平息。」二哥說。「雖然對矢一郎大哥過意不去，不過，不論是大哥還是早雲叔叔當上僞右衛門，我都無所謂。只要狸貓一族就此平靜就好。老爸死後，已經過了好些年了。」

「說得也是。」

「今天我醒來就一直想著老爸。」

「大家都一樣。」

「我沒有一天忘得了老爸的事，但今天尤其嚴重，一整天腦子裡想的淨是老爸。我一直試著回想那天老爸對我說了什麼？他最後說的話到底是什麼？我在井底想了好幾年，反覆回想那晚的事，但記憶始終在途中中斷。想到可能一輩子都想不起來，我就難過。雖然我只是隻青蛙。」

二哥嘆了口氣。

我突然想起海星，便向二哥打聽。「你最近見過她嗎？」

「對了，這一陣子她都沒露面呢。怎麼啦，小倆口吵架嗎？」

「吵架是常有的事，不過她最近怪怪的。」

我提及海星在澡堂的言行，二哥聞言陷入沉思。

「的確，感覺不對勁。」

「我就說吧。感覺很詭異，眞受不了她。」

「經你這麼一提，海星說話的確常欲言又止，常聊著聊著突然一言不發，像有東西堵在胸口似的。究竟是怎麼回事呢？本以爲她正值二八年華，也許是有愛情煩惱，但這幾年她一直都這樣，這就奇怪了。」

「眞搞不懂海星在想什麼，眞是個怪人。」

「她確實很怪。不過，她知道我無法從青蛙變回原形時在井邊哭了好久呢，她也有溫柔的一面。」

「你這麼說也對啦。」

「我在井底這麼多年，大部分的族人都忘了我是隻名叫下鴨矢二郎的狸貓。大家造訪這座古井，只是爲了吐露心事，我是什麼人對他們並不重要，只有你們是爲了探望我才來的。除了家人，會來這裡探望下鴨矢二郎的，就只有海星了。」

「……哥，你現在還喜歡海星嗎？」

井底傳來嘩啦嘩啦的水聲，想必是二哥在幽暗的井底划水吧。不久，他氣呼呼地回說：「沒錯！可是矢三郎，你不該讓一隻井底之蛙說這種話，這只會使我難過。」

「對不起啦，哥。」

我思索著海星那句「對不起」的含意，愈想愈覺得屁股發癢。

「不過，海星確實不太對勁。」二哥心不在焉地說。「從井底看得到的景致有限，但能看清天空和星辰，所以可不能小看井底之蛙。我的世界雖小，但夜夜看著宇宙，可是一隻有宇宙觀的青蛙。像這樣獨自望著宇宙，頭腦會清明許多，增長不少智慧。如果你願意聽一隻有智慧的青蛙的意見，我可以告訴你，有大事要發生了。」

我想到正前往南禪寺的大哥、人在夷川工廠的么弟，以及在糺之森擔心孩子安危的母親。

我仰望蒼穹沉思，突然看到一幕不可思議的景象。幾條白色綵帶球般的物體像陀螺般旋轉著飛上高空，看著那奇妙的光景，我的意識逐漸遠去，漸漸地聽不見市街的嘈雜，直到神祕物體在高空閃閃發光，像玻璃般碎裂飛散，我才猛然回神。

一陣強風吹過珍皇寺。

我緊抓著井壁。「哇，好強的風！」

「我這裡很平靜。」

「那當然啊。」

「啊，你看，天空的模樣不太對勁。」

包圍盆地的群山外圍，彷彿棉絮被追聚在一塊兒，黑沉沉的烏雲匯流在京都上空。萬里無雲的晴空轉眼間被大理石般的烏雲覆蓋，市街被陰森雲影吞沒，天色猶如日暮昏暗。

一道巨大的閃電從雲間的深谷竄出，緊接著響起一陣令屁股狸毛倒豎的雷鳴。

「雷神大人駕到了！」我大喊。

「喂喂，未免也太突然了？」二哥與雷聲抗衡大聲說道。「事有蹊蹺哦。」

「好像是有人使用風神雷神扇，可惡，他到底是在哪裡撿到的。」

「老媽就拜託你了，矢三郎。」傳來二哥撥水的聲響。「又是這樣，我怎麼這麼不中用呢！」

二哥呻吟著。「井底之蛙完全幫不上忙啊！我實在沒辦法。」

「沒關係啦，哥。一切包在我身上。」

「要小心哦，矢三郎。」二哥說。「千萬要留神，我有不祥的預感。」

我邁步狂奔。

雷聲隆隆，京都市內一陣騷動。

四条大橋上的行人驚叫連連，紛紛指著烏雲低垂的天空。數道閃電就像被釋放的巨龍在雲間奔騰，藍光由內向外映照出來，雲層好似直入雲霄的詭異座燈。看來使用風神雷神扇的傢伙，似乎是個不懂得拿捏輕重的傻瓜。

我回到糺之森，但在雷聲四起的森林裡竟遍尋不著母親的身影。母親向來都是躲在蚊帳裡等候雷神大人離去，但雨潑不進來的枯葉床上卻不見吊起的蚊帳。

我到加茂大橋一帶找尋。

對岸那間母親常去的撞球場亮著橙色燈光，雷雨交加中我飛奔過鴨川，推開玻璃門走進店內。這時，近處正好有聲雷響，店內的玻璃窗吃了一記雷神鎚差點碎裂，店內眾人莫不屏息靜觀雷神大人的動向。我向店員打聽，但他回說：「黑衣王子沒來。」

我利用撞球場一角的公共電話，打電話到南禪寺。隔著玻璃窗，可見遭逢豪雨飛沫迷濛的加茂大橋。南禪寺的當家悠哉地接起電話。

「請問我大哥在府上嗎？」

「原本我們要一起前往木屋町，但他突然說要回家一趟，可能是忘了東西吧。」

「多久前的事了？」

「剛打雷的時候，他差不多快到家了吧。……不過看這天氣，他也可能被困在路上，這種天候搭自動人力車太危險了。」

我道了謝掛上電話，改打到么弟的手機。

然而遲遲沒人接聽，我急得不得了。好不容易等到一聲「喂」，卻是個沒聽過的聲音。我問：「是矢四郎嗎？」但對方大喊了一聲：「啊！」就掛斷電話。我確認電話號碼，再次重撥，這回始終沒人接聽。

看來，一定是發生了極爲可怕的事！

我離開撞球場，全身濕透地走過加茂大橋。黑森森的東山連峰背後冒出巨人高的烏雲，雷電大作朝我步步近逼。

回到糺之森後，我等在雷雨交加的下鴨神社參道上。

可是不論是參道上還是森林裡，都不見家人的身影。

雷鳴是下鴨家全員集合的哨子。只要雷神大人駕到，下鴨家的孩子便會放下一切奔回母親身邊，這是我們奉行不二的信條。可是都過了這麼久，卻遲遲不見大哥和么弟回來，這是從未發生過的事。

這時，我看見大哥心愛的自動人力車自南方飛奔而來。我以爲大哥平安歸來，正鬆了一口氣，沒想到車內空無一人，而且車體損傷嚴重。偽車夫斷了一隻手臂，車輪也搖搖欲墜。不會說話的偽車夫模樣淒慘，雨水不斷自他身上滴落。

我吃驚得說不出話來。

聽著雨水拍打樹葉的聲響，以及撕裂天空的雷鳴，我猛然察覺有隻狸貓躲在樹叢間。

「媽，是妳嗎？」我問。

「是我，你這個傻瓜。」

海星應道。她還是一樣不肯現身。我面朝樹叢的陰影處發問：

「妳在這裡做什麼？我一直在找妳呢。」

「哥哥在監視我，我只好躲在清水寺後面。」接著，海星飛快地說：「不管你等再久都不會有人來的，是我哥他們召來雷神大人，剛才夷川親衛隊已將伯母擄走。矢四郎應該人在工廠，矢一郎先生剛才也被抓到了。」

「什麼！」

「我爸爸打算讓矢一郎先生被煮成火鍋，和伯父那時一樣！」

「原來如此，」我說。「我果然沒想錯。」

「沒錯。」海星語帶哽咽。「害伯父被煮成火鍋的，正是我爸爸。」

打在森林的大雨化爲細小飛沫，瀰漫在下鴨神社的參道。每當閃電的藍光閃過，雷聲便會撼動森林，海星細小的聲音也顯得遙遠。我豎耳傾聽來自樹叢深處的話語，遙想父親落入星期五俱樂部手中的那一夜。

○

那天晚上——

那天父親和人約好在祇園聚會，帶了大哥一同前去。聚會結束後，大哥看著父親在八坂神社前的公車站牌目送自己離去。那之後，父親到木屋町的酒館和二哥會合，一起喝酒。父親還命喝醉的二哥變身成僞叡山電車，給夜裡的市街帶來一顆震撼彈，然後，他叫二哥先回糺之森。而二哥遺失了那之後的記憶。

和二哥暢飲過後，父親同樣酩酊大醉。他步履蹣跚地獨自走在深夜的大街，目的地是先斗町的京料理鋪千歲屋。

身穿和服的夷川早雲坐在千歲屋的包廂，等候父親到來。

酷愛服用仁丹（註一）的早雲，從畫有錦雉蒔繪的印籠（註二）取出仁丹送入口中，嚼得香味四溢。他豪華的印籠附有細繩，前端掛著漂亮的弁財天雕像。不過早雲並未發現，那個雕像是海星變身而成的。

早雲利用從僞電氣白蘭工廠賺來的大筆錢財，買了許多雕像和印籠，存放在工廠的第一倉庫。海星平日最喜歡偷偷把玩他的這些收藏，那天，她同樣自倉庫的密門潛入，將父親重要的收藏排成一列玩賞，不料早雲突然返回。情急之下，海星變身成弁財天的雕像。誰知早雲偏偏選中了海星變成的弁財天，帶著她外出。

不久，我父親抵達千歲屋。

「讓你久等了。」一見到早雲，父親的紅臉綻放笑容。

「大哥。」早雲也笑著向父親行了一禮。

寬敞冰冷的包廂裡除了早雲和父親，別無他人。方形座燈造形的電燈投射出曚曨燈光，包廂角落暗影幢幢。他們隔著玻璃門欣賞鴨川沿岸的夜景，舉杯共飲。

昔日父親與叔叔遵照狸貓一族的慣例，都向紅玉老師學藝。起初兄弟倆還感情和睦地一同修行，爲何落得兄弟鬩牆的結果，如今已不得而知。不過就在我父母共結連理的同時間，叔叔成爲夷川家的養子。矢一郎與矢二郎誕生後，父親與叔叔爲了僞右衛門的寶座再度起了爭執，兄弟間嫌隙漸深。叔叔冷眼看著我父親取得僞右衛門的位子，自己則全力提升僞電氣白蘭工廠的效能，不久，

註一：仁丹是日本森下仁丹株式會社販售的一種口服成藥，具有清新口氣、改善宿醉、暈車等功效。

註二：收納印章及印泥的容器，江戶時代之後常作存放隨身藥物之用。

他開始自稱夷川早雲。

這場盡棄前嫌的酒宴，是早雲主動邀約的。

「過去帶給你許多不愉快。」

「過去的事就別提了，大哥。當時我們都還年輕，大嫂和僞右衛門的事也都過去了不是嗎？如今我也稱得上是隻堂堂的大狸貓，也有了自己的孩子，我不會拘泥於那些小事的。」

「眞高興聽你這麼說，你的確出人頭地了。」

「哪裡哪裡，大哥才是呢。」

父親瞥了包廂角落一眼，一臉訝異地問：「那裡有什麼東西，看起來像是籠子。」

「的確像籠子。」早雲說。「要叫人把它收走嗎？」

「不，不必了。只是覺得奇怪，這種東西怎麼會放在這裡呢？」父親說完伸了個懶腰。

「大哥，你醉了吧。」

「不必擔心，我是不會醉的。」

但父親的確是醉了。

否則，他不會對早雲設下的陷阱渾然未覺。

「這樣啊，那我想早點進行和解儀式，今天我還找來了見證人，待我們正式和解後再來開懷暢飲吧。」

「瞧你說得那麼誇張，只要我們兩人達成協議不就行了？」

「不，大哥。如今我們都是背負狸貓一族命運的大人物，一切都要謹慎處理。」

「我明白了。」

只見早雲輕喚一聲，與隔壁包廂間的拉門像是等候多時般地拉了開來。

榻榻米上鋪有紅地毯，上頭擺了桌椅，立在四個角落的高腳燈綻放耀眼的光芒。坐在椅子上的鞍馬天狗們鬆開領帶，不發一語地喝著紅酒，瞪視父親。前面也曾提到，我剛出生時紅玉老師與鞍馬天狗之間曾有爭執。那場「僞如意嶽事件」對狸貓來說雖是一項壯舉，但對鞍馬天狗而言，卻是莫大的恥辱。

鞍馬天狗眼神駭人地瞪視父親，簇擁著一名身材苗條的年輕女子，她叼著菸在吞雲吐霧。她與鞍馬天狗是如何搭上線的我不清楚。學會飛行的祕法後，她盡情享受空中漫步之樂，想必是那時候鞍馬天狗主動找上她的吧。那之後，她時常溜出紅玉老師的住處，前去拜訪鞍馬天狗，並漸漸在京都的酒街打響名號，令老師妒火中燒。

她熄去手中的香菸站起身，走進父親所在的包廂。

「恭請鈴木聰美小姐以見證人的身分蒞臨。」早雲說。

我父親瞪大眼睛望著鈴木聰美。竟在意想不到的地方遇到了自己唯一的剋星，父親手中的酒杯不住顫抖。而她只瞪了一眼，父親的酒杯登時脫手掉落，酒灑在榻榻米上。在莫名的恐懼下父親動彈不得，闔上眼睛，他的身形逐漸萎縮，同時全身冒出密毛。

不久，上好的坐墊上出現一隻端坐著的狸貓。

「鈴木小姐您怎麼會在這裡？」狸貓問。「沒想到會在這裡遇見您。」

「誰教你都不來見我，你就那麼怕我嗎？」

「……老師知道這件事嗎？」

「眞可憐，老師他什麼都不知道。」

坐墊上的狸貓弓著背，似乎已看破一切。

弁天抱起狸貓，朗聲高笑。

「厲害！厲害！」隔壁包廂的鞍馬天狗齊聲喝采。

那年歲末，星期五俱樂部因爲前任弁天引退，空出一個席位。星期五俱樂部最資深的成員壽老人，推薦了在先斗町結識、與他意氣相投的鈴木聰美入會。然而想要入會，她必須接受一項考驗，那就是準備尾牙宴的狸貓火鍋。

我父親被關進了籠中，早雲神色倨傲地睥睨著他。

「永別了，大哥。我們再也無緣相見了。」

父親望著早雲離開的背影，平靜地問：「弟弟，這就是你要的嗎？」

父親就這麼不知情地一腳踏進了由狸貓、人類、天狗合作設下的陷阱，被丟進了鐵鍋。

之後發生了什麼事呢？

星期五俱樂部的酒宴準備妥當；夷川早雲一掃多年怨懟，成爲狸貓一族實質的首領；鈴木聰美加入星期五俱樂部，成爲弁天；弁天徹底展現天狗的才能，唆使純眞的我發起魔王杉事件；紅玉老師降落失敗，跌落屋頂時傷了腰，幾乎喪盡天狗的法力；鞍馬天狗在天狗的地盤之爭中大獲全勝，將宿敵紅玉老師趕出如意嶽。

天狗、人類、狸貓三方的命運，就在那一夜、那個包廂裡縱橫交錯，因爲我父親掉入鐵鍋而各自走上不同的方向。

○

聽著海星道出始末，我垂首不語。

海星的名字是我父親取的，他很疼愛海星，海星也很仰慕我父親。因爲意外的契機，她在天狗的包圍下目睹了自己的父親犯下「狸貓不該有的惡行」，然而當時她只是隻小狸，又能有何作爲？她也是因爲這樣，才會頻頻去探望窩在井底的二哥，但面對從小一同長大的堂哥，她始終說不出「我老爸害你父親被煮成了火鍋」這句話。不久，二哥因爲當青蛙當得太像樣，再也變不回狸貓。海星錯失一吐心中祕密的機會，忍不住在井邊哭泣。

暗影深處傳來海星的聲音。「對不起。」

「雖然我早猜是這樣，可是沒想到事實居然眞的和我想的一模一樣，反教人吃驚。」我說。

「我大哥被抓到哪裡去了？我媽呢？」

「我不知道……」

「呀！」海星突然尖叫一聲。「放開我！」

只見草叢一陣搖晃，接著又平靜下來。「怎麼了？」我出聲叫喚，但沒有回音。

我正欲走近草叢，樹林間陡然冒出幾盞寫有「夷川」兩個大字的燈籠。在燈籠環繞下，夷川早雲那張陰邪的臉出現了。夷川親衛隊撐著蛇目傘，替他擋掉了自樹梢傾注的雨水。

早雲走上參道，我後退幾步，小心翼翼地與他保持距離。

「矢三郎。」早雲露出陰森的笑容。「別理會海星說的話，她只是睡昏頭了，分不清夢境與現實，才會說出那種話。她是我細心呵護長大的，個性比較敏感。」

夷川親衛隊在參道散開，團團包圍住我。

「不管今晚勝負如何，我都要設宴邀請下鴨家一同慶祝，大家一起到我家聚聚。就只剩你一個人不知道在哪裡，我正爲此傷腦筋呢。」

「謝謝您的邀請，不過今晚我們已經在紅玻璃包下宴會場地了。」

「你眞是搞不清楚狀況呢，你們的宴會已經派不上用場了。」

一名親衛隊員走近我，他想爲我撐傘，我一把將他推開。

「我全身濕透，而且不懂禮數，這場難得的宴席請恕我不克出席。」

「你逃不掉的，要是因此受傷就太傻了。我差不多該前往仙醉樓了，別浪費我的時間。」

夷川親衛隊步步近逼。「別靠近我。」我低聲嚇阻。「誰敢靠近我，我就咬他屁股。」

我露出森森白牙，夷川親衛隊嚇得頻頻後退，雙方展開對峙。

這時，樹頂傳來一個悅耳的聲音：「夷川，你在做什麼？」

抬頭一看，在閃電光亮的照耀下，弁天飛降在參道上。也許是飛行時被雨淋濕，她的頭髮已經濕透，更增添幾分妖豔。「好大的雨，眞教人頭疼。」弁天說。夷川親衛隊對她敬畏三分，紛紛與她保持距離。

「弁天小姐，您今天心情可好？」早雲說。

「一點都不好。」弁天應道，撫了撫頭髮。「我在上頭躲雨，正好看到矢三郎，想請他變成雨傘借我一用。」

「只要是爲了弁天小姐，要我變成雨傘也願意。」我精神抖擻地應道。

「可是……」早雲欲言又止。

「怎麼啦，夷川，你有意見嗎？」

「我們正準備去參加和解酒宴，弁天小姐要是帶走矢三郎，我可就傷腦筋了。」

「你傷腦筋關我什麼事？難道你要我就這麼淋成落湯雞回去？」

「不，我沒那個意思。」

「那我就借用一下嘍。」

我變身成雨傘。弁天冰冷的手握住傘柄，撐開了傘，然後轉動著我這把矢三郎傘，邁步離去。傾注在參道上的大雨，打在我身上。

「好大的雨啊。」

「託您的福，我才得以脫困。謝謝您。」

「我做了什麼嗎？」弁天吟唱般說道。「用不著道謝。」

弁天在不曾停歇片刻的雷雨中快步前行，來到鴨川河堤，儘管雷聲大作，她仍是神色自若。河堤上不見行人，鴨川化爲灰色洪水，顯得極爲冰冷。我沉默無語。

「怎麼啦？」弁天突然開口。「你今天可眞安靜。」

「妳曾經受夷川所託，設下陷阱對付我父親對吧？……爲什麼妳一直不說？」

弁天睜大眼，仰望著變身雨傘的我。「因爲你沒問啊。」

「你們人類眞壞……」

「我是天狗。」

「不，妳是人。不管怎樣，妳都是人。」

弁天淘氣地微微一笑，手伸出傘外盛接雨滴。「你生氣了，所以才不講話是嗎？」

「不只是這樣，我大哥似乎也被夷川他們抓走了。今天不是星期五俱樂部的尾牙宴嗎？我大哥也許會被煮成火鍋。」

「哎呀，這麼說來，我今晚要吃的不就是你大哥嗎？那可不妙啊。」

「妳能救我大哥嗎？」

「我不知道。」

「爲什麼？因爲是狸貓，妳不肯救是嗎？」

「因爲我是人類啊。」弁天一臉狡猾地呵呵笑著。

「如果妳不肯出手相救，那也沒辦法，我自己想辦法。星期五俱樂部在哪裡舉行？」

「先斗町的千歲屋。不過，請不要用武力硬闖哦。你總是喜歡胡來。」

來到河原町今出川通的東北角一帶，弁天伸手攔了一輛往南的計程車。她隨手將矢三郎傘掛在一輛違規停放的腳踏車把手上。計程車停下，車門打開，弁天突然蹲下身子對我說：

「淀川教授說今天下午要去領狸貓，聽說他聯絡上一位狸貓獵人，約好今天取貨。」

「原來如此，淀川教授是吧。」

「再來你就自己想辦法吧。我是個人類，不過是有隻狸貓被煮成火鍋罷了，對我來說不痛不癢。」

弁天輕撥黑髮，坐進計程車。

我目送她往南而去，盤算著得趕快找出淀川教授才行。

如果教授在大學的研究室，我只要偷偷跟蹤他到交易現場，再以武力擺平即可。事不宜遲，得趕往研究室才行。我剛走過加茂大橋，便看見一名中年男子捧著個大包袱，步履蹣跚地從大橋東側走來。舊西裝、凸起的啤酒肚、活像布袋和尚的臉，那確實就是要去領狸貓的淀川教授。

「簡直就像特地安排好的嘛！眞是天助我也！」

我大爲振奮。

○

我變身成拄著枴杖的老人，穿過年終將至擠滿人潮的商店街。由於下著滂沱大雨，拱廊內濕氣很重。淀川教授捧著大包袱，不時與路人擦撞，緩步而行。

不久，教授來到寺町通。

那裡有間名叫竹林寺的店，教授在屋簷下用力嗅聞一陣。這家店大門狹窄，年代久遠的格子門旁立著一尊巨大的信樂燒陶狸，模樣趾高氣昂。教授先摸了摸它的肚子，然後打開格子門入內。

竹林亭是家蕎麥麵老店。

紅玉老師還沒隱居在出町商店街之前，時常光顧這家店。如今老師過著捨棄俗世的獨居生活，在廚房裡煮著噁心的怪粥度日，對他而言，這家蕎麥麵店和我的接濟是最重要的生活支柱。弁天也常在這裡露面，她喜歡吃店裡的玉子丼（註一）。我也曾被她帶來這裡，玉子丼眞的很可口。

我仔細觀察四周的情況，跟著走進店內。

入內一看，右手邊擺著一個暖爐，店內相當溫暖。左手邊設有一個放週刊雜誌的書架，上面擺了公共電話與黑白兩色的招財貓。電車般細長的店內，兩旁的牆邊擺放著四人坐的桌椅。

教授轉過頭看到我，一臉瞠目結舌，似乎嚇了一跳。但他不可能會知道跟著他走進店內的老人是我。我故意嘴巴動個不停，喃喃說些莫名其妙的話在角落的位子坐下，抬頭望向牆上長長一排的菜單木牌。

竹林亭種類繁多的菜單相當有名，儘管掛著蕎麥麵的招牌，但店內連天津飯（註二）都有賣，而且還相當好吃。我望著木牌，喊了一聲「我要點餐」，但廚房裡悄靜無聲，不像有人在。

這時教授突然起身，走進廁所。

過了一會兒，老闆才從廚房露臉，我告訴他：「請給我一份玉子丼。」接著，我吃起端上來的

註一：雞蛋蓋飯。
註二：蟹肉炒蛋燴飯。

玉子丼，但教授遲遲不從廁所出來。我不知道他們何時要進行交易，根本無心細細品嚐，大口大口地扒飯。

教授始終沒現身。

也不見要將狸貓交給教授的人。

事有蹊蹺。

我坐立難安，決定再打通電話給么弟。

我站起身，拿起格子門旁公共電話的話筒。可能是吃得太飽，我覺得全身慵懶無力。聽著話筒傳來的嘟嘟聲，我轉頭望向電話旁那尊模樣傲慢的招財貓。我拿在手上，發現沉甸甸的招財貓背後寫著「捲土重來」四個字。我心想這句話和招財貓未免太不搭調了，打了個呵欠，繼續等候。這時，么弟的手機終於接通了。

然而，接聽的人並不是矢四郎。

接電話的人只說了一句：「捲土重來。」

同一時間，身後也傳來一個聲音說：「捲土重來。」我愣了一下，轉過身去。不知何時，教授已站在狹長的店內深處，手中握著么弟的手機。教授朝我噁心地送秋波，露出冷笑。

響板聲響。

在這聲信號下，跑出三色的拉幕擋住出口，拉幕上也以大字寫著「捲土重來」；掛滿牆的菜單木牌發出紙牌翻轉的聲響，依序翻過面來。

上頭的文字全寫著：「捲土重來」、「捲土重來」、「捲土重來」。

捲土重來——意思是一度敗北的人，重振旗鼓，再次進攻。

教授臉上的冷笑愈來愈猙獰，兩頰漸漸長出細長的貓鬚，細小的眼睛就像被撬開似地陡然圓睜，眼珠骨碌碌地轉動，發出黃光。那個得意洋洋、掩不住笑意的笑容，看了教人再痛恨不過。

我憤而轉身攻擊拉幕，但拉幕彈性十足，就像分別被塗成黃綠色、柿子色及黑色的蕨餅（註）。我一再被反彈回來，一時無技可施。同時，又覺得全身關節發癢，使不上力。我這才想到可能是玉子丼遭人下藥，但已經太遲了。

我癱軟無力地坐倒在地，緊緊攀附著拉幕，使不上力。

蕎麥麵店隆隆作響劇烈搖晃，天花板傳來一個聲音說：「你變得眞像呢，哥。」

僞淀川教授抬頭望向天花板，笑著應道：「幹得好，銀閣。」

我低語一聲：「去死吧你！」自懂事以來，我從沒看得起這對族人中數一數二的傻瓜兄弟，但今日卻完全上了他們的當，我羞愧得眞想自己跳進鐵鍋。

金閣睥睨地看著倒地的我，露出冷笑。

註：口感吃起來像涼粉的日式點心。

他從包袱巾裡取出鐵籠，高高舉起，朗聲宣布：

「諸位，我們一雪前恥的日子終於到了！」

Chapter 07

有頂天家族

當我誤入金閣與銀閣的陷阱，癱倒在僞蕎麥麵店的地板上時，么弟也癱倒在僞電氣白蘭工廠的第一倉庫地板上。

他是怎麼被關進去的呢？

事情得追溯至那天中午，正好是我在四条河原町一帶玩樂的時候。

么弟從聖護院蓮華藏町的僞電氣白蘭工廠望向窗外，從骯髒的三樓窗戶往外望，可見在柔和的日光下靜靜閃著波光的夷川水壩，以及半島般突出水壩的京都市上下水道局排水渠事務所。對岸冷泉通的行道樹枯葉落盡，顯得無比淒清。

金閣與銀閣躺在黑色的皮沙發上拍著肚子，抽著難聞的雪茄，他們命么弟：「到第一倉庫去，把堆在裡頭的老舊配電盤裝進箱子，好好整理一下！」么弟馬上察覺他們又要找麻煩了。

大正時代，京都中央電話局的職員試作出僞電氣白蘭，至今曾歷經多次改良，每當製造方式改變，便會多出許多派不上用場的配電盤、茄子形燒瓶、眞空管及特殊的冷卻管等物品。僞電氣白蘭的製造法是不傳祕方，而且善後工作非常花時間，工廠裡這些派不上用場的物品，向來都堆放在第一倉庫。由於狸貓欠缺整理分類的觀念，據說倉庫最深處還堆著第一號僞電氣白蘭的發明者甘木先生的柳條包，裡頭塞滿了他的苦戰歷程。

第一倉庫裡，以令觀者瞠目結舌的雜亂方式，堆滿了僞電氣白蘭的製造歷史。么弟一個人絕不可能應付得來。

「快，還不動手。」金閣說。「我們下午要籌備晚上的活動，忙得很。」

「沒親眼看你認眞工作，我們走不了。」銀閣說。

么弟決定當這是一種磨練。這是他了不起的地方，也是他傻的地方。

么弟捲起袖子，走向第一倉庫。比么弟還高出數倍的沉重鐵門，要金閣、銀閣及么弟三人合力才打得開。

「配電盤和舊機器有時會因爲手機電波誤啓動，要是害你受傷就麻煩了。」金閣討好地說。

「你把手機放在那邊吧。」

么弟將手機放在倉庫旁的一棵大銀杏樹下。

一踏進那個亂七八糟的雜物堆，么弟便感到一陣絕望，但還是試著投入工作。他從身旁的雜物堆挖出配電盤裝進箱子時，發現四周愈來愈暗，回頭一看，那扇巨大的鐵門正慢慢關上。么弟急忙往回跑，但已經遲了一步。一聲無情的轟然巨響過後，他被關在漆黑的倉庫裡。極度的恐懼使他露出了狸貓尾巴。

金閣與銀閣在門外捧腹大笑。

「下鴨家的孩子果然都是傻瓜。」金閣說。「這就叫『大意失荊州』。」

「哥，可以用風神雷神扇了嗎？要用力搧嗎？」

「銀閣，你得冷靜沉著一點，等掌握到矢一郎的去向再說吧。他應該在南禪寺吧？還有，海星在哪裡？要是她胡來，可會害計畫泡湯的。」

「等抓到矢一郎和伯母，就只剩矢三郎了。那傢伙可不好對付呢。」

「還沒上場怎麼就先怕了，老爸會抓住他的，如果不行，我再想辦法。」

「哥，你最近變得好聰明，聰明得我都有點害怕呢。對了，那隻井底之蛙要怎麼處理？」

「那傢伙不必管了，反正他一點用處也沒有。」

金閣、銀閣就此離去。

么弟衝撞鐵門，大喊大叫地向外頭求救，但第一倉庫是雜物倉庫，平時沒人會來。明知家人有危險，他卻無法和家人聯絡。

不久，一陣地鳴般的巨響令倉庫爲之震動，就像有人扔石頭砸屋頂般不斷傳來聲響。是雷雨來襲。

一想到母親四處躲避雷神大人的模樣，么弟便坐立難安。時間一分一秒過去，他大喊大叫拍打著鐵門，累得筋疲力盡，最後窩在配電盤堆裡放聲大哭。

「媽！哥！」

打在倉庫屋頂的雨聲將他包覆。

大哥不知道么弟遭此無情對待，在雷雨交加中，駕著自動人力車趕往糺之森。

大哥今天計畫先去南禪寺一趟，再前往木屋町的仙醉樓。但在結束南禪寺的聚會後，他冒著雷雨匆匆趕回糺之森，因爲他很擔心母親。

然而，就在他經過夷川發電廠時，一隻圓滾滾的幼狸突然竄出冷泉通。自動人力車爲了閃躲幼狸，整部翻覆，大哥被拋出車外的滂沱大雨中，膝蓋重重撞向地面。大哥哀嚎一聲，恢復狸貓原形，被夷川的手下擄獲。造成那起事故的小狸貓，原來是躲在樹後的夷川手下滾出的玩偶。

大哥被夷川親衛隊的人關進小鐵籠，以車子運走。

不久，大哥被載往位在木屋町紙屋橋西側的一棟住商混合大樓，一樓是空蕩蕩的水泥壁面，單調無趣；看不出年代的木製臺座上，陳列著褪色潮濕的舊雜誌，牆上掛著一只空鳥籠，營造出詭異的氣氛。乍看之下，像間無心做生意的舊書店，幾乎不見半個客人。其實這家店的收入來源不是舊雜誌，而是僞電氣白蘭。

夷川親衛隊捧著大哥的鐵籠，打開店內深處的一道門。

裡頭是一間簡陋的房間，一顆燈泡從天花板垂掛而下。屋裡滿是酒瓶。工廠製造出的僞電氣白蘭，就是像這樣夜夜運往京都各個販售處。

大哥發現倉庫角落，有隻和他一樣被關進鐵籠的狸貓。

是母親。

夷川親衛隊將淚流滿面、懊悔不已的大哥放在冰冷的水泥地，離開倉庫。

母親被關在鐵籠中，闔著眼，一副做好覺悟的表情。大哥使勁搖動鐵籠，大叫：「媽！媽！」

母親微微睜眼。

「矢一郎，你也被抓啦。」

「媽，我馬上救妳出去……」大哥極力掙扎，但始終無法自鐵籠掙脫，也無法保持從容變身。

「出不去，可惡！」

「一旦進了籠子就一籌莫展了，矢一郎。」母親長嘆一聲。「因爲雷神大人降臨，你才想回來找我，是我害了你。都是我太懼怕雷神大人，才會導致這樣的結果。」

「現在說這些已經不重要了。」

「矢三郎和矢四郎不知怎麼樣了，希望他們別受苦才好。」

「這是夷川的陰謀！」大哥大發雷霆地說。「身爲狸貓竟然做這種事！去死吧你！」

然而不管他再怎麼發怒，仍無法撼動牢固的鐵籠分毫。大哥和母親被關在寒冷的倉庫，不安地度過了漫長的時間。母親頻頻打噴嚏。

終於，大門開啓，夷川早雲和一名老人走了進來。兩人都身穿高級的和服，神色從容。大哥目光炯炯地瞪視早雲，對方則一派輕鬆地回望著他。

「都備好放在這裡了。」早雲說。「您需要多少？」

老人一臉富態，環視僞電氣白蘭酒瓶的眼神極爲冰冷，我大哥察覺出對方是個神祕莫測的人物。老人伸長脖子，環顧堆在房內的酒瓶。「因爲有弁天小姐在，得準備十人份才行。」

「對了，我剛見到了弁天小姐。哎呀，眞是教我爲難啊。」

「是嗎？」

「弁天小姐有時玩笑開過了頭，眞教人傷腦筋。」

「那也是沒辦法的事，這就是她可愛的地方。」

聊到這裡，老人目光瞥向倉庫一角的兩個鐵籠。「哎呀呀，這地方怎麼會有狸貓呢？」

早雲拍著大哥的鐵籠。「這是說好要交給淀川教授的。」

「原來如此，布袋先生果然是請別人幫忙……眞沒用。布袋先生最近一遇上狸貓的事就不積極，這樣不行呢。」

「所以我才得這麼賣力啊。」

老人瞇起他那對蛇眼，打量著早雲。「早雲，原來你也做這種生意啊，你還眞不是普通的壞。」

「您過獎了。」

「今晚有兩隻狸貓是吧，還眞豐盛。」

老人話才剛說完，夷川旋即臉色大變，擋在老人與母親的鐵籠中間。「不行，這隻不行。」

「只有一隻是嗎？」

「就算是壽老人您開口，這隻狸貓也不能給。」

「原來你中意牠啊。」

「……沒錯。」

老人歪著臉笑道：「算了。」他選好僞電氣白蘭後，吩咐早雲：「將這些送到千歲屋去。」早雲送那名神祕的老人到門外。

「媽，妳可有什麼好點子？」大哥說。「……看來，我會被拿來下鍋。」

「我豈會讓你被煮成火鍋。可是，偏偏現在又束手無策。」

「能救我們的只有矢三郎了，但他搞不好也被抓了，否則早雲不會這麼從容。」

「現在死心還太早。」母親堅決地說。「還不能確定他也被抓了，矢三郎身手俐落，天不怕地不怕，我想他一定不會有事的。」

我辜負母親的期待，被關在小鐵籠裡。

可口的玉子丼裡被下了藥，這種惡行眞是把狸貓的臉都丟盡了。如果是喜愛玉子丼的弁天知道了，一定會大發雷霆。

我原想變身成龍，狠咬金閣的屁股，但此刻我就像一塊毛茸茸的豆腐，被摺得方方正正的，使不出變身術。狸貓一定得保持從容的心境才能變身，但我現在這副德行，如何能保持從容的心境呢。此刻的我，只能微微抖動身體，轉動眼珠。

「喂，金閣。」我說。「放我出去。」

那個頂著一張神色倨傲的招財貓臉的冒牌淀川教授坐在鐵籠上，弓著背俯看著我。他得意洋洋地鼻孔翕張，哼了一聲。

「你腦袋有問題啊？你是傻瓜嗎？」

我板起臉，無話可說。

「你這個傻瓜，想必還搞不清楚發生了什麼事，我來告訴你吧。我早看出你打算尾隨在淀川教授身後，想救矢一郎脫困。」

「早看出了！」自天花板傳來銀閣的聲音。

「沒想到你這麼容易就上當，眞是可悲啊。下鴨家的人就是這麼沒用！想也知道，這一切未免太巧了吧？你是傻瓜嗎？眞是個不折不扣的傻瓜啊。淀川教授可能那麼巧剛好經過加茂大橋嗎？你這就叫作方便主義，你一定在心裡想『眞是天助我也』，對吧？」

「早看出了！」

雖然八成是湊巧，但他確實說中我的心思，我無話反駁。

「雖然弁天小姐搞砸我爹的計畫，但好在有我們這些優秀的孩子，我爹一定會好好誇獎我們。話說回來，我的變身術很厲害沒錯，但你竟看不出我是冒牌的教授，未免太不長眼了吧，你不是和教授很熟嗎？」

「金閣、銀閣，等我離開鐵籠，我會把你們的屁股打成八片，兩人加起來一共是十六片！」

我瞪著冒牌教授的屁股，視線在僞蕎麥麵店店內游移。我怒火中燒，試著找尋銀閣的屁股所在位置，金閣見狀笑得更得意。

「我們穿著長濱的鐵匠心不甘情不願打造的鐵內褲，才不怕你。」金閣說。「而且這次裡頭還塞了懷爐，屁股不會冷，眞是天衣無縫的計畫啊！我眞是天才，可說是天網恢恢，疏而不漏！」

「這些都是我哥想出的點子，眞是準備周到！準備周到！」

「認輸了吧，矢三郎。」

「還早，我才不認輸。」

「你就是愛逞強。去年起我就運用冷靜清晰的頭腦，審慎擬定這項計畫。可憐的矢一郎，我爹應該會將他交給淀川教授吧。至於你那老是露出狸貓尾巴的弟弟，則被關在工廠的倉庫裡，門外鎖了一個鏡餅大的大鎖，諒他插翅也難飛。你娘也在我們手中，你則被關在銀閣肚子裡的鐵籠，這樣你還不認輸？還有誰能救你？」

「還有我二哥，矢二郎。」

「你還眞傻呢。你說，那隻井底之蛙能做什麼？你們下鴨家已經四分五裂，再來就是等天黑了。」金閣雙手合十，闔上眼睛。

「南無阿彌陀佛。要被煮成火鍋的矢一郎，你好好往生極樂吧，南無阿彌陀佛。」

「渾帳！你們再傻也該有是非之分吧！」

「像你這種傻瓜也想教訓人，誰理你啊。矢一郎被煮成火鍋，我爹成爲僞右衛門，而我終將繼承他的衣缽，背負狸貓一族的未來，我就是那個既聰明又厲害的後繼者，這事一點都沒錯！」

「一點都沒錯！」僞蕎麥麵店搖晃不已。

金閣坐在椅子上，悠哉地喝起茶。

「乾脆來講電話吧，就講到電池耗盡爲止。」說著，他拿出么弟的手機，打電話給海星。海星在糺之森被捕後，被帶回僞電氣白蘭工廠軟禁。

「妳就委屈一點待到晚上吧，現在不行，我們正在竹林亭教訓矢三郎。……啊，拜託啦，別這麼說嘛，哥哥會傷心的。」

手機裡傳來海星的叫罵聲。「你就儘管傷心吧，最好心痛得死了算了！」

「拜託啦，別說得這麼難聽嘛。妳可是還沒出嫁的大閨女耶，聽好了，妳要好好珍惜自己……」

面對沒完沒了的臭罵，金閣再也無法忍受，硬是掛斷電話。他愣了半晌，打開風神雷神扇，瞪著上頭風神大人的臉。

「我是爲她著想才這麼做的。」金閣說。

「看來，妳妹妹一點都不尊敬你嘛。」

「要你多嘴。」

時間就像垂落的麥芽糖，緩慢但確實地行進著。

我轉頭望向牆上的掛鐘。時間一分一秒過去，大哥被下鍋的時間正不斷逼近，連我也不禁心想——今天也許就是大哥的末日了。我強忍心中的憾恨，時鐘的指針在我面前緩緩行進。

○

那時候，大哥也正瞪著倉庫角落的時鐘指針。

在擺滿僞電氣白蘭的倉庫裡，母親和大哥被關在籠子裡，現場能動的就只剩時鐘的指針。母親的臉緊抵著鐵籠，雙目緊閉。大哥不安地喚道：「媽，妳不要緊吧？會不會冷？」

「我沒事，我不冷。」

「看妳一動也不動，我很擔心呢。」

「我是在保留體力，現在亂動只會讓屁股痛而已。」

這時，早雲又走進倉庫。

燈泡搖晃，照耀著面無表情的早雲。大哥抬頭仰望早雲，早雲手裡拿著一張摺好的包袱巾。

「淀川教授來了，把你交給他後，我將前往仙醉樓。狸貓一族的未來就包在我身上吧。」早雲說。

「永別了，矢一郎，你就乖乖躺進鐵鍋裡吧。」

「去死吧你！」大哥扭動著身軀。「我不會讓你稱心如意的！我才不會那麼容易讓人丟下鍋呢！」

「你母親的性命握在我手中，要是你逃走，你猜她會怎樣？」

「你到底要多卑鄙才甘心！」

「你說再多也沒用。」早雲捧起大哥的鐵籠。

大哥臉抵在籠子上，望著從水泥地仰望他的母親。母親眼中泛淚，但仍未放棄希望，像是要給大哥勇氣，頻頻朝他點頭。儘管事態如此緊急，母親仍不放棄希望，這正是爲人母的魄力。

早雲帶大哥離去前，母親對他說：「夷川，沒想到你變了這麼多，我深感遺憾，你大哥一定也這麼想。要是他知道自己的弟弟變得這麼狠心，一定很難過。」

「我大哥是吧？」早雲轉頭望向母親。「我大哥他早知道了。」

「狸貓不該這麼心狠手辣，那是天狗和人類才做得出來的事！夷川、夷川，算我求你了，別再折磨我的孩子了。」

「妳叫我夷川是吧。」

「你明明就是夷川啊。」

早雲回頭。「那麼，你和我大哥的孩子和我又有何干？」

早雲捧著大哥走出倉庫。大門關上前，大哥聽到倉庫裡的母親喊道：「要是有機會逃走，你就儘管逃吧！」

淀川教授撐著傘，站在空蕩冰冷的店門前。

「嗨，謝謝了。」教授說。「就是牠嗎？」

「我依約替您準備了。」

早雲如此說道，將大哥連同鐵籠交給教授。教授雙眼微濕，望著籠內的大哥。大哥也回望教授清澈的雙眸。

「好漂亮的狸貓啊。」教授嘆了口氣。「不過，今晚我們會吃了你。」

大哥聽了毛骨悚然。

在教授的手中，大哥不斷想著母親和弟弟們的事，感受到一股前所未有的孤寂。那深不見底的孤寂，幾乎將他吞沒。大哥心想，老爸當時想必也感受到這股孤寂吧。大哥試著保住狸貓的威嚴，但終究按捺不住，臉緊抵著鐵籠悄聲哭泣。

包覆鐵籠的包袱巾鬆開，雨水打向大哥的臉龐。

教授發現包袱巾鬆脫，在高瀨川沿岸的林木旁蹲下，每當雷聲響起，教授便會發出哀聲。這時，急著想將包袱巾綁好的他突然停手，溫柔地望著大哥。

「抱歉，害你淋濕了。」教授說完，以包袱巾擦拭大哥的臉。

〇

這時候，么弟在昏暗的倉庫裡哭濕了臉。

他哭哭啼啼地在冰冷的黑暗中爬行，撥開堆積如山的雜物，撞上一個觸感熟悉的東西。原來是製造過程中發生意外時會告知危險的老舊警示燈。么弟以他的特技注入電流，警示燈頓時閃起黃燈。在燈光的幫助下，么弟進一步撥開雜物，竟意外發現一整箱的僞電氣白蘭。他喝下生平的第一口酒液，一股暖意自他腹中源源竄起，令他活力大振。

但不管再怎麼使勁，他還是無法獨力推開那扇鐵門。

歷經多次徒勞無功的挑戰，么弟背倚著鐵門頹然垂首。這時，雷雨聲中有個細微的聲音喚道：「矢四郎、矢四郎。」同時傳來搔抓鐵門的聲響。微啓的鐵門縫隙間，射入手電筒的光線，照在猛然抬頭的么弟臉上。

「海星姊！」么弟將臉貼在鐵門縫隙。「救我出去！」

「鐵門上鎖了，而且門太重，我推不動。」

「可是我得去救人啊。」

「我知道，你先冷靜。倉庫角落有個暗門，你快去找，只要從內側解開門閂，就能離開這裡。」

海星說完，離開鐵門。

么弟藉著警示燈的亮光沿著倉庫牆壁探尋，發現一個少了秒針的大型時鐘鐘盤，可能是以前工廠用的時鐘。么弟費了九牛二虎之力將它取下，找到一個僅能容幼狸通過、銹跡班班的小門。他使勁打開門，大雨噴濕了他的臉。太陽明明還沒下山，但天空卻昏暗猶如日暮，雷電交錯。么弟以狸貓的姿態叼著一小瓶僞電氣白蘭，穿過狹窄的小門。

海星握著手電筒站在雷雨中，么弟將一切希望全寄託在她身上。

「我哥他們呢？」

「矢一郎先生被星期五俱樂部的人帶走了，金閣和銀閣剛打過電話來，說在教訓矢三郎。」

「我媽呢？我媽在這裡嗎？」

「伯母也被抓了，但不知道人在哪兒。」海星推著么弟的背，氣喘吁吁地說：「她不在工廠裡，我爹一定是將她關到其他地方去了，可能是僞電氣白蘭的販賣處。」

「可惡的傢伙！」

「如果救出矢三郎，可能就有辦法。」

這時有人高聲叫道：「不行啊！小姐！」寫有「夷川」的燈籠將海星和么弟團團包圍。「請您快回房間，否則我們會挨早雲先生罵的。」

燈籠漸漸逼近。海星抱起全身濕透的么弟，在他耳邊悄聲說道：「快去竹林亭！」

「只有我一個人，一定會被金閣和銀閣修理得很慘。海星姊，妳跟我一起去，好好說說金閣和銀閣好不好？」

海星瞪視著逐漸逼近的燈籠。「我無法離開工廠，你一個人去！」

就在夷川家的手下一同撲向海星時，她使勁將變成一團毛球的么弟往上一拋，么弟在雷聲隆隆的空中畫出一道圓弧，騰空飛去，在大銀杏樹旁濺起了泥水。么弟急忙變身成少年模樣，不過又被震耳欲聾的雷鳴給嚇著，多次差點露出狸貓尾巴。

海星朝著想回頭的么弟背影大喊：「收好尾巴！快跑！」

么弟握著僞電氣白蘭的酒瓶，在雷雨中拔腿狂奔。

○

來到川端通，層層交疊的烏雲將街道染成一片灰濛。

看到眼前暗澹的景象，么弟登時失去鬥志。矢一郎在星期五俱樂部手中，母親下落不明，矢三郎掉進金閣與銀閣的陷阱中，他已是孤零零一人。面對毫無勝算的局面，悲苦的淚水摻雜著冰冷的雨水，順著他臉頰滑落。

他想喝口僞電氣白蘭提振勇氣，但突然停手。如同黑夜降臨般昏暗的河岸地，不時被電光照亮，金閣兄弟在鐵門外說過的話，自么弟腦中掠過。「那傢伙不必管了，反正他一點用處也沒有。」

二哥眞的一點用處也沒有嗎？

我眞的是孤零零一人嗎？

難道我眞該就此絕望？

么弟緊握手中的僞電氣白蘭，轉身奔向珍皇寺。

么弟想到了一個沒人料得到的妙計——借用井底之蛙的力量。那是被逼上絕路、自暴自棄、苦其筋骨後，上天所賜予的一生一次的啓示。要是那時他沒在雷雨中轉身行動，下鴨家也許會就此滅絕也不一定。

么弟飛奔而去，跑得上氣不接下氣，來到珍皇寺的古井，他探進幽暗的井底，大喊一聲：「哥！」然後不斷嗚咽喘息，一時說不出話。

「喂喂，矢四郎，你在這裡做什麼？」二哥不悅地問。「雷神大人發怒了，你怎麼沒陪在媽身邊呢？」

「哥……大家都被夷川家抓走了。」么弟說。

「什麼！果然是他們搞的鬼！」

「現在我只能靠你了。」

「可是我只是隻井底之蛙，你說我能做什麼？」

「我想到一個好方法。哥，你朝我張開嘴巴。」

「喂喂喂，現在可不是悠哉喝雨水的時候啊。」

「你張開嘴巴就是了。」

么弟喘著氣，打開僞電氣白蘭的瓶蓋，從井邊探出身，窺望井底。一道閃電劃過，照出一隻張大嘴巴的青蛙。「要全部喝光哦。」么弟將酒往井底倒，頓時香氣四溢，偏橘的酒液自瓶口流出，拉出清澈優美的線條落入張大著嘴的二哥口中。

自從知道不能恢復狸貓身分後，二哥再也不曾提起從前最愛喝的僞電氣白蘭，如今么弟將整整一瓶酒倒進他口中。

么弟屏息等待二哥的反應。

井底傳來自父親過世後便不再聽過的豪爽聲音，二哥朗聲說道：

「捲土重來！」

○

漫長的時間過去了。

掛鐘的指針指向五點，發出噹噹鐘響。眼中的鐘盤突然滲出水來，原來是我哭了。就算狸貓再怎麼樂天，有些事還是無法一笑置之。我心裡想著：「永別了，大哥。」在加茂大橋一帶東奔西走找尋母親、差點發瘋的大哥，變身成布袋和尚板著張臉的大哥，在澡堂替紅玉老師刷背的大哥、意氣風發地駕著自動人力車疾馳的大哥，他的身影逐一浮現在腦海。「到底是怎樣的因果報應！」記憶中的大哥揪扯著頭髮大吼。「爲什麼我的弟弟都這麼沒用！」

這些年來，大哥領著我們這群沒用的弟弟奮鬥著，爲了繼承父親的衣缽，他一直努力不懈。萬萬沒想到就在他即將成爲狸貓一族的首領、繼承父親遺志時，竟成了火鍋料，和父親走上同樣的命運。「你們絕不能變成狸貓鍋。」老媽明明一再這麼交代，結果我們四兄弟還是讓母親難過落淚嗎？

「你在哭嗎？矢三郎。」金閣說。「你大哥是隻好狸，眞令人遺憾。我都有點想哭了呢。」

「騙誰。」

「我沒騙你，被他咬中屁股的疼痛我沒忘，我的屁股可是差點被咬成四半呢。……可是，他的確是隻做事認眞的狸貓。」

「那你救他啊。」

「這可不行，我們得聽從我爹的指示。狸貓要維持生計可不容易。」

金閣說完，抬頭望向時鐘。「天快黑了。」

就在這時候，僞蕎麥麵店突然劇烈搖晃，好像被人搬移一般。我連同鐵籠滑向地面，金閣也一個踉蹌跌坐在地，招財貓打了個滾。店內的桌子不住搖晃，椅子翻倒，掛鐘落地，傳來玻璃的碎裂聲。

「怎麼了，銀閣？」止不住翻滾的金閣問道。「怎麼搖得這麼厲害？」

「我也不知道，哥。我好像正以飛快的速度在跑呢，屁股晃個不停，好可怕！」

「冷靜一點，銀閣！小心變身術穿幫！」

「好可怕哦！哥，我受不了了！」

銀閣驚聲尖叫，我們眼前的世界爲之歪斜。

金閣大叫：「萬萬不可！」然而，變身術一旦解除便無法立刻復原，僞蕎麥麵店頓時就像蒟蒻般扭曲變形，我感到頭暈目眩。不久，桌椅、暖爐、菜單木牌、招財貓，都在變形的僞蕎麥麵店裡滑行，被吸進深處的廚房。金閣抱緊被沖走的物品，大喊：「萬萬不可！」在做最後的掙扎。但他只是白費力氣，牆壁、天花板宛如水彩顏料被洗去般，逐一被吸進廚房——世界就此倒轉。

我們坐上叡山電車。

電車似乎在寺町通上疾馳，金閣與銀閣臉抵著車窗，你一言我一語地說：「怎麼回事！」然後打開車窗大喊救命。我正納悶是怎麼回事，一名少年跑來替我打開鐵籠。

我滾出籠外，伸了個懶腰，大叫一聲：「啊！舒服多了！」

「哥，我們來救你了。」矢四郎笑咪咪地說。

「矢三郎，坐得可舒服？」變身成僞叡山電車的二哥說道。

○

僞叡山電車行經京都御所森林，一路往南疾馳。

驚慌失措的金閣、銀閣緊貼著車窗，嚇得魂不附體，一不小心露出毛茸茸的腳。我和么弟一同撲向前，動手脫下他們用來保護屁股的鐵內褲。
「住手！色郎！別脫我們的內褲！」
「敢這麼做你們一定會後悔！住手！」
銀閣踩到么弟，跌倒在地，我順勢脫去他的內褲，一口咬住他屁股。銀閣放聲大叫：「哥，我屁股裂了！」銀閣放聲大哭，抱住金閣，制住了他的行動，么弟趁機搶下他的鐵內褲。我又一口咬下。不用說也知道，我當然是仔細地咬了兩下。
「好痛！好痛！屁股裂成八片了！」
兩隻狸貓在車內四處逃竄，我們拎住他們的脖子，以其人之道還治其人之身，將他們塞進鐵籠裡，然後忍不住直呼痛快。
「好擠哦。」金閣呻吟道。「矢三郎，別這麼粗魯嘛。」
「這句話應該是我說才對。」
從夏天一直找到現在的雷神風神扇終於重回我手中。「原來是你們拿去了！」我踢飛鐵籠，金閣、銀閣發出慘叫。
「我在葵橋撿到的，」金閣說。「這可不是偷來的。」
「少囉嗦，這是紅玉老師的東西，我要還給老師。」
不久，偽叡山電車駛過丸太町。

剛才還雷電大作的天空驟然變貌，待風神雷神的怒火平息，烏雲瞬間飛散。太陽迅速移動，天空恢復成藍黑色。

寺町通的燈火紛紛亮起，表示時間所剩不多。大哥此刻就像走在一塊從鐵鍋外緣延伸出的板子上，鍋裡是煮沸的滾水，面臨生死關頭。在這千鈞一髮之際，不知道遲鈍的大哥能撐多久。

二哥以疾風怒濤的飛快速度通過寺町通。

樹葉落盡的行道樹被二哥捲起的強風吹得不住搖晃，叡山電車一路由北往南挺進，嚇壞的汽車駕駛急忙讓出一條道路，路人紛紛跌進騎樓。

「讓開！讓開！」二哥喊道。「叡山電車大人要通過嘍！」

我從車窗探出頭，陣陣冷風吹過。

門燈、路燈、櫥窗燈、酒館屋簷上的大燈籠、西式餐廳的燈火、舊家具店門口的油燈、自窗外飛逝的街燈，燈光全打在僞叡山電車上，車身閃亮耀眼。僞叡山電車折射夜光，行駛在沒有鐵軌的馬路上，所到之處就像紅海一分爲二，人們紛紛讓路。如此令人雀躍的景象，彷彿二哥的光榮時代重現。二哥的光榮時代，也就是父親的光榮時代，昔日父親變身成富態的布袋和尚催促二哥的身影，此刻歷歷在目。

「眞教人懷念！」二哥全力疾馳，任憑風聲在耳畔呼嘯。「就是這樣，就應該是這樣！」

我和么弟跪在座位上，從車窗探出身子，揮著手吶喊：「呀荷——」

「唉，怎麼辦，矢三郎。大哥明明身陷九死一生的危機中，我卻莫名覺得有趣極了。我實在太不正經了。」

「沒關係的，盡情跑吧，哥。這也是傻瓜的血脈使然。」我說。「覺得精采有趣是件好事啊！」

僞叡山電車突然在寺町通上蛇行起來，擦過路旁房舍的屋簷，撞飛雨樋，打破馬路邊的櫥窗。

「怎麼了，哥，不要緊吧？」

二哥沉默不語，車體搖晃一路蛇行，然後，他語帶哽咽地說：

「老爸對我說的最後一句話，就是這句，那晚老爸就是這麼對我說的。我待在井底怎麼想都想不出，現在總算想起來了。」

我感覺得出二哥全身上下的傻瓜熱血即將沸騰，聽得見他心臟的鼓動。

「覺得精采有趣是件好事啊！」

二哥朗聲說道，我和弟弟也跟著唱和。

○

越過二条後，寺町通的路面狹窄許多，我們差點撞上轉角的住商混合大樓，二哥縮窄了車體勉強避開，繼續往南駛去。我站在電車前頭遠望，穿越京都市政府的樹叢旁後，寬敞的御池通就在眼前，逐漸逼近的寺町通拱廊宛如黑暗中一條通往晶亮燦然的異世界的隧道。

「哥，你打算一路衝進拱廊嗎？」

「你說什麼？我聽不到。」

「要去先斗町，我們要去先斗町。」

「先斗町在哪兒啊？」

好在是綠燈，二哥速度未減直接通過御池通，衝進寺町通的拱廊。四周突然被耀眼的光芒籠罩。

二哥通過本能寺大門前，撞飛違規停車的單車，颳跑擺在西服店門前販售的連身洋裝，將堆在舊書店門口的美術書籍吹得頁面翻飛。屋簷相連的文具店、咖啡廳、畫具店、蛋糕店、定食屋，一一飛逝而過。二哥速度飛快，所到之處莫不颳起強風，鳩居堂的漂亮扇子和信紙被吸了出來，在拱廊內飛舞。

「二哥，可以在三条左轉嗎？」

「這太難了。」

儘管我們人在寺町三条，但無法改變方向。非但如此，本該是筆直的寺町通竟微微右偏。二哥吃了一驚，從三条寺町派出所和蟹道樂餐廳中間穿過，轉往右方，撞飛「腳踏車請下車，改牽車而行」的看板，而飛出的看板又打破速食店的窗戶。「眞不好意思。」二哥如此低語，擦過三嶋亭的簷燈，沿著寺町通往南而行。

「哥，我看停車改用跑的，好不好？」

「抱歉，矢三郎。我現在沒辦法。」

「那就先去四条通吧。」

我們改以四条為目標，但奇怪的是，一直遲遲到不了四条通。更怪的是，從三条到四条，理應是南北一路貫穿的寺町通竟有些蜿蜒，我們一再經過看起來眼熟的商店，當第二次從掛滿橘燈籠的錦天滿宮前通過時，我們才發覺情況有異。因為世上只有一座錦天滿宮啊！

「哥，我們一直在同樣的地方繞圈子！」么弟探出車窗外說道。

仔細一看，外頭街燈依舊耀眼，但已經不見四處逃竄的行人，商店裡也空無一人，氣氛詭異。

我使勁踩穩，發現地面微微斜傾，記得寺町通應該不是坡道才對。

「哥，不對勁。放慢一下速度吧。」

「矢三郎，你的要求可眞多。」

二哥盡可能試著放慢速度，但他似乎管不住體內激昂沸騰的傻瓜熱血，仍是一路在無人的寺町通內橫衝直撞，同時間坡度愈來愈陡，以誇張的角度直逼天空而去的拱廊前方不是四条通，而是高掛夜空的圓月。

「這是僞寺町通！」

我轉頭望向關在籠裡的金閣和銀閣，他們正用么弟的手機講電話，竊竊私語。我衝向鐵籠，從尖叫的兩人手中搶下手機。

「你們到底打電話給誰！」

金閣與銀閣冷笑。「怎樣啊，矢三郎。難道你沒聽過『一波未平一波又起』這句話嗎？我打給夷川親衛隊，叫他們繞到前面埋伏了。」

「渾帳，你要設多少陷阱才滿意！」

「怕了是嗎？」金閣鼻孔翕張得意地說。

「怕了是吧？」銀閣也說。

接著金閣和銀閣一同放聲喊道：「你們就這樣掉進鴨川吧！」

「哥，不好了！」我在電車頭大喊，但管不住衝動的二哥只「嗯」了一聲做回應。

眼前一路綿延的寺町通陡然左彎，往鴨川直去，前方的圓月突然消失了蹤影，僞叡山電車只能在僞寺町通的引導下前進。不久，一路往上的斜坡突然變得平坦，和駕駛交通工具越過山頭時的感覺一樣，我覺得腳底發癢。下一秒，我們往下俯衝，光芒耀眼的拱廊宛如一座巨大的溜滑梯，朝左方畫出一道圓弧，這下二哥更加擋不住衝勢。坡道再度趨緩，可是這次等在僞寺町通出口的，竟是波光粼粼的鴨川。

「哥，我們會衝進河裡！」
「冬天的鴨川很冷，要先做好暖身操。」
「你們被騙了！」金閣開心地大呼小叫。「捲土重來！捲土重來！」
「喂，你們也會一起掉進鴨川哦。」
「哼，這就叫作同舟共濟。」
「吳越同舟！吳越同舟！」
在街道上空一路朝鴨川而去的僞寺町通，終於來到盡頭。
僞叡山電車順勢飛出，從車窗往外看，耀眼的白色隧道從寺町三条一帶升起，像條蜿蜒的管子般穿越寺町、新京極、河原町、先斗町的夜景，一路直奔鴨川。
竟然幹出這麼誇張的事！雖然是敵人，但這等變身術確實厲害！
眼下是滾滾而流的鴨川。
「騙倒他們了！騙倒他們了！」金閣開心地喊道。
但么弟毫不畏懼地回道：「是你們被騙了！」
么弟撲向一個塗成紅色的吊環，以全身的重量使勁往下拉。
僞叡山電車的地板開啓，冒出一個眼熟的鍋爐，那是弁天的飛天房掌管飛行的中央控制裝置——飛天鍋爐引擎。么弟將藏在座位底下的紅玉波特酒倒進鍋爐內，二哥旋即變身成不知該如何形容的物體，姑且稱之爲「僞飛天叡山電車」吧。

僞叡山電車稍稍擦過水面，飄浮在鴨川上空，車體似乎濺到了一些水花，二哥直呼：「嚇，好冷！」

我們在空中搖搖晃晃，俯看先斗町的住商混合大樓以及歷史悠久的各家日式料亭的燈火在鴨川沿岸排成一列。其中一處燈火，就是京料理鋪千歲屋。玻璃窗內是一張張熟悉的面孔，正是準備吃我大哥的星期五俱樂部成員。

尾牙宴已經開始了。

「你們一再出怪招，到底要玩到什麼時候才甘心！」

「我已經技窮，再也使不出怪招了。」金閣以哽咽的口吻應道。

我抓住金閣和銀閣的脖子，一把將他們拖出籠外，抱著他們來到窗邊。他們哀嚎道：「等一下，暫停一下、暫停一下！」

「沒時間等了，你們就一路流向大阪灣吧！」

我想將他們丟進鴨川，但他們頑強抵抗，毛茸茸的手緊抓著窗緣，死命搖頭。

「我不要再被丟進水裡了！我會凍死的，我說眞的！」

「喂，星期五俱樂部正在舉辦尾牙宴呢。」我對垂吊在窗緣上的兩人冷笑。「你們是想掉進冰冷的鴨川，還是滾燙的鐵鍋呢？」

金閣、銀閣面對眼前的超級難題，一時做不出抉擇，吊在窗緣上抽動著鼻子，但最後嘆了口氣。「那就選鴨川吧。」兩人鬧脾氣似地低語，落向冰冷的鴨川。

撲通，撲通，傳來兩個水聲。這兩個愚蠢的傻蛋實在無法令人憎恨，但畢竟是可恨的敵人，我目送他們漂向遙遠的大洋。眼前最要緊的，只有一件事。么弟將紅玉波特酒倒進鍋爐引擎中，二哥轉動車體，將車頭對準京料理鋪千歲屋。

「在天空飛行還眞是怪呢。」

「哥，星期五俱樂部的人就在那裡，直接停在那家店的後門吧。」

「你的要求也太強人所難了，我可是第一次在天空飛啊。」

「我用風神雷神扇搧點風吧。」

「小心一點哦。」

「我會輕輕搧的。」

我打開車窗輕輕搧了一下，但似乎還是太強了，飄浮在鴨川上空的僞叡山電車衝向了千歲屋。我們心驚膽跳地看著包廂的玻璃門逼近，然而飛天僞叡山電車衝勢未減，竟直接破門而入。

千歲屋的二樓包廂瞬間塌毀。

榻榻米翻了過來，燈泡碎裂，菸灰缸四處亂飛，鐵鍋翻覆，在星期五俱樂部成員的怒吼和慘叫聲中，我彷彿聽見弁天歇斯底里的笑聲。我們將漂亮的和室拉門撞得皺成一團，這才緩住衝力，二哥輕聲呻吟：「鼻子好痛。」僞叡山電車翻覆，我和么弟連同鍋爐引擎一起被拋進包廂。么弟原形畢露，緊緊抱著滾向壁龕的鍋爐引擎。

我變身成大學生，站在昏暗的包廂內。么弟縮著身子不住顫抖，我一把抓住他毛茸茸的頸子，讓他叼住風神雷神扇。「矢四郎，你馬上跑去仙醉樓，阻止長老們的會議。」

「嗯。」

「盡可能拖延時間，如果不行就用這把扇子朝他們輕輕搧一搧，用完就還給紅玉老師。老師應該也在仙醉樓。」

么弟含糊不清地說著話，意思應該是：哥，那你呢？

「我救出大哥就趕過去。快走，你這模樣待在這裡會被吃掉的。」

么弟尖叫一聲，逃離走廊。

在燈火熄滅的包廂內，星期五俱樂部那班人不住呻吟。

二哥人呢？大哥在哪裡？黑暗中，我以鼻子努力嗅聞，這時聽到一個低沉的嗓音說：「是矢三郎嗎？」

是鐵籠中的大哥。

我打開鐵籠。

大哥步履蹣跚地走出鐵籠，我緊緊抱住他，他很不甘心地哭著說：「可惡、可惡。」他全身狸毛顫抖，拂去我的手。

「你一定很看不起我對吧。學人類喊著選舉、布局，最後卻落得這般下場。你不知道我有多害怕。像我這麼丟人現眼的狸貓，能肩負起狸貓一族的未來嗎？我應該被人類吃掉才對。」

「大哥，你講得太極端了。你想讓媽再流淚嗎？」

「唔，可是我實在太沒用了……」

「大哥，這都是傻瓜的血脈使然啊。」我朝大哥的背使勁一拍。「模仿人類又有什麼關係，只要你高興就好。你不是要繼承老爸的衣缽嗎？」

「是這樣嗎……」

「你要打垮夷川，他是我們的殺父仇人。」

「你說什麼？」

「將老爸交給星期五俱樂部的人，就是夷川早雲。」

突然有個小東西跳了過來，停在大哥背上。大哥一臉訝異，他背上的青蛙說：「是我啦，大哥。」

「是矢二郎啊！」

「我們快走吧，大哥。我們已經派矢四郎趕去仙醉樓了，應該還來得及。媽也會很高興的。」

「對了，還有媽！」大哥慌張地大喊，緊抓著我。「救出媽了嗎？救出來了嗎？」

「不，還不知道她的下落。」

「她在紙屋橋的僞電氣白蘭販售處倉庫，被關在鐵籠裡。得趕快去救她才行！」

「大哥，你冷靜一點。我去就行了。」

這時，包廂中央的方形座燈亮起。

「是什麼人？」一個沙啞的聲音響起。

淡淡的曚曨燈光下，有個陰森的人影映照在殘破的拉門上，影子延伸至天花板。我本想和哥哥一起衝出去，但被一條繩子纏住了腳，要解開得花不少時間。我避開方形座燈的光，將大哥和二哥推向走廊。

「快走吧，大哥。老媽就交給我。」

大哥哭喪著臉朝我點點頭，背著二哥快步沿著垂吊著傳統油燈的長廊離去。

我轉頭一看，一名身形富態的老人端坐在凌亂的包廂內。

那個陡然伸長的影子就是這名老人的。弁天面帶微笑坐在他身旁。包含淀川教授在內的其他人還對剛才的衝擊餘悸猶存，屁股對著我抱頭縮在包廂角落，唯獨弁天與這名老人神色自若地端坐在包廂中央。

弁天在老人耳畔低語，他露出和藹的笑容，展現出一股冷眼旁觀的悠然氣度。看來此人絕非普通人物。他八成就是星期五俱樂部最資深的成員——壽老人。

「哎呀，眞是一團亂啊。」老人如此說道，凝望著我。「你是哪位？」

「我聽到轟然巨響，跑來看看發生了什麼事。」我如此回應，解開纏在腳上的繩子。

「恰巧路過是吧？哼。」

老人狐疑地打量著我。只見他伸手一拉，纏在我腳上的繩子登時飛回他身邊，就像變魔術一樣。弁天朝我吐吐舌頭，我不禁皺眉。老人一臉詫異地看了弁天一眼，問道：「你們認識？」

「是啊，壽老人。他是個很有趣的孩子。」

「這樣啊，有趣很好啊。」

之前一直以屁股對人的其他成員看到狀況已經排除，陸續從角落來到燈光下。就是之前和我一起在壽喜燒店搶肉吃的那些人。那位沒見過的光頭男子應該是「福祿壽」；而擅開福祿壽光可鑑人的禿頭、朝我飛奔而來的，是淀川教授。教授所剩不多的頭髮凌亂不堪，他望著我腳下的鐵籠，悲痛地喊著：「啊！我的狸貓逃走了！」

教授慌亂地抓住我的肩頭，忙問：「到底發生了什麼事？有個龐然巨物從鴨川一路衝進屋裡，我都搞不清楚是怎麼回事了。你看，包廂亂七八糟的，狸貓也跑了……」

「你冷靜一點，布袋兄。」壽老人說。

「可是，這可是我費盡九牛二虎之力才得到的狸貓啊！」

「他只是個路過者，你這麼激動地逼問他也沒用啊。話說回來，街上本就可能發生一些不可解釋的突發事故，沒必要為此失去冷靜，縮短自己的壽命。」

教授坐倒在地。壽老人口氣溫柔地安慰他：

「你放心吧。剛才我在紙屋橋的偽電氣白蘭販售處看到一隻狸貓，是我一位朋友寄放的。我為了預防這樣的情況發生，已經事先派人去取來了，今晚就改以那隻狸貓下鍋吧。」

我當時的驚訝實在難以用筆墨形容。

壽老人笑咪咪地環視包廂說：「傷腦筋，這裡眞是一團亂啊，眞掃興，得換一處河畔才行。挑哪兒好呢？」

「終於要搭乘您那輛傳聞中的專用電車了嗎？」曉雲閣飯店的社長毘沙門說。

「很遺憾，電車碰巧送修了。不過，在四条木屋町南方的河畔有家饒富情趣的料理鋪，名叫仙醉樓，評價可不輸鳥彌三哦。我早料到也許會發生這種事，前些日子頂下了那家店。雖然今晚場地被某個團體包下了，但只要我出面說一聲，他們應該會通融，讓我們這幾個人擠一下。」

「等、等、等一下！」我舉手道。「可否也讓我摻一腳呢？」

「咦，你？」

「我一直很想嚐嚐狸貓肉是什麼滋味，還有，在吃之前，我也想看看活生生的狸貓長什麼模樣，我還沒見識過呢。」

壽老人挑動長眉打量著我。雖然他臉上掛著微笑，但那笑臉就像貼上去的一樣，眼神不帶半點笑意。

「我覺得讓他一起去也無妨。」弁天說。「各位意下如何？」

「既然弁天小姐都這麼說了，那好吧。……啊，不好意思，因爲你年紀輕，要出力的工作就麻煩你了。廚房裡有幾瓶僞電氣白蘭，請搬到仙醉樓去。」

「明白了。」

「眞不愧是壽老人，臨時要準備狸貓可不容易啊……我剛才都想死心了呢。」

「沒什麼，我只是剛好知道販售處的倉庫裡有隻狸貓。是我朋友寄放的，我可以自行處置。」

「你朋友該不會很疼愛那隻狸貓吧？要是吃了牠，你朋友會不會生氣？」

「不會不會，我不會讓他發牢騷的。倒是布袋兄……」

一臉茫然地癱坐在榻榻米上的教授，聞言吃驚地抬起頭。

「好在有備用的狸貓。不然，不管是什麼原因，只要吃不成狸貓鍋，你都得自俱樂部除名哦。」

○

從四条木屋町沿著高瀨川往南走約五分鐘，便可抵達仙醉樓。這棟木造的兩層樓店面雖然占地不大，但外觀優美，有種老店的氛圍。後門面向鴨川，據說每到夏天便會擺設納涼露臺，屋簷吊著橘色燈籠，氣派十足。

早一步從千歲屋離開的么弟一踏進仙醉樓，便看到夷川早雲在厲聲斥責大哥缺席一事，眾人在他的氣勢壓制下，眼看就要宣布他是下屆的僞右衛門。

么弟見情勢不利，稍稍拉開面向走廊的拉門，搧動風神雷神扇。包廂內登時颳起一陣強風，在座的毛球長老漫天飛舞，根本不是做出結論的時候。重要幹部亂成一團，忙著幫各長老歸位，這時，在隔壁包廂等候的紅玉老師衝了進來，怒喝一聲：「吵死人了！」

紅玉老師心不甘情不願地前來，但他一到便表明拒絕與狸貓同席，獨自一人在隔壁包廂喝酒。他本以為很快便能決定人選，孰料狸貓竟撇下他不管，逕自吵了起來。老師認為自己被看輕，而受人蔑視是偉大的紅玉老師最無法忍受的事。

看到老師勃然大怒，連躲在走廊偷聽的么弟也嚇得縮成一團。么弟知道老師很不開心，不過老師一開始教訓人就沒完沒了，這樣正好，在大哥和二哥趕到之前得以爭取不少時間。

不久，背著二哥的大哥抵達了。

大哥聽完么弟的說明，豎耳聆聽紅玉老師又臭又長的訓話，稱讚么弟：「幹得好！」輕撫他的腦袋。

「那麼，我們進去吧。你把扇子還給老師後先退到一旁去。」

大哥鼓起勇氣打開拉門，只見紅玉老師站在中央不斷訓話，那些大有來頭的狸貓則圍在他四周蜷縮著身子。眾人抬起頭看到我大哥，莫不露出如釋重負的表情。「啊，矢一郎來了。」「終於來了！」眾人你一言我一語地說。

大哥怒氣騰騰地瞪視早雲；早雲先是一副「見鬼了」的表情，但旋即收起臉上的驚訝，嘴角輕揚，恢復傲慢的神色。

「我們等得很久呢，矢一郎。」早雲說。「你擺什麼臭架子啊，還不快向長老們賠不是。」

「等等！」紅玉老師打斷他的話。「我還沒說完！」

「老師，這個給您！」

么弟拜倒在老師腳下，遞出風神雷神扇。老師的表情立即和緩許多，低語：「噢，這不是風神雷神扇嗎？我聽說矢三郎那個蠢蛋弄丟了。」

「我們好不容易找到了，專程前來獻給老師。」

「原來是這麼回事。」

大哥看老師心情變好了，向前一步說道：「老師，我已經到了，應該很快就能做出結論。請您在隔壁包廂稍候片刻。」

「嗯，好吧。不過別讓我等得不耐煩哦。」老師欣賞著風神雷神扇說。「惹火了我，當心我使出天狗風。」

「弟子明白。」

么弟牽著紅玉老師的袖子，走進隔壁包廂。大哥端坐在榻榻米上，向長老們深深一鞠躬。「讓各位久等了，非常抱歉。但我實在是有不得已的苦衷，因爲我被星期五俱樂部的人擄走了。」

眾狸貓聞言，大爲震驚。

「至於我爲何會如此不小心，落入星期五俱樂部的手中呢？這全是夷川早雲設計陷害！他爲了搶奪僞右衛門的寶座，非但一一擄走下鴨家的成員，還將我關進籠子裡交給星期五俱樂部的人，當眞有辱一族名聲！」

「此事當眞？」長老們在坐墊上顫抖地說。

「他當然是騙人的。」早雲氣定神閒地說。「這可是指控身爲狸貓的我將同胞煮成火鍋，不是天狗，也不是人類，而是狸貓！世上怎麼可能有如此殘忍的狸貓！如此神聖的會議，你非但遲到，還以這種謊言當藉口，藉機陷我於不義。這種作法實在太卑鄙了！這根本是空穴來風的惡意中傷！」

「我沒騙人。」大哥道。

「證據在哪裡？」

我二哥跳到榻榻米上說：「這事千眞萬確！」長老們的眼睛從密毛深處仔細端詳這隻說話的青蛙。「哎呀，這不是下鴨矢二郎嗎？好久不見了。」

「青蛙說的話，不足採信！」早雲朗聲喝斥，震撼了整個包廂。「他雖是青蛙模樣，但也是下鴨家的人。他們對夷川家的憎恨向來毫不掩飾，現在竟異口同聲陷害我，這是你們的盤算是吧？那就怪了，你口口聲聲說我將你交給了星期五俱樂部，那你現在爲何在這裡？你不是應該被煮成狸貓火鍋了嗎？」

之後，大哥與早雲的唇槍舌戰沒完沒了，陷入泥淖。

「噓！隔壁好像有人來了。」

重要幹部悄聲警告。眾人豎耳傾聽，發現紅玉老師所在的包廂對面來了一批人。

「聽好了。」一位長老趁機說道。

「你們雙方各執一詞，把我們搞得頭昏眼花。我們得保持頭腦清晰，才能好好想清楚。矢一郎，早雲，你們先別說話。」

長老個個陷入深思。

○

星期五俱樂部轉戰另一處河畔。

像仙醉樓這樣的料理鋪竟會被放高利貸的壽老人掌控，一想到當中必定有許多緣由，便令人心痛。也因爲它湊巧落入壽老人手中，人類、狸貓、天狗才會擠在這家老店，僅以一扇拉門間隔。雖說是無心插柳，但這項錯誤付出了慘痛的代價。因爲可憐的仙醉樓，那歷史悠久的建築將在這一夜灰飛煙滅，悠久的傳統也就此斷絕。

我從先斗町北方一路搬僞電氣白蘭的箱子過去，明明是冬天，我卻大汗淋漓。我將酒瓶擱在土間，氣喘吁吁，星期五俱樂部的人斜眼瞄我，陸續走進店內。一名像是仙醉樓老闆的老太太前來迎客，向壽老人深深一鞠躬。

我跟在他們後面走進店內，擔心族人會冷不防出現，一顆心七上八下。要是他們知道自己和星期五俱樂部的人同在一個屋簷下，不知會引發多大的混亂。恐怕族人會嚇得露出狸貓尾巴，滿地打滾，亂成一團。

我們被領往二樓一間面向鴨川的包廂。可怕的是，火鍋早已備好。星期五俱樂部的成員對包廂的狹小頗有微詞，服務生低頭道歉：「請各位包涵。」

「隔壁不行嗎？」毘沙門指著那面畫有竹林和老虎的和室拉門。

「因爲隔壁客人很多。」

「可是很安靜啊，就像沒人一樣。」

「是很安靜沒錯。」服務生含糊地應道。

我縮著身子坐在包廂角落，屛息等待母親出現。

弁天原本盤腿而坐，這時她離開星期五俱樂部的成員，滑過榻榻米走近我。她呵呵笑著，點了根菸，立起單膝，吞雲吐霧起來。

「喂，你在打什麼主意？」

「不告訴妳。」

「不管你要做什麼，只要有趣就沒關係，不過別太胡來哦。」

我望著拉門上那幅畫有竹林和老虎的畫，想著大哥。

這時，走廊傳來服務生的聲音。「您要的東西已經送達了。」

這世上最痛苦的事，莫過於看著自己的母親被關在籠裡送進這間備好火鍋的包廂。

兩名服務生畢恭畢敬地搬來鐵籠，將毛茸茸的狸貓帶進這間歷史悠久的料理鋪包廂。他們想必心裡很不是滋味吧，但是在金主壽老人面前，偏偏不能吐露心聲。他們一定猜不到，其實今晚的客人大半都是狸貓。

壽老人輕輕搖晃鐵籠，縮著身子的狸貓抬起頭來。

星期五俱樂部的成員一臉感佩，七嘴八舌地說：「噢」、「眞不錯」、「好漂亮的狸貓啊」。我可沒辦法像他們這麼悠哉，差點就朝壽老人撲去，硬是忍了下來。我咬緊牙關，看著母親，籠裡的母親發現了我，她濡濕的雙眼注視著我，抽動鼻子。我向她微微頷首。

「眞是一隻漂亮的狸貓。你說是吧，布袋兄。」壽老人向淀川教授喚道。

但奇怪的是，愛狸成癡的淀川教授竟一副失魂落魄的表情，沒回答壽老人的問話。只見教授張大著嘴，呆呆望著籠裡的狸貓。

「布袋兄，你怎麼了？」毘沙門問。

淀川教授坐立不安地挪動臀部。

我本想出聲叫喚壽老人。但一直悄靜無聲的隔壁包廂，這時氣氛突然緊繃起來。

○

長老們深思過久，沒多久便沉沉睡去。早雲斜睨著那群搖來晃去的毛球，再度開口：

「矢一郎，你別再說這種無聊的謊言了，也不嫌丟臉。」

「虧你說得出這種話！」大哥無比驚訝地吼道。「你這傢伙，竟有辦法扯這種謊！」

「你竟對自己的叔叔用這種態度說話，你懂不懂禮貌啊。」

大哥一時忘了其他長老也在場。

「說什麼叔叔！渾帳！你害我爸變成火鍋，還好意思說這種話！」

在座的族人莫不受到強烈的衝擊，那些睡得太熟差點壽終正寢的長老也陸續恢復活動。「你說他害總一郎變成火鍋？」南禪寺的當家問。「這件事得說清楚才行！」

「等等！等等！」早雲舉起手回應。

「各位冷靜一點，這根本就是無的放矢嘛。想也知道，他是看自己扯那麼多謊也起不了作用，情急之下連他父親的事都搬了出來。不過，他拿不出半點證據。你說，有誰能證明？」

「海星是證人，也就是你的女兒！」

「她那年紀的女孩就愛幻想悲劇，把愛作夢的女孩說的話當眞，你不覺得不好意思嗎？你眞的相信我會害總一郎被煮成火鍋？」

「你打算裝蒜到什麼時候！」

「誰教你們一直在胡扯。這麼可怕的事，沒有狸貓會信的。」早雲詢問長老們：「諸位怎麼看？你們認爲我會做那種事嗎？」

長老們不置可否，緩緩晃動身上的狸毛。

早雲接著說：「的確，總一郎被星期五俱樂部煮成火鍋的來龍去脈，一直是個謎。像他那麼了不起的狸貓竟會輕易落入人類手中，此事確實古怪。但如果當時總一郎喝得爛醉如泥，那又另當別論了。」

早雲瞪著坐在榻榻米上的青蛙。

「聽說總一郎被星期五俱樂部擄獲的那一晚，他曾和某隻狸貓一起喝酒。總一郎之所以落入可惡的人類手中，可能就是這個原因。然而時至今日，那隻可惡的狸貓遲遲未站出來承認自己的罪行，明明是他害狸貓一族的首領落入人類的鐵鍋中，卻一直悶不吭聲。我聽說他對自己卑劣的行徑感到羞愧，一直藏身在某間寺院的井底。」

二哥怒不可抑，縱身一躍，撲向早雲的臉。

「嚇！」早雲慘叫一聲，將試圖鑽進他鼻孔裡的青蛙掃向一旁。

二哥騰空飛出，就在即將撞向拉門摔成肉餅時，被南禪寺的當家以坐墊接住。

「我再也忍不下這口氣了！」大哥的怒火達到極限，變身成一隻大老虎。「管你是叔叔還是什麼，我豁出去了！看我不打扁你！」

○

隔壁包廂傳來激烈的爭執聲，粗大的嗓音應該是早雲。「冷靜一點，矢一郎！」安撫大哥的，是南禪寺的當家。而在一旁尖聲怪叫的，應該是諸位長老。

壽老人望了拉門一眼。「看來，隔壁的客人開始發揮本事嘍。」

星期五俱樂部的成員個個豎耳聆聽，鄰房的喧譁愈來愈響亮，最後成了在房內迴盪的巨響，還有人喊著：「亂來！亂來！」

「他們在辦運動會嗎？」

正當壽老人如此低語，拉門上的竹林突然應聲塌陷，一名肥胖的男子撞破拉門滾進我們的包廂。緊接著，一隻眞正的老虎撞破拉門上的紙老虎，緊追那名男子而來。那隻大老虎模樣可怕至極，只消看一眼便教人膽裂魂飛。

老虎按住那名趴在地上的男子的背，吼出撼動整間料理鋪的虎嘯。「嚇！」男子發出一聲悲鳴。

「嘩，是老虎呢。」我身旁的弁天悠哉地說。

星期五俱樂部的成員各自倒退數步，緊貼著另一側的牆壁。但壽老人對這頭猛虎絲毫不以爲意，兀自抱著鐵籠，望著我母親。「傷腦筋，今晚可眞熱鬧啊！」

夷川早雲被老虎踩在背上，抬起頭來。壽老人坐在他面前，鐵籠就擺在旁邊。

早雲看見籠裡的母親，發出一聲驚呼。

緊接著我大哥也發出驚呼，原本黃黑相間的毛皮殺氣騰騰地上下起伏，此刻登時氣勢減弱，幸好他還勉強維持住老虎的樣貌，以大哥來說已經算是難能可貴。

早雲朝壽老人吼道：「那隻狸貓怎麼會在你手上？我應該是放在倉庫裡才對啊。」

「噢，是夷川啊。因爲我們這邊發生了一些意外，要向你借用一下。」

「你借來做什麼？」

「煮火鍋。」

「這哪叫借啊！我已經清楚告訴過你了，萬不能拿那隻貍貓下鍋！她是我的！」

「是你的又如何？」

「唯獨她不能下鍋，我不容許這種事發生！」早雲口沫橫飛地說。「當心我再也不賣僞電氣白蘭給你！」

壽老人哼了一聲。「那我就用搶的。弁天小姐，妳說是吧？」

「沒錯。」

「你們就是這樣！人類實在太壞了！」

趁他們爭吵，我準備趁機奪回母親。

正當我如此盤算，站起身時，有個人把我撞飛，撲向鐵籠。

淀川教授一把抱起關著我母親的鐵籠，母親抬頭望著教授，以鼻子發出嗚嗚聲。壽老人柔聲問道：「布袋兄，怎麼啦？」教授抱著鐵籠轉向壽老人，後退幾步，口中含糊不清地念念有詞，不住搖頭。

「不行，我實在看不下去。」淀川教授喘息地說。「牠就是那隻狸貓，是我親手治療的那隻狸貓。我不能將牠交給你們。」

「是你讓狸貓溜走了，我才這麼辛苦張羅。沒有狸貓鍋的尾牙宴，就像沒有牛肉的牛丼飯，你對星期五俱樂部的傳統要怎麼交代？」

面對厲聲斥責的壽老人，其他成員也同聲附和：「布袋兄，你這麼做可會被除名哦。」

「要除名還是怎樣，我都無所謂！」

「啊！你的態度改變可眞大。」

「我果然還是辦不到，是我輸了，我在思想上徹徹底底地輸了。這樣也好！什麼嘛，在如今這種文明開化的時代，還吃什麼狸貓鍋！去他的星期五俱樂部，去他的傳統！」

「你自己不也愛吃得很。」

「你不是說吃是一種愛的表現嗎？你過去的論點怎麼解釋？」

「吃是一種愛的表現。但捨不得吃，也是一種愛的表現啊！」

「竟然說出這麼任性的話，還如此大言不慚！」

「狡辯！狡辯！」

「狡辯又怎樣！我不需要你的意見！」教授大喊。「我決定改變立場。」

「要改變立場是你的自由，但你得把狸貓留下。」

壽老人威嚴十足地撂下重話，被逼急了的教授踩了夷川早雲一腳，使勁踢倒破裂的拉門，逃往隔壁包廂。

如此這般，現場亂成一團。

隔壁包廂裡，從長老到重要幹部全擠在一團，一聽見「星期五俱樂部的人來啦！」這聲警告，包廂裡登時充斥著不成聲的悲鳴，方寸大亂的狸貓紛紛現出原形，包廂裡冒出無數毛球，那光景就像地上鋪著不斷蠢動的毛毯。闖入其中的淀川教授連聲嚷著：「對不起！對不起！」雖是出於無心，還是踢飛了不少毛球。

壽老人昂然而立望著隔壁包廂，一臉感佩地說：「眞是絕佳美景啊。」

「要煮再多鍋都不成問題。」

擠滿包廂的族人嚇得在空中直翻跟斗，抱頭鼠竄。

教授被流竄的毛球絆倒，跌了一跤，拋出關著母親的鐵籠。

我大哥早等在一旁，接住騰空飛起的母親。大哥看到母親身陷危機時，氣勢銳減，縮得像隻病貓。此刻他救回母親，登時勇氣倍增。他將鐵籠捧在腹下，朝星期五俱樂部的成員大吼一聲。不過，他根本用不著這麼做，因爲面對眼前突然出現的動物王國，星期五俱樂部的成員一時無法接受，個個都像池裡等著餵食的鯉魚般，大嘴一開一闔。

二哥在這場混亂勉強保住小命，逃往我腳下。我拾起他，讓他坐在我肩上。「哎呀，眞是糟糕。」二哥說。

弁天走近淀川教授，問他：「老師，你有受傷嗎？」

面對老虎和狸貓也不顯懼色，從容面對眼前局面的只有壽老人。他站起身，朝老虎大喝一聲：

「給我閉嘴！」

大哥吼了回去。

前來查看況狀的服務生個個嚇得兩腿發軟，直喊著：「老虎！狸貓！」

狸貓驚聲尖叫，打開面向走廊的拉門想往外逃，但慌亂再加上動作笨拙，使得他們就像被掃向角落邊的毛球，全擠在一團。

四處逃竄的狸貓、厲聲咆哮的老虎、朗聲斥喝的壽老人、關在籠中的母親、一臉茫然的星期五俱樂部成員、嚇到腿軟的服務生、徹底輸給自己的原則坐倒在地的淀川教授、單膝跪地向教授伸出援手的弁天、驚訝地望著這一幕的我、低語著「眞是糟糕」的小青蛙——這場狸貓、人類、半天狗攪和在一起的大混戰，究竟誰能收拾這場局面呢？

就在狸貓鬧哄哄之際，包廂另一側的拉門霍然開啓。

紅玉老師昂然而立。

老師滿臉通紅猶如煮過的章魚，頭頂幾欲冒出騰騰熱氣，他右手緊握那把失而復得的風神雷神扇，左手抓著吊在屋頂的祝賀綵球拉繩。老師氣得全身發抖，腳下踩著我么弟。么弟正極力阻止老師發飆。只見老師腳一揚，么弟登時化爲一團毛球滾向一旁。

大家都把老師給忘了。

老師怒火勃發，扯動拉繩，祝賀綵球打了開來。

彩紙紛飛中，寫有「僞右衛門決定」的布條垂落。

「你們要我等到什麼時候！再不安分一點，看我把你們全都吹跑！」

老師厲聲怒吼，高舉風神雷神扇。

這時，我腦中突然閃過一個惡魔的奸計。

雖然對淀川教授過意不去，但要收拾眼前混亂的局面，只有引發更大的混亂，讓一切重頭來過。我衝向弁天，撞倒她。她一時失去重心，倒在教授身上，一副不檢點的猥褻模樣。

我拜倒在地，朗聲說道：「報告如意嶽藥師坊大人！弟子當場逮到了紅杏出牆的證據！」

紅玉老師睜大眼睛，瞪著在我的奸計運作下摟在一起的教授與弁天的醜態。教授急忙推開弁天的身軀說道：「你在說什麼啊！這是誤會，誤會！」

「哈哈！果然是你！我看過你的照片。」老師吐了口唾沫。「區區一個人類，竟然敢對弁天出手，眞是不知分寸！不過，不只是你，每個傢伙都和你同罪。你們這些人類和毛球，別以爲厚著臉皮擺出一副事不關己的模樣，不把我說的話當一回事，就能平安無事。你們哪個我都看不順眼，給我張大耳朵聽仔細，睜大眼睛看清楚！還不懂嗎？我瞧不起你們每個人！」

說著他捲起袖子，高高舉起那把裝飾有金粉的扇子。

「吾乃天狗，正因是天狗，所以了不起。正因了不起，所以是天狗。要以和爲貴，無忤爲宗，對我虔誠篤敬。在偉大的天狗大人面前，你們個個都要搞清楚自己的身分！」

揮動著扇子的紅玉老師，讓人不禁聯想起昔日他輝煌時期的身影。

在天狗的笑聲中，一陣超級天狗風襲來。

仙醉樓被吹得片瓦不留，狸貓和人類手拉著手一同飛向高空。

○

從江戶時代一直延續至今的仙醉樓歷史，就此被紅玉老師打上休止符。當晚老師的衝冠之怒一發不可收拾，天狗風將木屋町一帶吹得七零八落。有人拔腿快逃，有人乘風離去，不管是人類還是狸貓紛紛摸黑逃難。順利逃走的人算是相當走運。那位因爲我而背負姦夫污名的淀川教授，他的下場就很可憐。

紅玉老師搧著扇子，一路追著他跑。

木屋町的樹木被吹得嚴重扭曲，幾欲斷折；高瀨川逆流，受到波及的醉漢被狂風捲向高空。淀川教授一頭亂髮，連滾帶爬逃離暴風肆虐的木屋町，奔向燈火通明的四条通。紅玉老師拄著我送的聖誕禮物——那支枴杖，一路緊追不捨，展現近年難得一見的活力。

「老師！您就高抬貴手，饒了他吧！」

儘管我在後頭一路叫喚，老師還是置若罔聞。

四条通一如平時，夜晚亦明亮如晝。兩側高聳大樓林立，證券公司、美容中心、金融公司、銀行等電子店招照亮夜空；舉目淨是川流不息的人潮，來來往往的市內公車和車輛，排隊候客的計程車。

淀川教授沿著四条通往西逃逸。

他所到之處，夜裡的市街便會尖叫聲四起，亂成一片。不論是打扮入時的少女、在四条河原町高島屋百貨前自彈自唱的年輕人，還是參加完尾牙宴準備返家的大學生，全被肆虐大樓間的暴風給吹倒在地。候客的計程車猛烈搖晃，市內公車差點翻覆，路上一路綿延的紅綠燈號誌也被吹得彎折。載滿廉價蘋果的卡車上，無數的蘋果被風吹跑，撞得稀巴爛，將高級名牌店整個掩埋。突出大樓牆面的電子看板爆發出驚人的火花，逐一熄滅。

「老師還眞是老當益壯呢。」攀在我肩上的二哥如此說道。

大哥和么弟這時趕了上來。

「矢三郎，快想想辦法啊。」大哥氣喘吁吁地說。「老師從沒鬧得這麼厲害過。」

「我這不是在想辦法了嗎？」

紅玉老師終於也累了，只見他靠著枴杖不住喘息。趁著暴風暫時平息，我們打算一湧而上，制伏老師，但這時老師又搧起了扇子。

我們四兄弟連成一串被捲進暴風，被颱向大丸百貨上空。大哥高喊：「這下死定了！」么弟則尖叫：「好可怕啊！」正當極度恐懼的我們心中做好丟掉小命的覺悟，隨著風勢在空中飛舞，弁天救了我們一命。

「眞是胡來。」弁天說。「辛苦你們了，接下來交給我。」

她穿過旋繞的天狗風縫隙，順利降落地面。放下我們後，她叫住走在藤井大丸百貨前的紅玉老師，喚了一聲「師父」。老師不再揮扇，停下腳步。

「師父，這樣您滿意了嗎？」

老師回身。「是弁天啊。」

「我已經明白老師您有多可怕，請就此停手吧。」

「不過……」

「我買了棉花棒，讓我替您掏耳朵吧。您很久沒枕在我膝上掏耳朵了呢。」

「嗯。」

「老師，過去的事可否就算了呢？」弁天手搭在老師肩上，柔聲安撫。「我們回家去吧。」

紅玉老師板著臉，朝淀川教授逃逸的四条烏丸方向望了一眼，點了點頭，將風神雷神扇收進懷裡。天狗風肆虐後的徐風吹撫著老師的白髮。弁天牽著老師，姿態優雅地朝四条通上的計程車招手，旋即有一輛車停在他們面前，打開車門。

緩緩坐進車內的紅玉老師，突然望向我們兄弟。

「你們還在這裡玩什麼？快點回家去吧！」老師揮舞著枴杖說。「你們這些小毛球若是不知天高地厚，夜裡還在外頭遊蕩，小心被人給吃了。」

我們四兄弟朝偉大的恩師鞠躬行禮。

○

目送紅玉老師和弁天搭上計程車離去後，我們不約而同嘆了口氣。

回想這漫長的一天，腦中就一片混亂。不過，就算一片混亂也無所謂，雖稱不上圓滿落幕，好歹是平安收場。

「你打算當青蛙到什麼時候啊。」大哥對我肩上的二哥說。「這樣很不方便吧？」

「不，大哥。我的感覺還沒恢復，暫時還得當隻青蛙。」

「僞右衛門的結果怎樣？」么弟問。

大哥皺起眉頭。「都怪我，在長老面前那麼胡來。不過，早雲幹的壞事曝光了，他也當不成。

我看，一定是由八坂先生繼續擔任僞右衛門。他原本打算退位，到南方島嶼旅行呢。眞是可憐。」

「對了，還有媽！」

經我這麼一提，大哥也慌張叫道：「對哦！我叫她在紅玻璃等我們，不知她平安抵達了嗎？」

么弟取出手機，但因爲金閣之前講電話講得太久，把電池都耗光了。只見么弟不慌不忙地幫手機充電。「你偶爾也派得上用場嘛。」但大哥說完，又補上一句。「不，這回你可是大大派上用場。」

么弟打電話給母親，我們全都豎耳聆聽。

「媽，妳現在人在哪裡？」

「我剛抵達紅玻璃。被關在籠子裡半天，我的肩膀硬的不得了。你們都沒事吧？沒人受傷吧？」

「嗯，我們都在。換矢三郎哥哥聽。」

「媽。我很好。」

「矢三郎嗎？辛苦你了。」

「哈哈，沒什麼啦。那麼，換矢一郎大哥聽。」

「媽，今天眞是特別的一天。對不起，還有，雖然不甘心，但我大概是當不成僞右衛門了。」

「沒關係啦。只要活著，總有出頭的一天。」

「對不起，換矢二郎聽。」

大哥將手機移至我的肩膀。二哥慢吞吞地靠向手機，一時不知該說什麼好。

「矢二郎，你怎麼不說話？」母親問。「是不是受傷了？」

小小青蛙頓時淚如雨下。

「好久不見了，媽。一直沒向您問候，請您原諒。」

「沒關係，我懂我懂，你就別再哭了。」母親平靜地說。「今晚已經夠多事了，我在店裡等你們。」

我們四兄弟好幾年沒齊聚一堂。

大哥提議：「偶爾我們也敲敲肚皮鼓吧。」我沒有答應。狸貓拿肚子當鼓敲已經是過去式了，再說，我只要這麼做肚子就不舒服，但又不希望掃大哥的興。我心裡做好覺悟，今晚非奉陪不可。

大哥一聲令下：「開始吧！」

咚的一聲，我們敲了一下肚皮，就此朝紅玻璃邁進。

○

「總有一天，你會繼承我的衣缽。」

據說父親昔日在祇園的人群中等公車時，曾對大哥這麼說。

「狸貓一族有些壞狸貓，而且你的想法比較古板，想必會遇上不少紛爭。不過，每當你多樹立一個敵人，就必須多結交一個朋友。有了五個敵人，就要有五個朋友。就算你不斷樹敵，日後狸貓一族半數都是你的敵人，但只要看看身邊，你會發現還有三個弟弟。這令人再安心不過。他們日後一定會成爲你的王牌。我常感到悲哀的，就是自己沒有這樣的王牌。我不信任自己的弟弟，弟弟也不信任我。我們兄弟之所以起衝突，就是這個緣故。當相同血脈的人與你爲敵，將會是你最大的敵人，所以你們一定得時時信任彼此，兄弟感情要和睦！你要牢記在心，兄弟感情要和睦！因爲你們身上都有傻瓜的血脈。」

說到這裡，父親哈哈大笑。

「雖然這不是什麼值得自豪的血脈。」

○

今年的歲末有點熱鬧過了頭，也許是每個人都累得筋疲力盡，大家都窩在家裡睡大頭覺。京都的狸貓一族一片沉寂。

接著，我們迎接新年的到來。

過年向來都是好天氣，今年也一樣不例外，天空萬里無雲，京都到處都是到神社參拜的人潮。好不容易爬出被窩的狸貓抬起鼻子嗅聞，率先以鼻子感受新年的到來。

由於心情愉快，我們一家人決定一同前往八坂神社。每年我們都會到下鴨神社參拜，但八坂神社則是從父親過世後便沒再去過。

我們走在陽光普照的鴨川河堤上，從出町柳車站搭乘京阪電車。站在四条大橋旁，一路上滿是從四条河原町到祇園和八坂神社參拜的遊客。身穿和服的女性、穿得圓滾滾，活像不倒翁的孩童、手牽著手的男女，男女老幼熙來攘往走在四条通上，八坂神社的大門前人如潮湧。

「哇，好多人啊。」大哥墊腳望向八坂神社的方向，皺著眉頭。「擠得進去嗎？」

那一夜，大哥在眾長老面前變身為老虎，大鬧一場。他雖然遭到斥責，但因為情有可原，最後還是得到原諒。不過，由於混亂中無法決定僞右衛門的人選，因此暫時還是由八坂平太郎繼續擔任僞右衛門一職。早已準備好要前往南國旅行的平太郎氣得咬牙切齒，無比懊惱。

「要是被人擠扁，那可不妙。」母親如此說道，摟著么弟的肩膀。

「最危險的人是我，因為我是隻青蛙。」坐在我肩上的二哥發起牢騷。「矢三郎，你可別讓我掉下去哦，否則我肯定會被踩扁。」

二哥還是無法變回狸貓。他暫時分住古井和糺之森兩地。他說身為青蛙，還是住在井底比較舒服。

我們隨著人潮走在四条通上，不久與淀川教授一行人擦肩而過。

儘管教授無端被捲入那場風波，看起來倒是沒什麼改變。看來，對吃執著的人特別堅強。教授身旁跟著之前和他一起吃年輪蛋糕的鈴木，以及多名學生。

「啊，是你啊！新年快樂。」

「您好，新年快樂。帶著學生去參拜是吧。您眞受學生愛戴呢。」

「哪兒的話。」教授搖著手，靦腆地笑著。「我待會兒還得請他們吃大餐，錢包大失血啊。」

「您身體還好吧？」

「咦？我很好啊。不過，我一再試著回想那一夜，卻始終搞不清楚發生了什麼事。雖然吃了不少苦頭，還被星期五俱樂部除名……」

「不過您平安無事，這樣不是很好嗎？」

「說得也是。就結果來說，確實是這樣。」

「老師，快帶我們去吃大餐啦。我們要吃豐盛的大餐。」鈴木如此說道，催促教授。

「我得先走了，再見。有空到我的研究室來玩啊。」

與教授揮別後，我們在八坂神社的大門前耐著性子，排隊等候。

好不容易進到神社境內，但東瞧西看全是黑壓壓的人頭，境內擺設的攤位也擠滿了人。我們一家人手拉著手，氣喘吁吁地往正殿走去，看見前方的人潮中有一群身穿灰色西裝、表情冷峻的男子，他們排成一列往前走去。

我輕戳大哥幾下。「大哥，你看那裡。」

大哥朝我手指的方向望去，說道：「是鞍馬天狗嗎？」

「真不知道這間神社到底擠了多少天狗和狸貓。」二哥說。「不過，現在這時代，就連青蛙也跑來新年參拜。」

「連天狗也來呢。」我說。

○

「天狗來新年參拜，不行嗎？」

背後突然傳來這個聲音，嚇了我一跳。

轉頭一看，弁天和紅玉老師就站在我們面前。弁天身穿一襲紅豔亮眼的長袖和服，老師則是身穿大衣，繫著圍巾。弁天吃著熱氣直冒的鯛魚燒，紅唇邊還沾有紅豆渣。他們已有好幾年沒像這樣連袂到神社新年參拜了。

「哎呀，是如意嶽藥師坊大人，恭賀新禧。」我們低頭鞠躬。

「嗯。」老師露出滿意的表情。

「我最喜歡過年了。」弁天道。「總覺得有股特別的氣味，全日本變得像慶典一樣，我很喜歡。」

「說得對、說得對。」老師柔聲附和。

「老師，您也要去參拜是嗎？」母親問。

紅玉老師抬頭挺胸，望著遍布正殿四周的人潮。「我原本是這麼想，可是太麻煩了。」他低語道。「我可不想在這種地方沒完沒了地等下去。」

「老師，我們去參拜嘛，好不好？」弁天道。「難得來一趟啊。」

老師聞言馬上舒顏展眉。「說得也是，偶一爲之也不壞啦。」

就這樣，我們隨著緩緩移動的人潮前進。紅玉老師一面走，一面對我們兄弟訓話以打發無聊。當眞是災難。每次他開口，弁天就在一旁呵呵笑。

「矢一郎，你的腦筋得再靈活一點。」

「矢二郎，你得先從青蛙變回原形。」

「矢三郎，你別再惹麻煩了。」

「矢四郎，你得快點長大。」

老師伸指逐一戳我們的腦袋，如此說道。

老師的訓話，說有用好像也沒多大用處，說感謝好像也沒什麼好謝的，只有我大哥一本正經地聽訓，二哥是隻青蛙，從表情看不出他是否認眞在聽；么弟則是混在人群裡，不斷連聲稱是。至於我嘛，當然是心不在焉地繼續發呆。

當紅玉老師在新年一早展現天狗的威嚴，我們來到正殿，但在香客的包圍下，功德箱離我們好遙遠。我們手裡握著銅板，瞄準功德箱，準備用丟的。

正當我們準備銅板時，發現身旁多了兩名前來參拜的胖子。「啊！」我驚呼一聲，那兩名男子也望著我，驚叫一聲：「啊！」

「嗨，金閣、銀閣，新年快樂啊。大過年的就耍笨啊。」

「矢三郎，那天晚上你竟敢那樣整我們。」金閣說。「我們後來得了重感冒，一直躺到昨天才好。我還以爲自己活不成了呢！」

「俗話說傻瓜不會感冒，不過笨蛋還是會感冒。」

「你說什麼！」

聽說他們的父親夷川早雲在經歷那場驚天動地的騷動後，只對外說一句：「要去泡溫泉。」便像漏夜潛逃般旅行去了，沒人知道他的去向。不過，據說包括那些印籠收藏在內，許多他自肥得來的財產泰半都從僞電氣白蘭工廠的倉庫不翼而飛。有人說他是挨了紅玉老師的天狗風就此一病不起，也有人說是長老們勸他自行引退。總之，他壞事做盡，如今趕在被追究惡行之前夾著尾巴開溜了。沒人知道他何時會重返京都。最好他永遠都別回來。

人群中傳來一個斥責金閣和銀閣的聲音。

「喂，你們這對傻瓜哥哥，就不會好好拜年嗎？」

「是海星嗎？」我環視人群。「妳在哪兒？」

「我不會被你發現的。」海星笑道。「各位，新年快樂。」

早雲失蹤後，由金閣與銀閣負責經營僞電氣白蘭工廠。

這對傻瓜兄弟是否眞能勝任這項艱難的工作，令人質疑，不過，在他們之上還有個主導一切的絕對領導人——海星，所以應該是沒問題才對。値得慶幸的是，由於工廠的業務忙碌，他們沒空再來找我們麻煩。等到金閣與銀閣長了智慧，開始懂得如何中飽私囊，我再來好好整治他們。

我與金閣、銀閣互瞪時，紅玉老師拿起破魔矢（註）敲我們腦袋。

「這種無聊的爭吵，你們打算僵持到什麼時候啊。你們這些臭毛球，還不快把錢丟進功德箱裡。」

我們急忙朝功德箱的方位丟擲銅板。

「大家可以一起來參拜，眞是謝天謝地。」母親心有所感地說，擲出銅板。「孩子的爹，你一

註：日本新年神社販賣的吉祥物，造形爲附有白色羽毛的弓箭。

定也很高興吧。」

○

一陣香氣送入鼻端，我發現弁天不知何時已站在我身旁。「我今年有許多願望呢。」她悄聲低語，把許多銅板包在鯛魚燒的紙袋裡，丟向功德箱。

「弁天小姐，妳太貪心了。」

「我真那麼貪心嗎？」

「如果不鎖定目標，原本能實現的願望也會落空哦。」

「那麼……我就來祈求可以遇見真命天子吧。」

「又說這種話裝可愛！」

「……不然你許什麼願呢？矢三郎。」

院內的喧鬧遠去。

咦？

我思索著。

然而，我想不出什麼特別的心願。

雖然去年發生了不少事，但大家都活得好端端的，也過得很快樂。今年想必也會發生不少事吧，不過，只要大家都活得好，過得快樂，這樣便已足夠。我們是狸貓。若有人問我狸貓該如何生活才好，我只有一個答案——除了讓生活過得更有趣，無事可做啊。

在京都四處蠢動的狸貓們，捨棄你們的一切奢望吧。

「我沒什麼願望。」我說。

弁天莞爾一笑，雙手合掌，闔上眼睛。

我看著她的側臉一會兒，也跟著閉眼合掌。

然後悄聲地說：

希望我下鴨一族及其同伴們，都能得到應有的榮光。

國家圖書館出版品預行編目資料
有頂天家族／森見登美彥著；高詹燦譯. --.
初版.— 臺北市 ；麥田出版：家庭傳媒城邦
分公司發行， 2010〔民99〕
面 ； 公分. -- 譯自：有頂天家族
ISBN 978-986-173-616-7
861.57 99000920

著書名／有頂天家族・原出版社／幻冬社・作者／森見登美彥・翻　譯／高詹燦・選書人／陳蕙慧・副總編
／陳瀅如・責任編輯／張富玲・發 行 人／涂玉雲・總經理／陳蕙慧・出 版 社／麥田出版・城邦文化事業股
有限公司・104台北市中山區民生東路二段141號5樓・電話：(02) 2500-7696　傳眞：(02) 2500-1966・部落格：
g.yam.com/rye_field・發　行／英屬蓋曼群島商家庭傳媒股份有限公司城邦分公司・104台北市中山區民生東路
段141號2樓・讀者服務服務專線：(02) 25007718；25007719・服務時間／週一至週五：09：30～12：00、13：
～17：00・24小時傳眞服務：(02) 25001990；25001991・讀者服務信箱E-mail：service@readingclub.com.tw・劃撥
號：19863813・戶名：書虫股份有限公司・香港發行所／城邦（香港）出版集團有限公司・香港灣仔駱克道
3號東超商業中心1樓・電話：(852) 2508-6231　傳眞：(852) 2578-9337・E-mail：hkcite@biznetvigator.com・馬新發
所／城邦（馬新）出版集團　【Cite(M)Sdn.Bhd.(458372U)】・11,Jalan 30D/146, Desa Tasik,・Sungai Besi,57000
ala Lumpur, Malaysia・電話：(603) 9056-3833　傳眞：(603) 90560-2833・美術設計／莊謹銘；人物插畫／張季雅
印刷／前進彩藝有限公司・排版／浩瀚電腦排版股份有限公司・2010年（民99）2月初版・定價330元

CHOTEN KAZOKU by MORIMI Tomihiko
pyright©2007 MORIMI Tomihiko
rights reserved.
iginally published in Japan by GENTOSHA, Tokyo.
inese (in complex character only) translation rights arranged with GENTOSHA, Japan
ough THE SAKAI AGENCY and BARDON-CHINESE MEDIA AGENCY.